Robert Kohlrausch

Am toten See
(Kriminalroman)

e-artnow 2018

Edgar Wallace
Edgar Wallace-Krimis: 78 Titel in einem Band

Arthur Conan Doyle
Sherlock Holmes: 40+ Kriminalomane & Detektivgeschichten

Siegfried Bergengruen
Die Puppen des Maharadscha (Mystery-Krimi)

Robert Kohlrausch
Das Geheimnis des Wassers (Kriminalroman)

Levin Schücking
Eine dunkle Tat (Historischer Kriminalroman)

Levin Schücking
Märtyrer oder Verbrecher? (Krimi-Klassiker)

Auguste Groner
Der rote Merkur (Wiener Kriminalroman)

Dietrich Theden
Menschenhasser (Kriminalroman)

Ravi Ravendro, Hans Herdegen
34. Bruton Street (Detektivroman)

Robert Kohlrausch
Im Haus der Witwe (Kriminalroman)

Robert Kohlrausch

Am toten See (Kriminalroman)

e-artnow, 2018
Kontakt: info@e-artnow.org
ISBN 978-80-273-1938-1

Inhaltsverzeichnis

Erstes Kapitel

Hell und sauber war es, das Dienstbotenzimmer in Schloß Garchim. An den beiden im Augenblick weit geöffneten Fenstern hingen weiße Vorhänge schlaff herab, die Tische und Stühle waren aus ungestrichenem, reingescheuertem, weißem Holz; weiß leuchteten die Schürzen der Köchin und des Hausmädchens, weiß war auch der große, runde Blechschirm über der mächtigen Petroleumlampe, die von der Decke niederhing und ihr Licht über den weißen Raum ergoß.

Die drei Personen, die sich im Zimmer befanden, ruhten vom Tagewerk aus. Die Köchin hatte sich eine Brille aufgesetzt und häkelte an einem weißen Wolltuch für Winterstage. Das Hausmädchen saß ganz untätig ihr gegenüber am großen, länglichen Mitteltisch unter der Lampe und wehte sich mit ihrer Schürze Kühlung zu. Dabei warf sie vergeblich lockende Blicke auf den hübschen, jungen Diener, der, in ein Zeitungsblatt vertieft, ein wenig abseits von ihr saß und sich durch ihr Augenspiel nicht stören ließ. Er war ganz mit seiner Lektüre beschäftigt und strich sich nur zuweilen den kecken, blonden Husarenschnurrbart, den er aus der Militärzeit mit Erlaubnis der Herrschaft in das gegenwärtige Dienstverhältnis gerettet hatte.

So saßen die drei eine Weile; dann blickten sie gleichzeitig empor. Die weiße Tür zum Korridor öffnete sich – sie tat es mit jenem behaglichen Knarren, das alten Türen in altmodischen Häusern eigen ist, – und ein Mann trat herein, der sich mit einem roten, baumwollenen Taschentuch über das Gesicht fuhr. Es war der Kutscher Sürjahn, der nun mit knurriger Stimme rief: »Donnerwetter nochmal! Schockschwerenot nochmal! Ist das eine Bullenhitze heute abend!«

Die Köchin schob die Brille auf die Stirn und sah darunter her mißbilligend auf den Uebelgelaunten. »Herr Sürjahn,« sagte sie dann vorwurfsvoll mit spitzigem Ton: »Wenn Sie die Bemerkungen über das Wetter nicht mit so abscheulichen Flüchen begleiten wollten, so wäre das meiner Ansicht nach gebildeter.«

»Ach was, gebildet! Wenn einem das Wasser den Buckel hinunterläuft, kann man nicht auch noch groß gebildet sein. So 'ne Hitze ist mir hier überhaupt noch nicht vorgekommen, und ich bin doch nun schon beinahe dreißig Jahre im Schloß. Ein Wind weht heute, so schwül, als wenn er geradeswegs aus dem Backofen herauskäme. Der Herr Verwalter hat ihm auch einen besonderen Namen gegeben; es war was Ausländisches, ich habe mir's nicht behalten. Aber daß ich schwitze, das weiß ich auch ohne den Namen.«

»Ich glaube, das tun wir wohl alle,« versetzte die Köchin mit unverminderter Würde. »Vom Fluchen wird das aber nicht besser.«

Der Kutscher hörte nicht viel nach ihr hin, sondern setzte den eigenen Gedankengang fort.

»So ähnlich war es vor sechs Wochen, eh' wir den großen Windbruch hatten –«

»So heiß war es nicht,« widersprach die Köchin.

»So heiß natürlich nicht. Es war ja noch Mai, und heute haben wir den zweiten Juli. So ein Wetter aber war's, genau so war es damals. Dieser Wind –«

»Wir wollen hoffen,« unterbrach ihn die Köchin, »daß wir heute nacht nicht wieder was Aehnliches erleben. Ein Gewitter gibt es, das fühle ich ganz deutlich in meinem rechten Bein, und wenn die Schmerzen so bis in die große Zehe hinuntergehen, dann kommt es tüchtig.«

»Das war eigentlich schrecklich damals mit dem Windbruch!« sagte das Hausmädchen mit einem Augenaufschlag, den sie gern verwendete, wenn der hübsche Diener in ihrer Nähe war. »Dies Heulen und Pfeifen und Krachen, und am andern Morgen dann alle die schönen Bäume am Boden – wie umgemäht. Ach, und der Pavillon, den es auch mit zerstört hat! Vorigen Sommer haben wir dort manchmal abends gesessen, und Ihr Vorgänger, Franz, hat uns was erzählt. Er war sehr unterhaltend, Ihr Vorgänger.«

Der Diener, den sie also anzustacheln suchte, sah nur flüchtig von der Zeitung auf, in die er sich wieder vertieft hatte, und sagte mit beleidigender Kälte: »Wirklich? Na, wir können ja nicht alle gleich sein.«

Diese Antwort erfreute den Kutscher, der den Rock ausgezogen und sich in Hemdärmeln auch an den Tisch gesetzt hatte. »Bravo!« rief er. »Nur immer die Frauenzimmer abfallen lassen, nur nicht auf ihre schönen Reden hören! Tun Sie alles, Franz, aber lassen Sie sich nicht einfangen. Heiraten Sie nicht, heiraten Sie nicht!«

»Ach, was verstehen Sie alter Junggeselle denn vom Heiraten?« fragte das Hausmädchen mit einer verächtlichen Kopfbewegung.

»Gerade genug. Denn es hat ausgereicht, um mich davor zu bewahren. Uebrigens meine ich, daß man just hier im Hause keine große Ursache hätte, ein Loblied aufs Heiraten zu singen.«

»Das ist leider Gottes wahr!« gab die Köchin zu, die sich dabei zum ersten Male in Uebereinstimmung mit dem Kutscher zeigte. Das war Wasser auf seine Mühle, und er knurrte die Worte jetzt noch lebhafter hervor. »Ja, habe ich nicht recht? Haben wir nicht hier vor Augen ein Beispiel von einer unglücklichen Ehe? Müssen Sie mir das nicht selber bestätigen, Fräulein Sophie?«

So als Autorität angerufen, stimmte die Köchin ihm zum zweiten Male bei, wenn sie auch gewohnten Widerspruch nicht ganz unterdrücken mochte.

»Jawohl, recht haben Sie, Herr Sürjahn. Aber das hat nichts mit dem Heiraten im allgemeinen zu tun, sondern nur mit dem Heiraten im besonderen.«

»Wieso meinen Sie das?«

»Ach, das wissen Sie doch so genau wie ich selbst. Wenn der Herr Baron sich in seinen Kreisen eine Frau gesucht hätte, dann wäre die Sache gut gewesen. Aber warum hat er diese Theaterprinzessin heiraten müssen? Wenn der Herr Baron selig das wüßte, der den ganzen Tag nur über seinem Stammbaum und seinen Familienpapieren saß, der drehte sich im Grabe um. Noch niemals ist es dagewesen – er hat oft mit mir gesprochen und von seinen Vorfahren erzählt – noch niemals, daß einer von ihnen aus seinem Kreise heraus geheiratet hat. Und das tut überhaupt niemals gut. Meine Mutter selig hat schon immer zu mir gesagt: ›Sophie, hat sie gesagt, wenn du mal heiraten willst, sieh nicht nach oben und nicht nach unten, sieh auf deinesgleichen‹ –«

Der Kutscher hatte sich, nachdenklich geworden, auf dem Kopfe gekratzt. »Na, gegen die Frau Baronin an sich möchte ich doch nichts einwenden,« warf er jetzt bedächtig ein, und gleich kam eine Zustimmung von den beiden jüngeren Dienstboten.

Langsam die Zeitung sinken lassend, hatte auch der Diener mehr und mehr auf das Gespräch gehorcht. Er sagte jetzt und wurde ein wenig rot, indem er sprach: »Die Frau Baronin ist doch eine so schöne Frau! Und so vornehm und so gut –!«

»Ja, gut ist sie wirklich,« bestätigte das Hausmädchen, das froh war, den Diener jetzt reden zu hören. »Ich kann mich gar nicht über sie beklagen. Vor drei Tagen erst hat sie mir wieder eine seidene Bluse geschenkt, ganz wie neu. Hellgelb und mit Spitzen. Am nächsten Sonntag will ich sie anziehen. Vielleicht bin ich dann schön genug für den Herrn Franz, daß er einmal mit mir ausgeht.«

Einer Antwort wurde Franz enthoben; denn die Köchin, die mit ausdrucksvoller Bewegung soeben einen Faden von ihrer Häkelei abgebissen hatte, nahm wieder energisch die Führung der Unterhaltung. »Das ist alles eins. Ich sage nichts gegen die Frau Baronin. Wenn sie geblieben wäre, wo sie hingehörte, da möchte die Sache wohl ganz in Ordnung sein. Aber gleich und ungleich soll sich nicht gesellen.«

»Solche Vorurteile kennt man doch eigentlich heutzutage nicht mehr.« Das Hausmädchen warf sich in die Brust als Vertreterin freidenkerischer Jugend, doch löschte die Köchin gleich ihr Kampfesfeuer. »Sie haben überhaupt noch gar nicht mitzureden. Wer noch nicht länger als drei Jahre hier im Schlosse ist, hat den Mund zu halten. Herr Sürjahn und ich, die wir schon beim Herrn Baron selig in Diensten waren, wir wissen es, wie hier die Sachen stehen.«

»Jawohl,« sagte der Kutscher, »so ist es. Wir haben das alles mit angesehen, wie es nach und nach so gekommen ist. Zu Anfang, in den ersten beiden Jahren nach ihrer Heirat, sind ja die zwei wohl ganz glücklich miteinander gewesen. Ich sage das ungern, weil ich grundsätzlich gegen das Heiraten bin, aber ich muß es zugeben. Und hinterher ist ja dann das Unglück auch ganz richtig gekommen; seit einem halben Jahr ungefähr ist es da. Wer von den beiden die Schuld daran trägt, das kann ich nicht entscheiden. Aber ein alter Dienstbote hat offene Augen und sieht, was er sieht.«

»Jawohl, jawohl,« bestätigte Sophie mit einem tiefen Seufzer.

Sürjahn aber fuhr fort: »Wie kommt es denn sonst, daß der Herr Baron jetzt so oft nach Berlin und anderswohin fährt? Er allein, was er sonst nie getan hat. Vor drei Tagen erst habe ich ihn wieder zur Bahn fahren müssen, und er ist noch nicht wieder zurück. Warum streiten die beiden so oft miteinander, und warum ist die Frau Baronin von unten weggezogen in den ersten Stock hinauf, ganz in den äußersten Flügel vom Schlosse?«

»Ach, das hat doch wohl nichts damit zu tun,« sagte der Diener und errötete abermals unter seinem blonden Schnurrbart.

»Mir hat die Frau Baronin gesagt, weshalb sie da hinaufgezogen ist, – ich habe ja die Möbel dort umrücken müssen. Weil sie die Sonne und die Wärme liebt, hat sie gesagt, und weil doch ihr neues Wohnzimmer dort nach dem Süden liegt. Früher, sagt sie, hat sie das Zimmer nicht so gern gemocht, aber jetzt hat es eine so schöne, weite Aussicht, weil doch der Windbruch den Wald niedergelegt hat. Nun kann sie bis Lünzin hinübersehen, und wenn die Sonne darauf scheint, blitzt sogar der tote See herüber, hat sie gesagt.«

»Hat sie gesagt, jawohl,« wiederholte Sophie verächtlich und setzte die Häkelnadel mit einem verstärkten, kriegerischen Eifer in Bewegung. »Wenn alles nur wahr wäre, was die Menschen sagen! Schöne Redensarten sind es, womit Sie die Frau Baronin dumm gemacht hat, junger Mann. Sie können das eben noch nicht unterscheiden. Ich aber sage Ihnen: darum allein ist sie nach oben hinaufgezogen, weil sie da hübsch weit entfernt ist vom Herrn Baron, der seine gewohnten Zimmer im Erdgeschoß niemals aufgeben wird. Die Zimmer, wo schon sein Vater selig und sein Großvater gewohnt haben. Ein Skandal ist es, aller Welt so zu zeigen, was kein Mensch erfahren sollte.«

Das Hausmädchen zuckte rebellisch die Achseln. »Nun, ich kann es keiner Frau verdenken, wenn sie einem Manne aus dem Wege geht, der sie schlecht behandelt. Wie du mir, so ich dir. Scheiden ließe ich mich ohne weiteres von ihm – und sie will das auch, soviel ich neulich zufällig gehört habe. Und wenn sie es einstweilen macht wie er und sich auch nach was anderm umsieht und auch ihre kleinen Heimlichkeiten hat –«

»Was für Heimlichkeiten?« Sophie hatte die Arbeit sinken lassen und fragte mit strengem Ton, der aber zugleich lebhafte Neugierde verriet. »Wissen Sie was von Heimlichkeiten bei der Frau Baronin?«

»Oh, ich will nichts gesagt haben.«

»Aber Sie haben etwas gesagt. Und wenn Sie dafür vielleicht die seidene Bluse geschenkt bekommen haben, damit Sie den Mund halten –«

»Aha, die seidene Bluse! Die hätten Sie wohl selbst gerne gehabt, Fräulein Sophie?«

»Ich kaufe mir, was ich brauche. Und ich würde mir niemals erlauben, etwas zu tun, was dem Herrn Baron mißfallen könnte, in dessen Diensten ich stehe. Und ich meine, daß es gerade genug ist, wenn schon das Unglück über einem Hause hängt –«

Jäh brach sie ab. Ein heller Glockenton, dem nach ganz kurzer Pause ein zweiter folgte, war in ihre Worte hineingeklungen. Der Kutscher warf einen Blick auf die runde Uhr an der Wand und sagte: »Das gilt Ihnen, Franz. Was mag das bedeuten? Es ist schon über halb elf; da klingelt sie doch sonst nicht mehr.«

Franz war bereits eifrig aufgesprungen und vertauschte rasch einen blauweiß gestreiften Drillichrock mit einer schwarzen Livree, die an einem Hakenbört hing. »Nein, das kommt selten vor. Es muß wohl was Besonderes sein. Aber ich werd' es ja gleich hören.«

Damit ging er hinaus auf den Korridor, der das Gebäude in seiner ganzen Längsrichtung von einer Schmalseite zur andern durchzog und in der Mitte das geräumige Treppenhaus kreuzte. Das Dienstbotenzimmer lag am äußersten Ende von diesem Korridor, und Franz wandte sich rechts hin auf das Treppenhaus zu. Dort brannte eine einzige, große, schmiedeeiserne Laterne, die nur mattes Licht in die beiden Korridorhälften sandte. Bevor der Diener jedoch seinen Fuß auf die unterste Stufe der nach oben führenden Treppe gesetzt hatte, blieb er in lebhafter Ueberraschung stehen. Denn ihm entgegen von oben herab kam die Baronin selbst und rief ihm schon im Gehen eine Frage zu: »Wo sind Sie gewesen, Franz? Haben Sie nichts gehört?«

»Frau Baronin entschuldigen, ich habe mich so sehr als möglich beeilt. Ich war in unserm Zimmer, wo auch die andern sitzen –«

»Und Sie haben nichts gehört?«

»Nein. Ich wüßte nicht, was ich gehört haben sollte.«

»Einen Ton. Einen Schrei, einen Hilferuf – ich kann ihn nicht beschreiben. Ich saß in meinem Zimmer, da hörte ich diesen furchtbaren Ton. Es war, als wenn er unmittelbar unter dem offenen Fenster wäre, oder, als wenn er aus den Mauern hervorkäme. In meinem Leben habe ich so etwas Unheimliches noch nie gehört. Und keiner von Ihnen –«

»Gewiß nicht, Frau Baronin. Wir haben freilich ein wenig lebhaft gesprochen, und unser Zimmer liegt ja ganz nach der andern Seite –«

»Nun, es ist gut. Rufen Sie mir auch die andern her und wecken Sie den Gärtner, wenn er schon schlafen sollte. Sagen Sie, daß er eine Laterne mitbringt; wir müssen im Park nachsehen, was dieser Ton bedeutet hat.«

Die Baronin sprach atemlos, ohne Pause; ein Zittern überlief ihren Körper. Eilig ging der Diener nach dem Zimmer zurück, aus dem er gekommen war; die Baronin tat ein paar hastige Schritte ihm nach, als wenn sie sich fürchtete, allein zu sein. Dann aber, als die von Franz herbeigerufenen übrigen Dienstboten sich um sie versammelt hatten, wiederholte sie die Frage von vorhin, ob niemand jenen Hilferuf, jenen Schrei vernommen habe. Allgemeines Erstaunen, allgemeines Verneinen war auch hier die Antwort.

Im Sprechen waren sie bis ins Treppenhaus zurückgegangen; Franz hatte sich durch den einen der beiden Hauptausgänge, der nach dem Hof zu lag, entfernt, um den Gärtner zu rufen. Auf das erste, lebhafte Durcheinander von Fragen und Antworten war ein tiefes, drückendes Schweigen gefolgt. Gerade unter der großen, schmiedeeisernen Laterne in der Mitte des Flurs, die helles Licht auf die Menschengruppe darunter niederschüttete, stand die Baronin, hoch aufgerichtet, aber totenbleich. Gleich einer breiten, goldigrötlichen Krone lag ihr Haar auf dem Kopf; unter dunklen Augenbrauen hervor schauten aus dem weißen Gesicht ihre blauschwarzen Augen mit starrem Ausdruck in eine geheimnisvolle Ferne.

Jetzt meldete sich mit vorsichtigem Räuspern der Kutscher zum Wort; jeder Ton hallte seltsam wider in dem hoch hinansteigenden Treppenhaus. Leise und rauh, mit einer deutlichen Scheu vor der eigenen Stimme begann der alte Mann zu sprechen. »Frau Baronin haben uns gefragt, ob wir nichts gehört haben – was Besonderes, Unheimliches. Und wir haben geantwortet, wie es richtig war, daß wir nichts gehört haben. Frau Baronin haben aber nur wegen heute gefragt –«

»Wegen heute, gewiß.«

»Ja natürlich, aber –«

»Aber was?«

»Wenn Frau Baronin gefragt hätten, ob man hier noch niemals etwas Derartiges gehört hätte, dann wäre wohl auch anders geantwortet worden.«

»Wieso? Was meinen Sie?«

»Ja, es ist nun so drei Wochen ungefähr her. Wir waren gerade vor dem ersten Heuschnitt, aber wir hatten damit noch nirgends angefangen, noch an keiner einzigen Stelle. Das ist nämlich wichtig, das darf man dabei nicht vergessen. Da hat eines Tages der Gärtner – aber da kommt er ja selber. Da kann er es der Frau Baronin auch selbst erzählen.«

Mit einem schweren Geräusch, das den hier hausenden Widerhall abermals weckte, hatte sich die große Eichentür nach dem Hofe hin geöffnet, und mit dem Diener zusammen, der eine brennende Laterne trug, war der Gärtner eingetreten. Er war nach seinem Aussehen der älteste von allen Anwesenden, weißköpfig und hager, aber mit gesundem, von Regen und Sonne gebräuntem und gegerbtem Gesicht. Er hatte sich wohl schon schlafen gelegt gehabt; noch im Eintreten zog er sich seine graue Joppe über ein blaues, gestricktes Hemd. Er wußte bereits durch den Diener, um was es sich handelte, konnte der Baronin aber nur sagen, daß auch er von dem geheimnisvollen Tone nichts gehört habe. Sie unterbrach ihn, als er sich darüber noch näher auslassen wollte, mit raschem, befehlendem Wort. »Wir haben jetzt keine Zeit, um viel zu reden. Wir müssen zunächst in den Park und sehen, ob wir dort nichts finden, was den Ton erklärt, den ich scheinbar allein gehört habe. Kommt alle mit – Sie gehen voran, Franz, mit der Laterne.«

Der Tür vom Hofe her lag eine andre, gleich große gerade gegenüber, die nach dem Park hinausführte. Zwischen zwei Vorbauten an den beiden Enden des Schlosses dehnte sich hier eine lange Terrasse aus, auf die noch vier Glastüren und eine ansehnliche Reihe von Fenstern des Erdgeschosses mündeten. Drei Stufen führten hinab in den Park.

Eine glühende Luft von fast körperlicher Schwere drang auf die Hinaustretenden ein, von einem starken, stoßweise noch mehr anschwellenden Winde gepeitscht. Im zitternden Schein der Laterne tauchten jenseits eines breiten Kiesweges, der am Schloß entlang führte, ein paar weiße Figuren auf hellen Sockeln ungewiß aus der Nacht hervor, denen sich andre in weiterer Ferne noch undeutlicher und geisterhafter anschlossen – eine doppelte Statuenreihe, die auf beiden Seiten einen rechtwinkelig begrenzten Rasenstreifen umsäumte. Seine kurze Schmalseite dem Schlosse zukehrend, zog er sich mit seinen weißen Gestalten scheinbar endlos in die Dunkelheit hinein, in der er verschwand. Rechts und links an ihm hin verliefen zwei Wege mit ihm zusammen in die finstere Ferne. Der am Schloß entlang führende Kiesweg zog sich ebenfalls weit über das Gebäude gradlinig hinaus nach beiden Seiten in die Nacht hinein. Hohe, beschnittene Hecken standen gleich schwarzen Mauern an den Seiten der Wege, und über sie her wuchsen alte, mächtige Bäume zu den grauen, schweren, gejagten Wolken empor, in die sie mit ihrem bewegten, im heißen Winde seufzenden Wipfeln hineinzugreifen schienen. Ein wildes, drohendes Rauschen war dort oben in der Höhe, und mitunter klang es, als wenn böse, fauchende Tiere miteinander kämpften.

Das ganze nächtliche, vom Windesbrausen durchklungene Bild tauchte nur immer stückweise, für Augenblicke rasch wieder verschwindend, aus der Finsternis empor, wenn der bebende Schein der Laterne darüber hinglitt, um beim Weiterwandern die verlassene Stelle noch dunkler, ungewisser, geheimnisvoller zu machen als zuvor.

»Dorthin!« sagte die Baronin mit einer Stimme, die von der glühenden Luft erstickt zu werden schien, und bewegte die Hand, um rechtshin zu deuten.

Eng sich aneinanderschließend ging nun die Menschengruppe in erwartungsvoll-ängstlichem Schweigen auf dem Kieswege hin, der an der Terrasse und an dem rechten Vorbau des Schlosses entlang führte. Hier hob die Baronin den Blick und sah nach oben. Dort im ersten Geschoß war das Eckzimmer hell beleuchtet, in dem sie wohnte, und grüßte mit seinen drei gelbschimmernden Fenstern herab. Eins davon lag in der Hauptfront vom Schlosse, die beiden andern, die geöffnet waren, in der seitlichen, schmäleren Wand. Bevor die schwarzen, rechts und links am Wege hin geradeaus laufenden Hecken begannen, führte hier noch ein kleiner Pfad an der Seitenfront entlang zu einer hölzernen Tür an der vorderen Ecke des Schlosses nach dem Hofe zu. Als im darübergleitenden Laternenschein diese Tür für einen Moment sichtbar geworden war, wandte sich die Baronin hastig zum Gärtner und fragte: »Haben Sie alle Parktüren heute wie gewöhnlich verschlossen?«

»Gewiß, Frau Baronin.«

»Dann gehen Sie schnell zurück und verschließen Sie auch die große Ausgangstür, durch die wir gekommen sind. Der Schlüssel steckt innen. Ziehen Sie ihn ab und bringen Sie ihn mir.«

Gehorsam, wenn auch mit einer Bewegung des Unbehagens über die Entsendung in die unheimliche Dunkelheit, folgte der Gärtner ihrem Befehl. Während er fort war, blieben die übrigen stehen, und ein ruhigerer Lichtschein fiel aus der Laterne auf eine Steinbank, die hier ganz nahe dem Schloß unter einer weißen Götterfigur in einer Nische der Hecke stand. Rasch war der Gärtner aber wieder zurück und überreichte der Baronin den geforderten Schlüssel.

»Nun müssen wir suchen,« sagte sie und schritt selbst voran. »Von hier, ganz aus der Nähe, muß dieser Ton gekommen sein. Ich hatte beinahe geglaubt, wir würden bei dieser Bank schon etwas finden, was ihn erklärt.«

Mit besonderer Sorgfalt beleuchtete der Diener noch einmal die bezeichnete Stelle, doch zeigte sich keine Spur eines lebenden Wesens. Leer und frei dehnte sich auch der Weg in die Ferne aus. Erstaunt bewegte die Baronin den Kopf. »Es ist nichts zu sehen. Wir müssen weiter hinein in den Park.«

Sie hieß den Diener vorangehen, und sie traten durch eine Oeffnung in der festen Hecke hinein in die stückweise erhellte Finsternis unter den hohen Bäumen, deren stöhnendes Rauschen hier noch drohender und lauter klang. Im Innern des von den Hecken mit geraden Wänden abgegrenzten Raumes, den sie betraten, endete der französische Charakter des Gartens, der dem Versailler Stil des Schlosses entsprach. Hier herrschte freie, nur gezügelte Natur. Unregelmäßig verschlungene Wege umzogen Rasenplätze und Baumpartien von scheinbar willkürlicher Form. Statuen erhoben sich, plötzlich weiß aufleuchtend, auch hier noch an einzelnen Stellen, doch wurden sie seltener, je weiter man sich vom Schlosse entfernte.

Im tiefen Schweigen der ungewissen Erwartung schritten die Suchenden eine Strecke weit in diesen Teil des Parkes hinein, mitunter von einem niedrigen Gesträuch erschreckt, in dem sich erregte Phantasie eine am Boden liegende menschliche Gestalt ausmalen konnte. Aber stets erkannten sie bei näherem Hinsehen die Täuschung und gingen weiter in vergeblichem Suchen. Auch den geraden Hauptweg, auf dem sie gekommen waren, überschritten sie noch einmal auf Befehl der Baronin und spähten im gegenüberliegenden Teile des Parkes in gleicher Weise sorgfältig, aber ohne jeden Erfolg umher.

Endlich blieb sie stehen. »Es hat keinen Zweck, daß wir noch weiter gehen. Von so fern her kann der Ton unmöglich gekommen sein. Ich muß mich getäuscht haben. Und doch –« Sie vollendete den Satz nicht, sondern versank für einen Augenblick in ein tiefes, nachdenkliches Schweigen. Dann sich gewaltsam aufrichtend, gab sie den Befehl, nach dem Schlosse zurückzukehren.

Der Diener öffnete die Haustür mit dem Schlüssel, den die Baronin ihm gab, um dann auf ihren Befehl von innen gleich abermals abzuschließen und den Schlüssel stecken zu lassen, sobald alle wieder auf dem großen, hallenden Flur versammelt waren. Sie gab diesen Auftrag, wie sie sagte, um das Entkommen einer etwa im Parke verborgenen Person durch das Haus unmöglich zu machen. Die Baronin überlegte einen Augenblick, dann fügte sie hinzu: »Alle Türen zum Park sollen morgen früh solange verschlossen gehalten werden, bis ich Erlaubnis gebe, sie zu öffnen. Der Park muß morgen bei Tage noch einmal durchsucht werden.« Sie hatte sich schon bei diesen Worten zum Gärtner gewendet und sprach nun auch weiter zu ihm: »Jetzt haben wir Zeit, Sie anzuhören. Sürjahn sagte mir vorhin, Sie hätten vor ein paar Wochen etwas Aehnliches gehört, wie ich selbst. Erzählen Sie mir das rasch und genau.«

»Ja, Frau Baronin, etwas Aehnliches war es nun eigentlich nicht. Was den Ton anbelangt, meine ich. Denn einen Schrei, oder so was, das habe ich nicht gehört. Aber ganz merkwürdig war es doch, und ich habe gleich zu meiner Frau gesagt –«

»Machen Sie's kurz. War es in Ihrer Wohnung? War es im Park?«

»Im Park natürlich. Der Heinrich Müller war dabei, der Gärtnerbursch. Ja, wenn ich es allein gehört hätte, aber der war dabei. Vor drei Wochen ist es gewesen, auf einen Montag, ziemlich früh am Tage. Wir hatten damals doch neuen Kies aufgeschüttet auf dem Platz mit der Steinbank an der Seite vom Schlosse –«

»Weiter, weiter!«

»Ja, ja, ich komme schon dazu. Wir harkten den Kies nämlich glatt, Heinrich Müller und ich, und auf einmal – auf einmal –«

»Was denn? Reden Sie doch!«

»Da hörten wir auf einmal, und zwar so nahe, als wenn es ganz unmittelbar neben uns wäre, – da hörten wir ganz deutlich, daß einer eine Sense dengelt.«

»Weiter nichts?«

»Nein, weiter war es nichts. Aber daß keiner zu sehen war, der es tat, und daß wir ganz genau wußten, daß keiner auf unserm Gut mit der Sense draußen war, und daß wir es doch hörten, als wenn es fünf Schritte von uns wäre, – das ist uns damals durch und durch gegangen. Und ich habe den Tag nicht mehr aus meinem Gedächtnis gebracht. Es war ein heißer, schwüler Tag, beinahe so wie heute, wie wir sie eigentlich selten hier haben, aber wie doch in diesem Sommer schon ein paar dagewesen sind.«

»Haben Sie nicht nachgesehen, ob nicht vielleicht doch jemand mit der Sense in der Nähe war?«

»Gewiß, Frau Baronin. Rund herum haben wir gesucht im Park, aber nichts haben wir gefunden.«

»Und wie kommt es, daß ich heute erst von dieser Sache höre?«

»Ja, Frau Baronin waren damals gerade verreist –«

»Vor drei Wochen, ganz recht. Ich war in Stettin bei meiner Schwester.«

»Und mit dem Herrn Baron haben wir auch nicht gern davon sprechen wollen, weil wir doch nicht gewußt haben, ob er an solche Sachen glaubt –«

»Wieso? Woran soll er glauben?«

»Ich meine, ob er daran glaubt, was ein solcher Ton bedeuten kann –«

»Was meinen Sie damit?«

»Wir auf dem Hofe haben viel darüber hin und her gesprochen, und einer hat dies gesagt und ein andrer jenes. Unser Schäfer Christian Wulfes aber, der doch mehr von manchen Dingen weiß, als wir andern – wie ja die Schäfer das im allgemeinen tun – der hat es uns gesagt, was der merkwürdige Ton bedeutet hat!«

»Und wie lautet seine Weisheit?«

Einen Augenblick zögerte der Gärtner wieder und bewegte sein rechtes Bein verlegen auf und ab, um dann mit leiser, aber seltsam durchdringender Stimme zu sagen: »Der die Sense da gedengelt hat, ohne daß wir ihn sehen konnten mit unsern leiblichen Augen, das ist, wie Christian Wulfes behauptet, kein andrer gewesen, als der Tod.«

»Der Tod?«

Sie versuchte zu lachen, doch kam kein Ton heraus, und nur ein krampfhaftes Zucken verzerrte ihr die Mundwinkel.

Der Gärtner aber mußte sich nun alles vom Herzen herunterreden, was darauf lag. »Jawohl, wie Christian Wulfes gesagt hat. Und wir haben es gesehen, daß er recht gehabt hat. Zwei Tage nur, nachdem wir das Dengeln der Sense gehört haben, der Heinrich Müller und ich, ist ja die Luise Stöves, was dem Zimmermann Stöves seine Tochter war, denn auch richtig gestorben.«

Die Baronin hatte jetzt ihre volle Fassung wiedergefunden. Mit einem kühlen, beinahe spöttischen Blick betrachtete sie den Gärtner. »Das Mädchen war krank, schon seit langer Zeit. Es hatte die Schwindsucht, und um ihretwillen brauchte sich der Tod nicht noch so besondere Mühe zu machen. Nein, mit solchem Aberglauben wollen wir hier im Schlosse nichts zu schaffen haben. Geht nun alle schlafen und kommt mir morgen mit klarem Kopf an die Arbeit.«

Sie wandte sich und begann, die breite, von schwerem, weißem Steingeländer bekleidete Treppe hinanzusteigen. Aber sie war eben erst auf der dritten Stufe angelangt, als der alte Kutscher hinter ihr herging und sagte: »Frau Baronin entschuldigen, ich bin doch nun schon so lange hier in Diensten, da darf ich mir wohl einmal eine Freiheit herausnehmen. Ich möchte nämlich fragen, – wo die Frau Baronin doch heute den sonderbaren Schrei gehört haben –, ob es nicht besser wäre, wenn wir vor dem Zubettgehen noch einmal alle Zimmer genau nachsähen; ich glaube, wir könnten nicht ruhig schlafen, wenn wir das nicht täten.«

»Sie meinen, der Ton, den ich gehört habe, könnte auch aus einem Zimmer im Schlosse gekommen sein? Ich halte das für völlig ausgeschlossen; er kam unbedingt von außen, aus dem Park. Aber es ist vielleicht gut, wenn die Zimmer noch einmal nachgesehen werden. Wir werden sicher heute nacht ein Gewitter haben, und ich will selbst mitgehen und mich überzeugen, ob auch alle Türen und Fenster gut verwahrt sind.«

Sie gab dem Diener einen Wink, mit seiner noch brennenden Laterne wieder voranzugehen, und aufs neue setzte sich der Zug der Suchenden in Bewegung. Anstatt unter den rauschenden Bäumen hin, ging es diesmal durch die langen, stillen Korridore des Schlosses, über Treppen und Gänge, von Zimmer zu Zimmer. Das obere Stockwerk wurde zuerst abgesucht, ohne daß etwas Verdächtiges gefunden wurde, sodann in gleicher Weise auch das Erdgeschoß. Hier war es, wo die Baronin vor der Tür eines Zimmers, das nach der Parkseite hinaus lag, die Untersuchung selbst unterbrach und sagte: »Hier in das Zimmer meines Mannes brauchen wir nicht hineinzugehen. Ich war vor einer Stunde darin, um ein paar Briefe auf den Schreibtisch zu legen. Ich selbst habe die Läden vor den Fenstern und vor der Glastüre festgemacht, – es ist alles in Ordnung. Denn diese Türe habe ich abgeschlossen, es hat niemand hineinkommen können.«

In stummem Gehorsam folgte die Dienerschaft ihrer Weisung, und ohne dieses Gemach zu betreten, durchsuchte man die Reihen der übrigen Zimmer. Es war unten so vergeblich wie oben; alle Räume waren leer, Türen und Fenster wohl verwahrt.

Mit einem Lächeln auf dem Gesicht, das einen Schimmer von Farbe zurückgewonnen hatte, wandte sich die Baronin zu dem alten Kutscher und sagte: »So, jetzt haben wir Ihnen den Willen getan. Und nun wollen wir versuchen, ob wir schlafen können.«

Zweites Kapitel

Das Gewitter, das die Baronin vorhergesagt hatte, war in der Nacht um ein Uhr losgebrochen und hatte mit wildem Lärm von Donner, Sturm und wolkenbruchgleichen Regengüssen die Luft erfüllt. Es regnete noch weiter, als der frühe Sommertag – ein wenig dunkler und später als gewöhnlich – die Nacht ablöste. Der Wind war umgesprungen, und es war kühl geworden. Er wehte, statt von Süden, jetzt beinahe aus Norden und schien die grauen, rasch treibenden Wolken den gleichen Weg zurückzujagen, den sie am vergangenen Tage vergeblich gemacht hatten.

Als flüchtete sie gleich ihnen vor einem unsichtbaren Feinde, so stürmte in der Frühe des Morgens eine weibliche Gestalt über die Treppen und Korridore des Schlosses, eilte bis zum äußersten rechten Flügel des ersten Stockwerks und pochte hier mit unsicheren, bebenden Fingern an eine Tür. »Frau Baronin! – Frau Baronin!« rief sie dabei mit einem Ton, in dem Furcht und Hast merkwürdig durcheinander klangen.

Ueberraschend schnell öffnete sich die Tür, und schon völlig angekleidet, obwohl es noch nicht viel über fünf Uhr war, erschien die Baronin zum Erstaunen des Hausmädchens, das nach ihr gerufen hatte, auf der Schwelle.

»Frau Baronin sind schon auf, – ach, ich habe der Frau Baronin etwas Furchtbares zu melden.«

»Was denn? Sprechen Sie!«

»Ja, der Gärtner, der ist nämlich heute besonders früh in den Park gegangen, weil er hat sehen wollen, was das Unwetter für Schaden getan hat, und da – hat er den Herrn Baron gefunden.«

»Im Park?«

»Nein, in seinem Zimmer, – tot in seinem Zimmer!«

»Um Gottes willen, – Rosa! Das ist ja furchtbar, – furchtbar!« Sie taumelte und hielt sich an einem Stuhl. Das Mädchen eilte hinzu, um ihr beizustehen, doch machte sie eine abwehrende Handbewegung.

»Lassen Sie, Rosa, es handelt sich nicht um mich. Tot, sagen Sie, – ermordet?«

Erstaunt blickte das Mädchen sie an. »Frau Baronin verzeihen, das habe ich nicht gesagt. Der Gärtner sprach von einem Schlaganfall.«

Die Baronin grübelte einen Moment stumm vor sich hin, dann fragte sie: »Und in seinem Zimmer ist er gefunden worden, – wie ist das möglich?«

»Ich weiß es nicht, Frau Baronin, aber der Gärtner –«

»Nein, Sie brauchen es mir nicht zu wiederholen, er soll es mir selber sagen.« Damit warf sie sich einen Mantel über, der neben der Türe hing, und eilte vor dem Mädchen her über Korridor und Treppe nach unten.

Der größte Teil der Dienerschaft war, geweckt von der Schreckensnachricht, bereits wach und auf den Beinen; die große Tür zum Park hinaus war geöffnet, aber die Baronin achtete in ihrer atemlosen Aufregung nicht auf diese Uebertretung ihres Befehles vom vergangenen Abend. Auf die Tür wies das Mädchen. »Das Zimmer ist nach dem Korridor hin, glaube ich, noch verschlossen. Vom Garten aus ist der Gärtner hineingekommen.«

Ohne weiter zu fragen, ging die Baronin mit unverminderter Hast aus der großen Ausgangstür auf die Terrasse hinaus, die schwarz und glänzend vom Wasser war, und auf die der Regen immer noch mit unverminderter Gewalt niederprasselte. Sich nahe der Hauswand haltend, kam die Baronin mit ihrer Begleiterin an mehreren dicht verschlossenen Fenstern des Erdgeschosses vorüber bis zu einer Glastür, an der ein Flügel geöffnet war. Die von innen davorgelegten Läden waren bisher weder hier, noch an den beiden Zimmerfenstern rechts und links von der Tür geöffnet worden, doch ließ im Zimmer brennendes elektrisches Licht genau erkennen, was in dem Raum vorging.

Einen Augenblick zauderte die Baronin hier, sich in einer Anwandlung von Schwäche am Türpfosten haltend, und schaute auf die beiden Männergestalten, die sich drinnen bewegten und mit einer dritten, unbeweglichen beschäftigt waren. Dann trat sie hinein und sagte mit heiserer, aber fester Stimme: »Vor allen Dingen machen Sie die Läden auf und lassen Sie das Tageslicht herein.«

Der Gärtner ging mit den unsicheren, scheinbar auch vom Schrecken gelähmten Schritten des Alters an das eine der Fenster, der Diener, der als zweiter im Zimmer war, eilte behender mit jugendlichem Eifer an das andre. Seine rascheren Hände hatten die Läden an diesem Fenster und auch an der Glastür bereits geöffnet, als der Gärtner erst mit denen des andern Fensters zurechtgekommen war.

Nun ging die Baronin mit ein paar schnellen Schritten bis zu dem Sessel, in dem die unbewegliche Gestalt lag, kniete nieder und faßte die eine der schlaff herabhängenden Hände, um sie sogleich, wie von ihrer Kälte durchschauert, wieder sinken zu lassen. »Ist keine Hilfe mehr?« fragte sie zu gleicher Zeit. »Warum ist sein Gesicht so furchtbar verzerrt? Haben Sie schon an den Arzt telephoniert?«

Franz, noch röter als sonst im Gesicht vor Aufregung, antwortete mit gepreßter Stimme: »Leider ist wohl nichts mehr zu machen, Frau Baronin. Ich war eine Zeitlang bei der Sanitätskolonne und weiß ungefähr, was in solchen Fällen zu tun ist. Ich habe auch schon Verschiedenes versucht. Aber wenn Frau Baronin befehlen, werde ich gleich an den Herrn Kreisphysikus telephonieren.«

»Selbstverständlich muß das geschehen. Sie hätten das bereits tun können. Aber vor allem tragen Sie beide meinen Mann dorthin auf den Diwan. Wenn noch Hilfe möglich sein sollte –« Sie brachte den Satz nicht zu Ende, sondern wiederholte ihren Befehl nur mit den hastigen Worten: »Rasch, tragen Sie ihn dort hinüber.«

Die Männer gehorchten, und nach wenigen Minuten lag der starre Körper auf einem großen und breiten, mit Fellen überdeckten Diwan, auf dem seine Gestalt merkwürdig zart und klein erschien.

Als der Diener hinausgegangen war, um zu telephonieren, wandte die Baronin sich an den Gärtner und sagte in einem weicheren, umschleierten Ton: »Jetzt, Beckmann, erzählen Sie mir genau, wie Sie meinen armen Mann gefunden haben.«

Der Angeredete fuhr sich zuerst mit der Hand über den kahlen Kopf, als wenn er eine Last fortschieben müßte, die dort bedrückend lag, und begann dann seinen Bericht: »Ja, Frau Baronin werden doch das Unwetter gehört haben in dieser Nacht. Mich hat es nicht wieder einschlafen lassen; ich habe immer an mein Beet mit den Musas denken müssen, ob es die nicht ganz zerfetzt hat. Und so bin ich denn gleich nach fünf Uhr aufgestanden und habe mich angezogen und bin hinausgegangen in den Park –.«

»Das alles weiß ich, das hat Rosa mir bereits erzählt. Wie war es weiter? Wie sind Sie hier in das verschlossene Zimmer gekommen?«

»Es war nicht verschlossen! Das war es ja, was mich so gewundert hat. Es war eben nicht verschlossen. Und ich habe das gesehen, wie ich so durch den Regen an der Terrasse hingehe. Da sehe ich so ganz von ungefähr hier nach dem Schlosse herüber, und da steht unter all den fest abgesperrten Türen und Fenstern an dieser einen, einzigen Glastür der eine Flügel weit offen. Na, und weil wir doch gehört hatten, daß der Herr Baron verreist wären, hat mich das um so mehr gewundert. Und ich habe mir erlaubt, näher heranzugehen –.«

»Die Tür war offen, sagen Sie? Wirklich weit offen?«

»Der eine Flügel, der mit dem Handgriff. Ich denke mir, der Herr Baron hat ihn wohl nicht ganz fest genug zugemacht beim Hereinkommen, und in der Nacht hat ihn dann der Gewittersturm aufgerissen und ins Zimmer hineingedrückt. Auch den Regen hat es ein Stück weit hineingetrieben, wie Frau Baronin dort noch auf dem Fußboden bemerken können.«

»Und hat niemand vom Dienstpersonal meinen Mann gesehen beim Nachhausekommen?«

»Nein, soviel ich bis jetzt gehört habe, niemand. Aber wenn der Herr Baron einmal unvermutet von einer Reise oder einem Ausflug zurückgekommen sind und haben sich nicht mit dem Wagen abholen lassen von der Station, sondern sind zu Fuß den Richtweg durch den Park gegangen, dann haben der Herr Baron doch öfter schon die Tür hier selbst aufgeschlossen und sind so direkt in das Zimmer gegangen. Besonders wenn es schon spät gewesen ist, und Herr Baron die Frau Baronin nicht mehr stören wollten. Das ist doch in letzter Zeit namentlich ein paarmal vorgekommen, soviel ich gehört habe.«

»Das ist richtig, Beckmann. Und wie haben Sie den Armen gefunden?« Bei diesem erneuten Ausdruck des Mitleides war wieder ein flüchtiger weicher Ton in ihrer Stimme, doch kamen auch jetzt keine Tränen in ihre Augen.

»Auf dem Sessel dort vor dem Schreibtisch hat er gelegen, ganz hintenüber und mit herunterhängenden Armen. Und ich bin so furchtbar erschrocken gewesen, daß ich mir gar nicht zu helfen wußte. Und dann habe ich Licht gemacht und habe den Franz geweckt und –«

»Es ist gut. Wie kommt es, daß der Stuhl dort am Boden liegt? Haben Sie ihn umgestoßen?«

»Ich? Nein, Frau Baronin. Er hat schon gelegen, wie ich hier hereingekommen bin. Es hat mich auch gewundert, aber ich habe mir gedacht, Herr Baron haben sich vielleicht an dem Stuhl halten wollen, wie ihm schlecht geworden ist, und er hat ihn dann mit umgerissen.«

Sie blickte scharf, mit prüfenden Blicken auf die Stelle.

»Sie haben etwas Falsches gedacht, Beckmann,« sagte sie dann. »Wenn die Sache so wäre, müßte mein Mann dort gleich neben dem Stuhl zu Boden gestürzt sein. Ueberhaupt sehe ich hier Zeichen von Unordnung, die ich nicht verstehe. Das Fell unter dem Schreibtisch ist verschoben, die eine Schublade, in der die Schlüssel stecken, steht halb offen und sieht aus, als wenn man darin gewühlt hätte. Auch die Briefe hier auf dem Tisch liegen unordentlicher, als ich sie hergelegt habe gestern abend. Wenn ich wüßte, – haben Sie schon nachgesehen, ob nichts von den Sachen fehlt, die mein Mann bei sich zu tragen pflegte?«

»Nein, nein, Frau Baronin, wie hätte ich mir das herausnehmen können!«

»Aber jetzt müssen Sie's tun. Ich kann es nicht, kann ihn nicht berühren! Sehen Sie nach – in seinen Kleidern, in seinen Taschen. Sind Uhr und Portemonnaie noch vorhanden?«

Er gehorchte und untersuchte mit vorsichtigen Händen die Gewandung des Toten. Auch die Baronin trat nahe zu ihm heran, und bald hatten sie herausgefunden, daß Brieftasche, Uhr und Portemonnaie nicht mehr vorhanden waren. Weiter umhersuchend, erkannte die Baronin, daß auch ein goldenes Falzbein fehlte, womit sie die Papiere auf dem Schreibtisch am Abend vorher beschwert hatte. Nun musterte sie mit erneuter und erhöhter Aufmerksamkeit auch Gesicht und Körper ihres Mannes, um plötzlich mit halblautem Schrei zurückzufahren.

»Es ist ein Mord, Beckmann, kein Schlaganfall! Sehen Sie her. Sehen Sie diese blutunterlaufenen Spuren an seinem Hals? Einem gemeinen Raubmord ist mein Mann zum Opfer gefallen.«

»Um Gottes willen!«

»Gehen Sie sofort und setzen Sie die Gendarmerie in Kenntnis. Gehen Sie, gehen Sie!«

Eilig machte der Gärtner sich auf den Weg, um den Befehl der Baronin auszuführen, und sie blieb allein bei der stummen, regungslosen Gestalt auf dem Diwan.

Lange Zeit blickte sie starr darauf nieder, um dann den Kopf langsam ein paarmal zu bewegen, als wenn sie dem Toten zunickte; leise sagte sie dabei vor sich hin:

»Also vorbei für immer.« – – –

Eine halbe Stunde später ungefähr hörte sie ein vorsichtiges Räuspern an der Glastür. Aus ihrer tiefen Versonnenheit schaute sie empor auf diesen Ton. »Was gibt es, Rosa?« fragte sie rasch. »Ist jemand von der Gendarmerie gekommen?«

»Nein, Frau Baronin. Aber eben sprengte ein Reiter in den Hof. Es ist der Herr von Breitenbach und er fragt, ob er die Frau Baronin sprechen könnte. Und weil er doch der nächste Gutsnachbar ist –«

Die Baronin wiegte den Kopf ungeduldig hin und her.

»Ich möchte jetzt niemanden sehen.«

»Ich habe gleich gesagt, daß ich nicht glaube, Frau Baronin würden ihn empfangen können. Er ist aber in so großer Aufregung und läßt sagen, er hätte der Frau Baronin etwas mitzuteilen über den Herrn Baron.«

»Das ist etwas anderes. Lassen Sie ihn kommen, – hierher. Die beiden waren ja Freunde.«

Rosa verschwand, und nach wenigen Augenblicken verdunkelte sich die Glastür durch den Eintritt einer ungewöhnlich großen und breiten Männergestalt. Die Baronin war auf ihrem Platze stehen geblieben und erwartete unbeweglich das Näherkommen des Eintretenden. Mit großen Schritten, mit einer wiegenden Bewegung seines hohen Körpers ging er auf sie zu und streckte die Hände nach ihr aus. Dabei sprach er mit einer sonst wohl kräftigen und lauten, im Augenblick stark abgedämpften Stimme: »Ja, ist es denn möglich? Ist es denn wahr?«

Sie wies mit einer Bewegung des Armes auf den Toten. »Es ist wahr. Sehen Sie hin.«

Er trat ein wenig näher, jedoch nicht bis unmittelbar zu dem Diwan, und blickte schweigend ein paar Augenblicke nieder auf den Gestorbenen. Dann hob er die Hand, um die Augen damit zu bedecken und murmelte: »Mein armer, armer Freund!«

Als er sich nun wieder zu der Baronin umwandte und sein Gesicht nach dem Lichte kehrte, konnte sie sehen, daß er in Wahrheit im Innersten erregt war. Sein volles, ganz glatt rasiertes Gesicht, in dem sonst mehr vom Lebensgenuß als vom Leiden zu lesen war, hatte alle Farbe verloren, und es zuckte um seinen Mund wie von verhaltenen Tränen oder von einer nervösen Regung. Dann begann er wieder mit seiner künstlich gedämpften Stimme zu sprechen: »Ich bin gleich herübergeritten auf die erste Nachricht hin. Unglücksbotschaften fliegen ja schnell. Ich bin gekommen, Ihnen meine Dienste anzubieten und –«

»Sie hätten mir etwas über ihn mitzuteilen, sagte das Mädchen.«

»Ganz recht. Ich war nämlich gestern abend noch mit ihm zusammen.«

»Gestern? Mit ihm?«

»Ja, ich glaube sogar, daß ich der letzte gewesen bin, der ihn lebend gesehen hat, bevor dieser traurige Unfall ihn getroffen hat.«

»Es war kein Unfall,« fiel die Baronin Herrn v. Breitenbach ins Wort.

»Was meinen Sie?«

»Es war Mord. Nach meiner festen Ueberzeugung war es Mord.«

»Um Gottes willen! Aber durch wen, aus welchen Motiven?«

»Ein Raubmord, so viel ich beurteilen kann. Es fehlen verschiedene Wertgegenstände, und hier an seinem Halse können Sie Spuren von etwas Furchtbarem sehen. Man hat ihn erwürgt.«

Breitenbach stieß einen dumpfen Laut aus und verhüllte sich abermals die Augen mit der Hand. »Ach, zeigen Sie mir das nicht, ich kann es nicht sehen!«

Mit einer Art von Erstaunen betrachtete sie den Erschütterten. »Auch ich muß es sehen,« sagte sie dann, »und ich habe ihn doch einmal geliebt. Aber wie Sie wollen.«

»Erzählen Sie mir nun, wo Sie meinen Mann getroffen haben und was er mit Ihnen gesprochen hat.«

Er atmete scheinbar erleichtert auf. »Wir haben einander ganz zufällig auf der Bahn getroffen, im Zuge. Bassow kam von Berlin zurück, ich von Rostock. Als ich einstieg, sah ich ihn gleich und setzte mich zu ihm ins Coupé. Mir war es außerordentlich lieb, ihn zu treffen, denn ich hatte eine geschäftliche Sache mit ihm zu verhandeln. Sie wissen, Baronin, daß ein Stück von meinem Gute – der Teil da drüben mit dem toten See – tief in das Ihrige eingreift, eine Halbinsel gewissermaßen, die auf zwei Seiten von Ihrem Besitz umgeben ist. Bassow hatte schon lange den Wunsch, zu arrondieren, dieses Stück zu erwerben. Ich hatte früher nie davon wissen wollen, wegen des wertvollen Waldbestandes gerade auf diesem Fleck. Seit aber der Windbruch im Frühjahr die meisten von den Bäumen gefällt hat, liegt die Sache für mich anders, und gerade in diesen Tagen hatte ich mich entschlossen, ihm seinen Wunsch zu erfüllen.«

»Darüber also haben Sie mit ihm gesprochen?«

»Ja, jedoch erst, als wir den Zug verlassen hatten. Im Coupé waren verschiedene Leute, vor denen Geschäftliches besser nicht verhandelt wurde. So schickte ich meinen Wagen, den ich an die Station bestellt hatte, wieder zurück, weil Bassow unerwartet heimkam und zu Fuß gehen wollte. Darauf sind wir ganz langsam zusammen den Feldweg gegangen. Wir konnten uns über den Preis nicht einigen, darum haben wir geraume Zeit auf dem Wege zugebracht. Etwa eine Viertelstunde haben wir auf einer Bank am Waldrand gesessen.«

»Und es ist Ihnen unterwegs nichts Verdächtiges begegnet?«

»Ja; da Sie mich fragen, fällt es mir ein. Sie wissen, der Feldweg führt eine Strecke durch den Wald. Er ist nur schmal dort, und es war schon sehr dämmerig. An dieser Stelle ist uns ein Mann begegnet. Genau habe ich ihn nicht erkennen können, aber trotzdem war etwas in der Erscheinung, was mir auffiel und mich veranlaßte, mich nach ihm umzusehen. Er war stehengeblieben und sah uns ebenfalls nach; als ich nach einer Weile noch einmal zurückschaute, schien es mir, als wenn er umgekehrt und ein Stück hinter uns hergekommen wäre.«

»Wie sah er aus?«

»Ich sagte schon, es war sehr dämmerig an der Stelle. Das aber habe ich doch erkennen können, daß es ein großer Mann war, beinahe so groß wie ich selbst, und daß er in gebeugter Haltung ging.«

»Gebeugt und groß – dann glaube ich nicht –«

Sie brach plötzlich ab; es war, als wäre sie über die eigenen Worte erschrocken.

Mit einem raschen Blick, bei dem in seinen hellgrauen Augen ein eigentümlicher, harter Stahlglanz aufleuchtete, blickte Breitenbach ihr ins Gesicht. Eine Sekunde lang schwieg er, als wenn er ihr plötzliches Verstummen um so deutlicher hervorheben wollte; dann erst folgte seine Frage: »Baronin, Sie haben einen Verdacht?«

»Nein, nein, keinen Verdacht. Warum sagen Sie das?«

Ganz rasch, mit wenig Atem kamen ihre Worte hervor.

»Weil Sie den Satz, den Sie angefangen hatten, unvollendet ließen.«

»Ich bin unruhig, zerstreut, ist das ein Wunder an diesem furchtbaren Morgen? Und immer kommt noch niemand von der Polizei! Würden Sie den Mann, dem Sie begegnet sind, wiedererkennen?« fügte sie dann unvermittelt hinzu.

»Sein Gesicht, nein. Aber seine Figur mit ihrer auffallenden Haltung ist mir deutlich im Gedächtnis geblieben. Und wenn ich etwas dazu beitragen könnte, den Schändlichen zu ermitteln, der mir den liebsten und nächsten Freund ermordet hat –«

Sie unterbrach ihn. »Ist in Ihrem Gespräch mit meinem Manne nicht irgendein Wort gefallen, das auf eine Spur leiten könnte?«

»Nein, wir haben lediglich über unser Geschäft gesprochen, das nicht zum Abschluß kommen wollte und auch tatsächlich noch nicht zum Abschluß gekommen ist. Ich glaube, daß er den Mann, der uns begegnete, kaum beachtet hat.«

»Ich spreche nicht von diesem Manne, der meiner Ansicht nach nichts mit der Sache zu tun hat.«

»Aber Baronin!«

»Nehmen Sie an, daß ich meine Gründe habe, um das zu sagen, daß ich sie aber vorläufig noch nicht aussprechen möchte.«

Sie hatte jetzt volle Sicherheit in Ton und Haltung wiedergefunden und stand mit ihrem bleichen Gesicht ganz ruhig vor ihrem Besucher. Und mit gleicher Sicherheit fügte sie nun hinzu: »Nein, ich frage, ob nicht gestern oder sonst in letzter Zeit mein Mann irgend etwas gesagt hat, was für die Nachforschung nach dem Mörder nützlich werden könnte. Früher ist er öfter mit Bettelbriefen belästigt worden – vielleicht – hat er von etwas Derartigem nicht gesprochen.«

Mit immer schärferer und nachdrücklicherer Prüfung hatte Breitenbach seine Blicke auf ihrem Gesichte ruhen lassen, und immer stärker war der Stahlglanz in seinen Augen geworden. Wer auch seine Stimme war ganz ruhig, als er nun antwortete: »Nein, davon hat er niemals mit mir gesprochen, weder gestern, noch früher.«

»Und wo haben Sie sich von ihm getrennt?«

»Ich bin bis zu der nächsten Tür im Parkgitter mit ihm gegangen und habe mich dort von ihm verabschiedet.«

»Die Tür war verschlossen?«

»Gewiß. Er zog den Schlüssel hervor und öffnete.«

»Und schloß er sie hinter sich wieder ab?«

»Das ist meines Wissens bei dieser Türe nicht nötig. Sie fällt von selbst ins Schloß, wenn man sie zuzieht.«

»Ja, das ist richtig. Und Sie haben hinterher nichts mehr gehört? Keinen Ton, keinen Schrei?«

»– Nein – nichts.«

Sie öffnete die Lippen zu einer Antwort oder zu einer weiteren Frage, doch wurde sie durch unerwartetes Erscheinen Rosas in der offen gebliebenen Glastür verhindert, sie auszusprechen. Halblaut meldete das Mädchen: »Der Herr Wachtmeister von der Gendarmerie ist eben angekommen.«

Die Baronin befahl ihr, den Mann sofort hereinzuführen, und als das Mädchen wieder gegangen war, trat Breitenbach auf sie zu. »Gestatten Sie mir, mich zu verabschieden, Baronin, und zugleich etwas nachzuholen, was ich im Schrecken und in der Unruhe dieses Tages bisher leider versäumt habe.« Seine Mienen hatten sich verändert, und er sprach wieder in dem weichen, vibrierenden Tone, wie bei seinem Eintreten: »Ich habe versäumt, Ihnen meine tiefste, herzlichste Teilnahme bei diesem großen, jähen Verluste auszusprechen.«

Mit einer energischen Bewegung richtete sich die Baronin auf; die Linien ihres Gesichtes wurden fest und hart. »Lassen Sie das, Herr von Breitenbach, wir wollen keine Komödie miteinander spielen. Es weiß niemand besser als Sie, sein vertrauter Freund, wie mein Verhältnis zu meinem Manne sich seit einem Jahr ungefähr verändert hat. Sie wissen, daß wir einander geliebt haben, schwärmerisch, leidenschaftlich, – Sie wissen aber auch, daß diese Liebe in uns gestorben ist. Nicht erst heute habe ich meinen Mann verloren. Wie sehr ich den Lebenden betrauert habe, ist meine Sache. Sie meinen es gut, und ich danke Ihnen, aber ich bitte Sie, sprechen Sie mir nicht von Teilnahme.«

Einen Augenblick schien Breitenbach nach einer Antwort zu suchen, dann aber verbeugte er sich tief und sagte nur: »Wie gnädigste Baronin befehlen.« Damit ging er durch die Glastür in den Park hinaus.

Drittes Kapitel

Herr von Breitenbach war kaum gegangen, als der Gendarm eintrat. Er war ein dicker Mann mit einer zu weit geschnallten Säbelkoppel um den Leib und einem Dienstehrenzeichen auf der Brust. Mit ihm zugleich kam ein leiser Messing- und Ledergeruch herein. Er glühte vom raschen Ritt, von Aufregung und Wichtigkeit. Nachdem er in aller Ehrerbietung seiner Teilnahme an dem traurigen Vorfall Ausdruck gegeben hatte, worauf ihm die Baronin nur durch eine wortlose Kopfbewegung Antwort gab, fing er seine Nachforschungen an.

Auch er konstatierte die blutunterlaufenen Stellen am Halse des Toten und verwandte besondere Sorgfalt auf die Feststellung der fehlenden Wertgegenstände. Seine Frage, ob sich mutmaßlich eine größere Summe Geldes im Portemonnaie oder in der Brieftasche befunden habe, mußte die Baronin unbeantwortet lassen. Da ihr Mann von einer mehrtägigen Reise zurückgekehrt war, für die er sich ohne Frage reichlich mit Geld versehen hatte, so konnte sie annehmen, daß noch eine ansehnliche Summe davon übrig gewesen sei. Genaueres vermochte sie nicht anzugeben. Dagegen betonte sie die Unwahrscheinlichkeit, daß in dem geöffneten Schreibtische sich noch weiteres Geld befunden habe. Dort pflege ihr Mann es niemals aufbewahrt zu haben, sondern stets im Geldschrank in seinem anstoßenden Schlafzimmer, der bei nun vorgenommener Besichtigung unberührt erschien. Ob irgendwelche Papiere oder derartiges aus dem Schreibtisch entwendet worden seien, vermochte die Baronin gleichfalls nicht festzustellen.

Als der Gendarm sich die Gegenstände genau notiert hatte, die nach ihrer Mitteilung sicher fehlten, ließ er die Blicke suchend über den Raum dahingehen und sagte dann: »Darf ich Frau Baronin bitten, sich das ganze Zimmer und alles, was darin ist, noch einmal ganz genau anzusehen, ob nicht möglicherweise doch noch etwas fehlt.«

Verneinend bewegte sie den Kopf. »Ich habe schon alles wieder und wieder darauf angesehen, aber ich habe –« Plötzlich unterbrach sie sich selbst. Unwillkürlich waren trotz ihrer Ablehnung ihre Blicke der Aufforderung des Gendarmen gefolgt, hatten die Gegenstände im Zimmer abermals gemustert und waren jetzt auf einem niedrigen, vierbeinigen Eichentisch haften geblieben, der auf der linken Seite neben der Tür zur Terrasse stand. »Das ist merkwürdig!« sagte sie leise.

»Was denn, was denn, Frau Baronin?« fragte der Gendarm, der den gespannten Ausdruck eines wohldressierten Jagdhundes auf der Spur angenommen hatte.

»Merkwürdig ist es, daß ich das übersehen habe, und ebenso merkwürdig, daß gerade das noch fehlt.«

»Also fehlt wirklich noch ein weiterer Gegenstand?« Er atmete vor Eifer hörbar durch die Nase.

»Ja. Und sonderbarerweise etwas, das für den Mörder ohne jeden Wert sein muß, aber an sich so auffallend ist, daß es ihn leicht verraten könnte.«

»Und was? Und was?« Das dicke, schwarze, abgegriffene Notizbuch in seiner Hand bebte.

»Eine kleine Decke, die auf dem Tische dort gelegen hat, fehlt. Ich selbst habe sie einmal gestickt. Sie war mattgelb, viereckig, und um den Rand lief eine Guirlande von grünem Weinlaub mit blauen Beeren.«

Er war schon beim Schreiben. »Decke – viereckig – Guirlande mit blauen – blauen – Beeren. Ja, warum der Verbrecher die genommen haben soll, das verstehe ich auch nicht. Aber vielleicht liefert er sich durch diese Unvorsichtigkeit uns in die Hände. Jedenfalls haben wir in dieser Decke ein wertvolles, leicht erkennbares Corpus delicti.«

Er hatte seine Aufzeichnungen beendet und machte jetzt eine militärische Verbeugung mit geschlossenen Hacken vor der Herrin des Hauses. »Meine Tätigkeit hier ist fürs erste beendet. Ich habe die Ehre, mich Frau Baronin zu empfehlen. Mein Pferd steht noch gesattelt auf dem Hof; ich reite sogleich zum Landratsamt, um persönlich Bericht zu erstatten. Bei der Wichtigkeit des Falles ist das geboten. Der Herr Landrat werden sodann das weitere veranlassen.«

»Und was hat hier zu geschehen?«

»Alles muß unberührt bleiben, wie es im Augenblick ist. Wenn Frau Baronin das Zimmer verlassen, müssen Frau Baronin die Güte haben, es abzuschließen, daß niemand es betreten kann.«

»Bis der Arzt kommt, bleibe ich unter allen Umständen hier. Gehe ich dann, wird Ihre Vorschrift genau befolgt werden. Und nun eilen Sie, damit nichts versäumt wird.«

Noch einmal das militärische Hackenzusammenschlagen des ehemaligen Kürassierunteroffiziers, ein leises Klingen seiner Sporen beim gedämpften Hinausgehen, und die Baronin war wieder allein. Sie trat jetzt noch einmal zu dem Eichentischchen an der Tür, blickte auf die leere, hellbraune Fläche und schüttelte nachdenklich den Kopf.

Ihr Alleinsein aber dauerte nicht lange. Der Diener meldete die Ankunft des Arztes, und unmittelbar hinter ihm erschien dessen Gestalt in der Tür. Es war eine behäbige, mittelgroße Figur, auf der ein von vollem, weißem Haar und Bart umgebener Kopf saß. Ein Gemisch von Bärbeißigkeit und Güte war in dem Gesicht, aber die Güte darin erschien als das Ursprüngliche, Natürliche, die Bärbeißigkeit nur als künstliches Ergebnis eines vom Leben aufgedrungenen Pessimismus. Den »Knecht Ruprecht« nannten ihn viele Kinder in der Gegend, bei denen er die Rolle dieses lieber schenkenden als bestrafenden Geistes um die Weihnachtszeit gern und häufig gespielt hatte.

Wortlos ging die Baronin auf ihn zu. Bei seinem Anblick zum ersten Male schien ihre bisherige Fassung sie zu verlassen. Ein Schluchzen, halb erstickt, kam aus ihrer Brust; ohne reden zu können, streckte sie nur die Hände nach ihm aus. Er nahm sie, faßte sie beide und hielt sie fest in den seinen.

»Meine arme, liebe Baronin, – welche Nachricht hat mich heute zu Ihnen geführt!« Seine Stimme war unklar und rauh; er sprach nur mit Mühe.

Und seine innere Bewegung löste nun auch völlig die ihre. Sie brach plötzlich in Tränen aus, und mit einer Bewegung, wie wenn ein Kind sich zu seinem Vater flüchtete, legte sie das überströmte Gesicht an seine Schulter. Er aber ließ sie ruhig gewähren, streichelte nur mit milder Hand ihre Haare und sagte leise: »Weinen Sie, – weinen Sie! Wir Aerzte wünschen häufig, Tränen verordnen zu können, aber die muß ein anderer schenken.« Erst, nachdem sie ein wenig ruhiger geworden war, schob er sie sanft zurück und fügte hinzu: »Ueber Sie, Baronin, werden wir noch häufiger sprechen können. Aber Sie ließen mich wegen eines anderen rufen.«

Sie hob den Kopf und strich sich das Haar zurück, das mit seiner blondroten Fülle auf ihr Gesicht herabgesunken war. »Sie haben recht. Ich habe mich gehen lassen, verzeihen Sie mir. Dort ist Ihr Platz.«

Mit ausgestreckt erhobener Hand zeigte sie nach dem Diwan, doch war der Arzt ihr schon zuvorgekommen und neben der ausgestreckten Gestalt niedergekniet, auf deren Brust er horchend sein Ohr legte. Eine Weile ließ ihn die Baronin seine Untersuchungen und Bemühungen fortsetzen, dann fragte sie, wieder merkwürdig ruhig geworden: »Es ist keine Hilfe mehr, nicht wahr?«

Der Arzt erhob sich. »Nein, Baronin, es ist keine Hilfe mehr. Aber damit wissen Sie noch nicht alles –«

»Ich weiß es.«

»Wie?«

»Ich weiß, daß mein Mann ermordet worden ist.« Einen kurzen, überraschten und fragenden Blick warf der Arzt auf ihr bleiches, jetzt anscheinend nach innen blickendes Gesicht. »Sie haben einen Verdacht?« Unwillkürlich tat er die Frage.

»Nein.« Kurz und rasch kam die Antwort. Und gleich darauf, als wenn sich ihre Gedanken damit in erster Linie beschäftigt hätten, fügte sie hinzu: »Haben Sie mich auch nicht mißverstanden, weil ich geweint habe?«

Mit einem freundlichen Aufleuchten siegte jetzt in seinem Gesichte die Güte über jeden anderen Ausdruck. »Wie sollte das möglich sein, liebe Baronin?«

»Weil Sie denken könnten – Sie sind mir ja in all der Zeit hier der einzige wahre, treue, zuverlässige Freund gewesen. Sie und Ihre Frau Gemahlin. Alle die anderen –« der Schatten eines Lächelns glitt über ihre Züge – »haben es mir ja niemals verzeihen können, daß ich früher einmal eine Künstlerin war.«

»Das kam wohl nur daher, weil sie nicht aus eigener Anschauung wußten, welch' eine Künstlerin Sie gewesen sind. Ich hatte ja noch den Genuß gehabt, Sie zu hören und zu sehen, damals in Wien.«

»Das ist der Anfang und Grund unserer Freundschaft gewesen; ich weiß es. Aber später ist so vieles hinzugekommen, so viel Gutes und Liebes von Ihrer Seite. Wie oft haben Sie mich zur Ruhe gesprochen, wenn ich launisch, ungerecht, heftig war – gegen ihn.« Ein halber, scheuer Blick von ihr flog zu dem Toten hinüber.

»Und oft haben Sie mir die Freude gemacht, auf meine Worte zu hören. Das geschieht einem Arzt und einem Freunde nicht allzu oft.«

»Weil Sie mein Freund sind, – eben darum sollen Sie mich nicht falsch beurteilen. Darum sollen Sie nicht glauben, daß meine Tränen erheuchelt waren. Sie wissen, was aus unserer Ehe geworden war, und wenn ich nun weinte, so waren es wohl nur die Nerven, die nach der Aufregung versagten.«

Er schüttelte mit mildem Lächeln den weißhaarigen Kopf. »Sie sind stolz, Baronin, ich weiß es. Aber darum brauchen Sie sich nicht schlecht zu machen vor mir. Ich kenne Sie doch. Und es war etwas ganz anderes als Ihre Nerven, was diese Tränen hervorrief. Sie weinten um Ihr vergangenes, verlorenes Glück, das nun einmal doch jahrelang die Gestalt jenes Mannes dort getragen hat.«

Bevor der Arzt es zu hindern vermochte, beugte sie sich mit rascher Bewegung nieder und küßte seine Hand. »Sie denken besser von mir, als ich selbst. Ich danke Ihnen von Herzen.«

Schweigend ließ er ihr einen Augenblick Zeit, sich mit milden, guten Gefühlen zu durchwärmen. Dann aber nahm er ihren Arm in den seinen und sagte: »Nun kommen Sie fort aus diesem Totenzimmer. Wir können hier nichts mehr helfen und müssen dafür sorgen, daß alles unberührt bleibt, bis die Herren vom Gericht eintreffen. Sind sie benachrichtigt?«

»Gewiß. Ich erwarte sie. Doch wird noch einige Zeit vergehen.«

»Dann kommen Sie und verschließen Sie die Türen. Sie müssen sich ein wenig niederlegen und ruhen.«

»Nein, nein, das kann ich nicht. Die ganze Nacht schon habe ich keine Minute geschlafen. Gestern abend, – – – ich muß Ihnen das noch ausführlich erzählen, – ich habe gestern etwas Entsetzliches erlebt, gehört! Bleiben Sie bei mir, dann bin ich zufrieden.«

»Gut, wie Sie wollen.«

Sie gingen hinaus; in fester Abgeschlossenheit blieb das Totenzimmer hinter ihnen. Die Baronin zog sich nur solange zurück, um ein schwarzes Trauerkleid anzulegen, dann setzte sie sich zu dem Arzt in ihr Wohnzimmer. Sie sorgte für ein Frühstück, von dem sie selbst jedoch fast gar nichts genoß, und während sie dem alten Freunde dabei gegenüber saß, erzählte sie von dem unerklärlichen Schrei, den sie gehört hatte, und in dem sie die Stimme ihres Mannes, wie sie zum ersten Male jetzt betonte, mit Sicherheit erkannt zu haben glaubte. Als aber der Arzt nach genauen Erkundigungen und Erwägungen die Ansicht aussprach, es müsse sich doch wohl um eine Halluzination des Gehörs gehandelt haben, wurde sie ungeduldig, beinahe heftig und brach das Gespräch ab.

Ein paar Stunden waren so vergangen, als der Diener meldete, daß die Herren vom Gericht angekommen seien. Die Baronin befahl, sie in den großen Gartensaal zu führen, der im Erdgeschoß, ein Stück von dem Totenzimmer entfernt, aber auch nach der Terrasse hinaus lag, und stieg in Begleitung des Arztes die Treppen hinab. Aus dem schwarzen Kleide wuchs das Gesicht der Baronin weiß und starr hervor, die Krone des Haares darüber leuchtete doppelt so stark.

Zwei Herren, ein großer und ein kleiner, traten ihnen, gleichfalls in schwarzer Kleidung, entgegen. Der kleinere, der sich der Baronin als Staatsanwalt von Sieglitz vorstellte, war so stark, daß er breitbeinig gehen mußte, wie ein Seemann, während er den Leib vorstreckte und seinen Kopf zurücklegte, um das Gleichgewicht zu bewahren.

Durch einen goldenen Kneifer auf der breiten und kurzen Nase schien er so die Welt immer von unten her zu betrachten. Ein langer Schmiß auf der linken Backe sprach von standesgemäß verbrachten Studienjahren; auch ein Stück vom rechten Ohre war ihm damals abgeschlagen worden. In dem starken Körper wohnte sonderbarerweise nur eine kleine, helle Stimme, die durch Schärfe die abgehende Kraft ersetzte. Ein unbestimmter Duft von schwerem Rotwein ging von dem Manne aus.

Sein Begleiter, der von ihm als Referendar Widukind vorgestellt wurde, war sehr elegant und modisch gekleidet und überragte den Herrn Staatsanwalt fast um Haupteslänge. Sein Gesicht wäre freundlich und hübsch gewesen, wenn sich ihm nicht – wohl durch angestrengtes Arbeiten und Nachdenken – vier strahlenförmig von der Nasenwurzel ausgehende Falten scharf in die Stirnhaut gegraben hätten, die unauslöschlich darin hafteten. Kein Wechsel im Gesichtsausdruck vermochte sie zu verscheuchen, und sie gaben ihm den Anschein, als wenn er jeden Menschen immer nur als Inquirent betrachtete. Ein gestutzter, brauner Schnurrbart vermehrte noch den Ausdruck des Fragenden in seinem Gesichte. Dem Kreisphysikus, der mit ihnen die gleiche Stadt bewohnte, waren die Herren bereits bekannt, aber da sie beide noch nicht lange am dortigen Gerichte tätig waren, hatte die Baronin sie bisher nicht gesehen.

Der Staatsanwalt begann sogleich die Erfüllung seiner amtlichen Pflicht, indem er sagte: »Gnädigste Baronin werden verzeihen, wenn ich nur mit kurzen Worten meine Teilnahme an dem traurigen und bisher unaufgeklärten Vorfall ausspreche, der mich hierher geführt hat. Möglichste Eile ist immer geboten, wenn sich's um Ergreifung eines Verbrechers handelt. Ich darf daher wohl bitten, mich sogleich in den Raum zu führen, wo die Sache sich abgespielt hat.«

»Gewiß.« Ohne Zögern ging die Baronin voran über den Korridor und öffnete mit einem Schlüssel, den sie bei sich führte, die Tür zu dem ehemaligen Arbeitszimmer des Toten.

Mit raschem, geübtem Blick überflog der Staatsanwalt nach allen Richtungen hin den Raum, um an der starren Gestalt auf dem Diwan haften zu bleiben. »Hat man den Toten in dieser Stellung aufgefunden?«

»Nein, er lag in dem Sessel vor seinem Schreibtisch. Weil ich Hilfe zunächst noch für möglich hielt, ließ ich ihn dorthin tragen, um dem Körper eine bequemere Lage zu geben.«

Mißbilligend und ungeduldig bewegte der Staatsanwalt seinen hintenübergebogenen Kopf hin und her, wobei er, jedoch laut genug, um auch von der Baronin verstanden zu werden, vor sich hinmurmelte: »Daß in solchen Fällen auch immer wieder dieselben Dummheiten gemacht werden!« Er fügte sodann lauter hinzu: »Nun, jedenfalls werden Sie und die anderen Zeugen mit Genauigkeit angeben können, in welcher Lage man den Körper gefunden hat.«

»Gewiß.« Mit einem Ausdruck von kaltem Stolze blickte die Baronin auf das Gesicht hinab, das auch zu ihr beim Sprechen emporschauen mußte.

Herr von Sieglitz besichtigte nun sehr sorgfältig in Gemeinschaft mit dem Arzte die Spuren des Verbrechens am Halse des Toten, die verzerrten Züge des Gesichts, auf dessen stummen Lippen auch jetzt noch ein vergeblicher Hilferuf zu schweben schien, den Anzug des Ermordeten, dessen Taschen fast völlig ausgeleert waren. Er ließ, während Referendar Widukind sich die nötigen Bemerkungen für Aufnahme des Protokolls notierte, alle fehlenden Gegenstände, soweit sie bekannt waren, vorläufig aufzählen und sagte dann: »Herr Kreisphysikus, ich möchte Sie nun bitten, die Sektion so rasch als möglich vorzunehmen.«

»Die Sektion?« Es war die Baronin, die mit einem Tone des Abscheues oder des Erschreckens die Frage tat.

Erstaunt sah der Staatsanwalt sie an. »Allerdings. Haben Sie etwas dagegen einzuwenden?«

»Ich – es ist mir zuwider. Und er, – ich weiß, daß er den Wunsch hatte, nach seinem Tode nicht seziert zu werden.«

»Ich bedaure, unter diesen Umständen auf den Wunsch des Verstorbenen keine Rücksicht nehmen zu können. Ich handle nach strengster Vorschrift. Ist ein Raum in der Nähe, in dem die Sektion vorgenommen werden kann?«

Mit auf die Unterlippe gebissenen Zähnen stand ihm die Baronin schweigend gegenüber. Sie schien entschlossen, ihm keine Antwort zu geben. An ihrer Stelle nahm der Arzt in beschwichtigendem Tone das Wort: »Ich möchte für diese leider unvermeidliche Vornahme das nebenan gelegene Schlafzimmer des Barons vorschlagen. Ich kenne den Raum als geeignet. Und Sie, liebe Baronin, darf ich wohl bitten, ein paar Männer von Ihrem Dienstpersonal zur Hilfeleistung zu bestimmen.«

Es war, als wenn ihre hart gewordenen Züge auftauten unter seinen freundlichen Worten. Sie bewegte den Kopf nach ihm und sagte: »Wenn Sie es für nötig halten und wünschen, gewiß.« Damit ging sie selbst nach der Tür und rief durch den Ton der elektrischen Glocke den Diener herbei, der kurz darauf in Begleitung des Kutschers wieder hereinkam. Sie schoben den Diwan, der auf Rollen lief, durch die weitgeöffnete Tür in das Nebenzimmer. Ein dumpfes Geräusch, ein Wiederschließen der Türen, und verschwunden war das Opfer des Todes aus dem Zimmer, das es mit seinem Schrecken erfüllt hatte. Zu dem Kreisphysikus, der dem Diener folgte, sagte der Staatsanwalt noch: »Mit dem Herrn Referendar komme ich nachher hinüber, um das Ergebnis der Sektion zu hören und das Protokoll darüber aufzunehmen. Vorläufig haben wir hier noch zu tun.« Und er fügte, sich an den Referendar Widukind wendend, hinzu: »Setzen Sie sich dorthin, Herr Kollege, um zunächst hier zu protokollieren. Nein, nicht an den Schreibtisch; er muß unberührt bleiben. Aber am Fenster steht noch ein Tisch. Das Tintenfaß können Sie dort hinübernehmen. »Auch Sie bitte ich, sich zu setzen, Frau Baronin.«

»Ich stehe lieber.«

Ein kurzer, halb erstaunter, halb mißtrauischer Blick des Staatsanwalts war die Antwort auf ihre Worte. Dann schob er stumm einen Sessel für sich zurecht, in dem er sich niederließ.

»Ich schreite nun zu der eigentlichen Zeugenvernehmung. Sie, Frau Baronin, werde ich zunächst unbeeidigt vernehmen, doch muß ich Sie darauf hinweisen, daß Ihre nachträgliche Beeidigung jederzeit beschlossen werden kann.«

Sie beugte den Kopf nur ein wenig zum Zeichen des Verständnisses, und nun begann die vorgeschriebene Feststellung der Personalien. Auf die Frage nach ihrem Mädchennamen antwortete die Baronin, daß er Holstedt gelautet habe.

»Von Holstedt?«

»Nein, – bürgerlich. Karoline Mathilde Holstedt.«

Die Fragen nach Eltern und Geburtsort folgten – die Baronin war in Danzig geboren worden – und nun fragte Herr v. Sieglitz: »Haben Sie bis zu Ihrer Verheiratung immer in Danzig gelebt?«

»O nein. Von dort bin ich schon mit achtzehn Jahren fortgegangen. Ich war in Posen, Dresden, Berlin, Wien, Budapest –«

»An so vielen, verschiedenen Orten? Wie erklärt sich das?«

»Ich war Künstlerin.«

»Künstlerin?«

»Ja, Sängerin.«

»Konzertsängerin jedenfalls?«

»Nein, beim Theater.«

»Ah!« Die helle Stimme des Staatsanwalts wurde vor Ueberraschung noch heller und schärfer, und von diesem Augenblick an veränderte sich fast unmerklich der Ton seiner Fragen. Er wurde ein klein wenig herablassender und ein klein wenig vertraulicher. Dem feinen Ohr der Baronin aber entging diese Veränderung nicht, und sie stellte ihr eine wachsende Kälte gegenüber.

Das fortschreitende Verhör bezog sich auf den Zustand, in dem Körper und Zimmer des Toten gefunden worden waren, doch wußte die Baronin ihren früheren Angaben etwas Neues in dieser Hinsicht nicht hinzuzufügen. Die nachweislich fehlenden Gegenstände wurden im Protokoll verzeichnet, die durch den umgeworfenen Stuhl, die verschobene Decke unter dem Schreibtisch, die auf dessen Platte liegenden Briefe bezeugte Unordnung im Zimmer genau vermerkt.

Um diese Papiere zu betrachten, hatte der Staatsanwalt sich erhoben und war an den Schreibtisch herangetreten.

»Hat der Verstorbene diese Briefe selbst noch hierhergelegt?«

»Nein. Er war drei Tage verreist, und sie sind in seiner Abwesenheit eingelaufen.«

»Sie sind, wie ich sehe, zum Teil noch verschlossen, zum Teil erbrochen. Wie erklärt sich das?«

»Die unerbrochenen sind Geschäftsbriefe, die an meinen Mann adressiert waren und bis zu seiner Heimkehr liegen zu bleiben pflegten. Die beiden offenen waren an mich gerichtet, und ich hatte sie nur meinem Manne zur Einsicht hierhergelegt.«

»Sie selbst persönlich?«

»Ja, gestern abend.«

»Um welche Zeit?«

»Um neun Uhr ungefähr.«

»Damals also war der Baron sicher noch nicht zurückgekehrt?«

»Nein, sicher nicht.«

»Sie waren bei Licht hier im Zimmer?«

»Ich habe das elektrische Licht angedreht, es war tageshell.«

»Waren die Fenster verschlossen?«

»Nein, die Tür zum Park und beide Fenster waren offen, – der Abend war ja sehr warm. Ich habe sie dann selbst geschlossen und überall die Läden vorgelegt, weil ein Gewitter am Himmel stand. Auch die Tür zum Korridor habe ich abgeschlossen. Mein Mann hatte, wenn er unvermutet heimkam, zu beiden Türen den Schlüssel.«

»Sonst niemand?«

»Außer mir niemand. Es ist ganz unmöglich, daß nach meinem Hiersein und vor meines Mannes Ankunft irgendwer noch dieses Zimmer betreten hat.«

»Aber der Mörder könnte sich vorher durch die offene Tür vom Park her eingeschlichen und irgendwo versteckt haben. Waren Sie nebenan im Schlafzimmer?«

»Nein, das nicht.«

Er schwieg nachsinnend einen Augenblick; die Briefe auf dem Tische fesselten aufs neue seine Aufmerksamkeit.

»Sie sagen, daß diese Papiere hier anders liegen als gestern.«

»Ja, zweifellos. Mein Mann war von großer Ordnungsliebe. Ich selbst bin es von Haus aus nicht in gleicher Weise, habe mich aber nach ihm gewöhnt. Ich hatte darum auch diese Papiere wohlgeordnet hier auf die rechte Seite des Tisches gelegt und sie mit dem goldenen Falzbein beschwert, das ja zu den fehlenden Gegenständen gehört.«

»Aber es wäre doch möglich, daß Ihr Herr Gemahl selbst beim Nachhausekommen die Briefe durchgesehen hätte.«

Sie hob die Schultern und verzögerte die Antwort einen Augenblick, um dann zu sagen: »In diesem Falle wären doch auch wohl die Geschäftsbriefe an ihn selbst erbrochen.«

»Das ist richtig.«

Mit vorsichtigen Fingern, um ihre Lage so wenig als möglich zu verändern, blätterte der Staatsanwalt in den Papieren. »Unter den offen daliegenden Sachen hier ist auch ein Plan, eine Zeichnung. Was bedeutet sie?«

»Dieser Plan befand sich bei dem einen der an mich gerichteten Briefe. Wir hatten hier vor zwei Monaten einen heftigen Sturm, der außer vielen Bäumen bei uns und auf dem Nachbargute Lünzin auch einen Pavillon hinten im Parke zerstörte. Mein Wunsch war es, ihn wiederhergestellt zu sehen; ich beauftragte daher gleich damals einen Architekten in Berlin, mir eine Zeichnung für einen neuen Pavillon zu liefern. Die Sache hat sich hinausgezögert. Wenn die Ausführung des Planes nun für mich auch keinen Zweck mehr hatte, so wollte ich meinen Mann doch von dem Eingang der Zeichnung in Kenntnis setzen.«

»Keinen Zweck – wieso?«

Sie tat einen tiefen Atemzug, bevor sie sprach, sonst aber veränderte sich nichts an ihrer Haltung. »Weil wir die Absicht hatten, uns voneinander scheiden zu lassen.«

Referendar Widukind warf einen bewundernden Blick zu der Frau hinüber, die so ruhig und stolz von solchen Dingen sprach; er hätte gern als Anmerkung ins Protokoll geschrieben: »Ein königliches Weib!« Der Staatsanwalt aber ließ ein zweites »Ah« der Ueberraschung hören, so hell und grell, daß es beinahe wie ein Krähen klang.

»Sie standen vor der Scheidung? Das war mir unbekannt.«

»Wir hatten auch bisher nur persönlich und mit unseren beiderseitigen Rechtsbeiständen darüber verhandelt. Einer der beiden Briefe, die dort geöffnet liegen, bezieht sich darauf.«

Nachdenklich zerrte der Staatsanwalt an dem ihm gebliebenen Reste seines zur Hälfte abgeschlagenen rechten Ohres.

»Garchim ist Majorat, soviel ich weiß?«

»Ja, Majorat.«

»Sind Kinder aus Ihrer Ehe vorhanden?«

»Nein.«

»Wissen Sie, ob ein Testament Ihres verstorbenen Gemahls vorhanden ist?«

»Was hat diese Frage mit meines Mannes Tode zu tun?«

»Ich muß bitten, es mir zu überlassen, welche Fragen ich für nötig halte.«

»Fragen Sie.«

»Ich warte noch auf eine Antwort.«

»Es ist ein Testament meines Mannes vorhanden; vor drei Jahren, bald nach unserer Verheiratung ist es aufgesetzt worden. Das Majorat fällt selbstverständlich an den nächsten männlichen Verwandten meines Mannes, einen Vetter von ihm, der jetzt in der Nähe von Breslau sein Gut hat. Mir ist eine sehr ansehnliche Jahresrente ausgesetzt, außerdem die Berechtigung zugesprochen worden, ein halbes Jahr nach dem etwaigen Tode meines Mannes noch hier auf Garchim wohnen zu bleiben.«

»So, – und Baron Bassow hat jetzt, wo Sie doch vor der Scheidung standen, nicht etwa die Absicht gehabt, ein anderes Testament zu machen?«

Sie preßte die Lippen fest aufeinander, und ein dunkles, zorniges Blitzen kam aus ihren Augen. Aber sie beherrschte die Stimme auch jetzt. »So viel ich weiß, hat er das beabsichtigt; er hat Aeußerungen darüber getan. Aber zur Ausführung ist sein Plan bisher wohl kaum gekommen.«

Herr von Sieglitz nickte ein paarmal vor sich hin; bei der zurückgebogenen Haltung des Kopfes gewann es den Anschein, als wenn er den oben an der Decke abgemalten ruhenden Mars also begrüßte. Nach einem kurzen Schweigen tat er die Frage:

»Haben Sie sonst noch etwas zu bemerken, gnädige Frau? Haben Sie vielleicht irgendwelchen Verdacht gegen eine bestimmte Person?«

»Nein.«

»Ist die Dienerschaft zuverlässig?«

»Absolut.«

»Ist in der letzten Zeit keine verdächtige Persönlichkeit in der Nähe des Schlosses gesehen worden?«

»Nein, sicher nicht.« Sie gab gerade diese Antwort so lebhaft und rasch, daß der Staatsanwalt ihr durch die Gläser seines Kneifers einen kurzen, scharf beobachtenden Blick zuwarf. Doch tat er keine weitere Frage, sondern sagte nur: »Damit wäre die Vernehmung vorläufig beendet. Ich danke Ihnen, gnädige Frau.«

»Aber ich habe noch etwas zu bemerken. Sie fragten eben danach. Es ist eine wichtige Sache.«

»Reden Sie.«

»Nach meiner festen Ueberzeugung ist mein Mann draußen im Park ermordet worden und nicht hier im Zimmer.«

»Im Park?«

»Wie die Dienerschaft bezeugen wird, habe ich gestern abend unmittelbar unter meinen Fenstern einen Ton, einen Schrei gehört, der mich furchtbar erschreckte. Gleich gestern habe ich die Stimme meines Mannes darin zu erkennen geglaubt.«

»Sie haben doch gewiß gleich Nachforschungen angestellt?«

»Gewiß. Der Park ist in meiner Gegenwart von der Dienerschaft genau durchsucht worden.«

»Und was haben Sie gefunden?«

»Nichts.«

»Nichts? Und hat jemand außer Ihnen jenen Ton, – jenen Schrei, gehört?«

»Nein.«

»So? Kann der Schrei nicht auch aus diesem Zimmer gekommen und von Ihnen gehört worden sein?«

»Ich halte das für völlig ausgeschlossen. Mein Wohnzimmer liegt im oberen Geschoß ganz am Ende; das einzige Fenster, das es nach dieser Seite hat, war nicht geöffnet. Auch hätte die Dienerschaft im Gesindezimmer den Schrei hören müssen, wenn er von hier gekommen wäre.«

Der Staatsanwalt lächelte ein maliziöses Lächeln. »Die Geschichte, die Sie mir da erzählen, gnädige Frau, ist ohne Frage sehr interessant, aber auch, wie Sie mir zugeben müssen, ein wenig romantisch. Vorläufig ist es ein ungelöstes und – vielleicht auch kaum zu lösendes Rätsel, das mir da von Ihnen aufgegeben worden ist.«

»Ich gestehe das zu. Auch mir ist die Sache vollkommen unerklärlich. Aber ich hielt mich für verpflichtet, Ihnen davon Mitteilung zu machen.«

»Gewiß, ich danke Ihnen. Und nun wären wir zunächst wohl wirklich zu Ende...«

Das eigentümliche Lächeln blieb auf seinem Gesicht, während er sprach. Die Baronin, der es mißfiel, antwortete nur mit einer leichten, stummen und stolzen Verbeugung. Sie hatte jetzt noch das Protokoll zu unterzeichnen, was in großen, männlichen Schriftzügen geschah, dann konnte sie das Zimmer verlassen.

Der Staatsanwalt ging ein paarmal auf und nieder, ohne zu sprechen; eine innere Bewegung färbte sein Gesicht röter und ließ den Schmiß auf seiner Backe stärker hervortreten. Dann rieb er sich voller Befriedigung die Hände und sagte: »So, nun wollen wir die anderen Zeugen vernehmen.«

Diensteifrig sprang Referendar Widukind auf und veranlaßte das Erscheinen des Dienstpersonals. Einzeln betraten die Leute das Zimmer und machten ihre Aussagen. Sie bestätigten die Angaben der Baronin, doch gaben alle zu Protokoll, daß niemand etwas von dem geheimnisvollen Schrei gehört habe, daß die Durchsuchung des Parkes an den in Frage kommenden Stellen genau und sorgfältig, aber völlig ergebnislos gewesen sei. Auch sagten sie sämtlich aus, daß ihres Erachtens die Ehe ihrer Herrschaft in letzter Zeit eine unglückliche und vielfach durch Differenzen aller Art getrübte gewesen sei.

Die letzte unter der Zahl der Vernommenen war das Hausmädchen Rosa, die mit größerer Unsicherheit als ihre Dienstgenossen vor den Staatsanwalt hintrat. Seinem geschulten Blick entging ihre Verwirrung nicht. Er machte sie zunächst aber sicherer und ruhiger durch scheinbar gleichgültige Fragen, um dann plötzlich die blitzenden Kneifergläser scharf auf sie zu richten. »Haben Sie jemals wahrgenommen, daß Ihre Herrin mit fremden Personen insgeheim verkehrt hat?«

Einen Augenblick schwieg das Mädchen, dann brach es in Schluchzen aus und rief: »Ach, die Frau Baronin ist ja doch immer so gut zu mir gewesen! Ich darf es nicht sagen und kann es nicht sagen!«

»Sie dürfen und müssen! Ich verweise Sie auf die Gefahren der Eidesverletzung. Sie werden Ihre Aussagen beschwören müssen, und Meineid wird mit Zuchthaus bestraft.« Ein Tränenstrom, von undeutlichen Ausrufen begleitet, war zunächst ihre Antwort. Dann aber, als der Staatsanwalt mit Geschick einen väterlichen Ton anschlug, sie an ihre tote Mutter erinnerte und ihr sagte, daß es noch völlig ungewiß erscheine, ob durch ihre Aussage der gütigen Baronin irgendwelche Ungelegenheit bereitet würde, bequemte sie sich zum Reden.

»Es ist ein paar Tage her,« begann sie, doch unterbrach sie der Staatsanwalt sofort.

»Wieviel Tage? Sie müssen ganz genau sein. Bezeichnen Sie den fraglichen Tag bestimmt. Heute haben wir Freitag –«

»Ja, ich muß mich nur erst besinnen. Am Dienstag – jawohl, am Dienstag ist es gewesen. Ich weiß es, weil der Herr Baron an diesem Tage abreisten.«

»So, so!«

»Vormittags um zehn Uhr ist er fortgefahren, und nachmittags ist es gewesen.«

»Um welche Zeit?«

»Um vier Uhr – ja, so um vier Uhr wird es gewesen sein. Es war ein Besuch gekommen, die Frau von Linker von Torchow, und ich suchte die Frau Baronin auf ihrem Zimmer, um den Besuch anzumelden. Der Diener war im Augenblick nicht da. Und weil ich die Frau Baronin nicht fand, ging ich in den Park. Sie hat einen Lieblingsplatz, wo sie meistens sitzt, und eine von den weißen Figuren steht neben dem Platz. Ich war über den Rasen gegangen, um rascher hinüberzukommen, und so hatte sie mich nicht hören können. Denn sie war dort, wie ich es mir gedacht hatte, aber sie war nicht allein.«

»Nicht allein – so? Und wer war außer der Frau Baronin dort?« fragte der Staatsanwalt.

»Ein fremder Mann, den ich noch niemals gesehen hatte. Ein großer Mann, der aber den Kopf gebeugt hielt –«

»War er jung oder alt?«

»So in mittleren Jahren, aber die Haare waren schon ein wenig grau, – er hielt seinen weißen Strohhut in der Hand. Das heißt, weiß war er eigentlich nicht mehr, und überhaupt sah der Mann ein wenig abgerissen und verkommen aus.«

»Haben Sie nicht gehört, was die Frau Baronin mit ihm sprach?«

»Nein, – ein paar Worte nur, – ach, muß ich das alles sagen?«

»Unbedingt! Sie werden vereidigt werden.«

»Sie sagte, – weiter habe ich aber wirklich nichts gehört: ›Lassen Sie sich nicht hier sehen, bis ich Ihnen geschrieben habe, wann und wo Sie das Geld in Empfang nehmen sollen.‹«

»Und er, – was hat er gesagt?«

»Nichts. In dem Augenblick sah mich die Frau Baronin und machte ein Zeichen mit der Hand, wohl, daß er schweigen sollte. Mich aber schickte sie gleich wieder fort und sagte, sie würde in ein paar Minuten hinüberkommen.«

»Weiter also haben Sie nichts gehört?«

»Nein, ganz gewiß nicht.«

»Und auch hinterher hat die Baronin über die Sache nicht mit Ihnen gesprochen?«

»Nein, – aber –«

»Aber was?«

»Am Abend hat sie mir eine wunderschöne seidene Bluse geschenkt, hellgelb mit Spitzen, ganz wie neu.«

»Hat sie dabei gesagt, Sie sollten schweigen über die Begegnung vom Nachmittag?«

»Nein, das nicht, aber –«

»Aber Sie haben das auch ohne Worte verstanden. Sie scheinen mir ein gescheites Mädchen zu sein –«

»Ach, ich danke sehr!«

»Und weiter haben Sie nichts bemerkt, haben den Mann vom Dienstag nicht etwa noch einmal gesehen?«

»Nein, wirklich nicht. Ich habe ganz genau gesagt, was ich weiß. Wenn ich nur der guten Frau Baronin damit keine Ungelegenheiten bereite!«

»Beruhigen Sie sich, das dürfte kaum geschehen. Die Sache wird sich gewiß ganz harmlos aufklären. Und nun können Sie gehen. Wenn ich Sie noch einmal befragen muß, werde ich Sie rufen lassen.«

Mit einem tiefen Knix empfahl sich das Mädchen. Der Staatsanwalt aber trat seine Wanderung durch das Zimmer wieder an, wobei seine Augen abermals den Mars an der Decke zu betrachten schienen. Plötzlich blieb er dann vor dem Referendar Widukind stehen, der ein wenig erschrak, weil er in dieser Pause heimlich einen kleinen Taschenspiegel hervorgezogen und seinen Schnurrbart auf korrekten Zustand untersucht hatte.

»Nun, Herr Kollege, wie denken Sie über die Sache?«

»Ich, – wie denken Herr Staatsanwalt darüber?«

»Haben Sie keinen Verdacht?«

»In gewisser Weise, – so unbestimmt, – ganz in Ordnung scheint mir die Sache mit diesem fremden Manne wohl nicht.«

»Er war nur das Werkzeug. Die geistige Urheberschaft für das Verbrechen haben wir anderswo zu suchen. Cherchez la femme!«

»La femme?«

»Jawohl. Diese Frau, – diese frühere Theaterdame und jetzt gewesene Baronin von Bassow!«

Viertes Kapitel

In dem Zuge, der auf einer Bahnlinie nördlich von Berlin den stillen Sommertag mit seinem Lärm störte, befanden sich nur drei Coupés erster Klasse, und ein einziges von ihnen war bisher besetzt. Ein schwarz gekleideter Herr war in Berlin eingestiegen, ein blonder, fester Deutscher von ernstem, gemessenem Wesen, gesundem Körper und langsamen Bewegungen. Aber wenn er die blauen Augen ausschlug, war ein helles, freundliches Licht in ihnen. Er hatte den Zylinder, den er beim Einsteigen getragen hatte, in das Netz hinaufgestellt und saß nun mit bloßem Kopfe, der unter einer Fülle von kurz gehaltenem, aber doch krausem Haar eine hohe, weiße Stirn über dem kräftig von der Sonne gefärbten Gesichte zeigte. Eine schwere Zigarre rauchend, saß der Herr auf dem Eckplatz am Fenster und sah mit einer gewissen gespannten Aufmerksamkeit hinaus. Was er suchte, war aber offenbar nicht landschaftliche Schönheit. Er hatte keinen Blick für die zarten, verschwimmenden Farben und Linien der Ferne, für den Aufbau der Dörfer in ihrem Baumschmuck, für die liebliche Spiegelung des Himmels in ab und an aufleuchtenden Seen. Sein Blick war immer nur auf die Nähe gerichtet, auf die Farbe des Bodens, den Stand vorübergleitender Getreidefelder. Und wenn eins von ihnen so recht in üppiger Erntefülle prangte, dann kam es wohl vor, daß er leise zu ihm hinunternickte, als wenn er sagen wollte: »So stehst du recht.«

An einer ganzen Reihe von kleinen Stationen hatte der Zug seine letzte Rast gemacht, ohne daß der einsame Passagier gestört worden wäre. Jetzt aber zeigten zusammenlaufende Gleise und größere, rote, rauchgeschwärzte Bauten die Nähe von einem betriebsreicheren Knotenpunkt an, und als der Zug ihn erreicht hatte, kam auch in diesem Wagen ein plötzliches, unruhiges Leben. Eine Gruppe von Herren, schwarz gekleidet gleich dem einzelnen Reisenden, drängte sich an der Tür seines Coupés vorüber, schaute, wählte, verteilte sich. Und auch er bekam nun Gesellschaft.

Mit den Worten: »Na, hier kann man sich wenigstens 'ne Cichorie ins Jesicht stecken,« öffnete einer von zwei Herren die Coupétür. Sein Begleiter folgte. Der gesprochen hatte, war ein behäbiger, bereits bejahrter Mann, dessen Gesicht an Formengebung und Häßlichkeit, aber nicht an Geist mit den Büsten von Sokrates wetteiferte. Haar und Vollbart waren aus Braunrot und Grau unregelmäßig gemischt, auf der kurzen Stumpfnase trug er eine Brille mit geschwärzten Gläsern gegen die Sommersonne. Der zweite der Herren war sehr hager und sehr beweglich. Eine große, blanke Glatze – die Herren beförderten ihre Zylinder auch gleich in das Netz hinauf – überzog beinahe seinen ganzen Kopf, aber der Kranz der übrig gebliebenen Haare war gleich dem dicken Schnurrbart unter der scharf gebogenen Nase noch von tiefem Schwarz. Beim Sprechen stieß der Herr ein wenig mit der Zunge an, doch störte das die Geschwindigkeit seines Redeflusses nicht. Er lachte bei den Worten des Ersten und sagte: »Das ist ja für Sie die Vorbedingung der irdischen Glückseligkeit, Herr von Temmin. Ich glaube, Sie lassen sich noch einmal mit der Zigarre im Munde begraben. Soll ich den Wunsch vielleicht nachträglich im Testamente notieren?«

»Nur nich uffmucken, Herr Rechtsverdreher, 'ne jute Zijarre is 'n jutes Ding. Uebrigens, – reden Sie mir möglichst wenig vom Bejraben. Die Sache is mir unsympathisch. Is mir schon unanjenehm jenug, daß ich den Klimbim da heute mitmachen muß.« Er sprach mit einem lauten, dröhnenden Baß, und in unwillkürlichem Wetteifer ahmte sein Begleiter ihn mit geringerer Stimme, so weit als möglich, in der Tonstärke nach, obwohl er dabei zuweilen einen forschenden und fragenden Blick auf ihren unbekannten Reisegenossen warf.

»Nun, in solchem Falle versteht sich's aber doch von selbst. Ganz abgesehen von den Geschäftsbeziehungen, die mich mit dem Toten verbunden haben. Mir ist es auch schwer geworden, mich frei zu machen. Aber die Sache geht einem doch wirklich nahe.«

»Na ja, natürlich. Man kann froh sein, daß man in das Jrab nich selber rinjebuddelt wird und noch lebendig dabeisteht. Wenn hier erst solche Jeschichten Mode werden, da is ja schließlich keener von uns mehr des Lebens sicher. – Jrade so jut, wie den armen Kerl, den Bassow, hätte das doch ooch unsereenen treffen können.«

Der Zug war noch nicht wieder in Bewegung, und keine Silbe von der Unterhaltung hatte dem einzelnen Reisenden auf seinem Eckplatz entgehen können. Als er die letzten Worte vernahm, erhob er sich ein wenig von seinem Platz und sagte mit einer halben Verbeugung: »Wenn ich nicht irre, meine Herren, fahren wir den gleichen Weg. Ich trage den Namen, den Sie eben genannt haben.«

»Was? Bassow? Sie wären der Baron Bassow, der neue, – übrigens zunächst: mein Name ist von Temmin.«

»Rechtsanwalt Jonasson,« fügte der schwarze Herr mit der Glatze in gleichem Atem hinzu.

Mit ruhiger Würde neigte Bassow den Kopf. »Ja, ich bin der Vetter des armen Verstorbenen. Zufällig auch sein einziger, männlicher Verwandter –«

»Und somit nu Majoratsherr von Garchim. Ich kann Ihnen sagen, wenn Sie's nich selber schon wissen: das Majorat is nich von schlechten Eltern.« Temmin begleitete seine Worte mit einem so dröhnenden Lachen, daß er das Geräusch des jetzt wieder im Gange befindlichen Zuges übertönte.

»Die Sache hat mich kolossal überrascht. Meine Seele hat niemals daran gedacht, daß mein Vetter vor mir sterben könnte. Und nun fällt mir auf einmal dieser Besitz in den Schoß.«

»Na, ich würde nich böse drüber sein.«

»Ich bin auch ehrlich genug, Ihnen hier nicht mit sentimentalen Redensarten zu kommen. Ich habe meinen Vetter kaum gekannt, und wer wie ich sein Leben lang auf einer kleinen, mühsam gehaltenen Klitsche in Schlesien gesessen hat, – kurz, ich glaube schon, daß ich mich später einmal sehr über diesen Glückswechsel freuen werde. Aber vorläufig, – es ist so viel Trauriges und Schreckliches dabei, – mein Vetter hat so plötzlich fortgemußt, – er hätte gewiß auch gern noch gelebt, – und für mich ist das Leben immer eine große, gewissermaßen heilige Sache gewesen.«

»Ja, das Leben –« Temmin schlug bei diesen Worten eine Stechfliege, die sich auf seinen Arm gesetzt hatte, tot, – »das Leben, das is wirklich was Jroßes. Aber wo die Sache doch nu mal so is, wo der arme Kerl hat ins Jras beißen müssen!«

»Und wie steht es mit der Untersuchung? Ich bin so im Fluge abgereist, – war nicht zu Hause, als das Telegramm kam, sondern in Breslau auf der landwirtschaftlichen Ausstellung, – hatte dann noch mancherlei zu ordnen, so daß ich auch nicht eher als heute kommen konnte. Darum bin ich bisher ganz oberflächlich orientiert und weiß eigentlich nur, was in den Zeitungen steht. Sie können mir gewiß nähere Auskunft geben.«

»Da müssen Sie sich hier an unsern Herrn Rechtsverdreher wenden. Was einer wissen kann, das weiß der.«

»Hat man eine Spur? Ist der Mörder schon gefaßt worden?«

Jonasson zuckte vieldeutig die Schultern. »Vielleicht, vielleicht auch nicht.«

»Was soll das heißen?«

»Daß man eine Verhaftung vorgenommen hat. Ob's aber der Richtige ist –«

»Und wer ist es?«

»Ja, das ist eine sonderbare Sache. Sie kennen doch wohl die Witwe Ihres verstorbenen Vetters?«

»Ein kapitales Weib!« rief Temmin dazwischen, bevor noch Bassow mit einem »Nein« kurz antworten konnte.

»Aber Sie werden wissen, – sie war doch vor ihrer Verheiratung beim Theater.«

»Das weiß ich. Es war der Grund, weshalb meine übrigen Verwandten sehr gegen diese Heirat eingenommen waren und sich ganz von der jungen Frau zurückhielten. Bei mir – nun, jedenfalls habe ich sie auch noch nie gesehen.«

»Mit ihrer früheren Theaterlaufbahn hängt diese Verhaftung zusammen. Der Mann, der des Mordes verdächtigt wird, ist ein ehemaliger Sänger, ein Kollege von ihr, der die Stimme verloren hat und ins Elend geraten ist.«

»Aber wie soll dieser Mensch dazu gekommen sein, ihren Mann zu ermorden?«

Jonasson lächelte ein verschmitztes Lächeln, wobei sein Schnurrbart auf und nieder zuckte. »Nun, es gibt Leute, die auf eigene Hand morden, und es gibt andere, die auf Bestellung arbeiten.«

»Soll das heißen, daß –«

»Sprechen Sie es nicht aus! Niemand spricht es bisher aus. Aber der Herr Staatsanwalt soll sich allerlei denken, das weiß ich aus bester Quelle.«

»Und worauf gründet er seinen Verdacht?«

»Seine Gründe wiegen nicht so leicht. Im Zeugenverhör hat er die Baronin ausdrücklich befragt, ob in letzter Zeit irgend eine verdächtige Persönlichkeit in der Nähe des Schlosses gesehen worden sei. Das hat sie lebhaft verneint. Kurz darauf hat ein Dienstmädchen ausgesagt, es habe vor ein paar Tagen die Baronin mit einem abgerissen aussehenden Menschen im Parke zusammen getroffen und gehört, wie sie ihm versprochen habe, ihm Geld zu geben. Das Mädchen hat von ihr am selben Tage ein Geschenk erhalten, wohl um sein Schweigen zu erkaufen. Mit ihr konfrontiert, hat Frau von Bassow die Begegnung nun sofort offen eingestanden, aber gesagt, jener Mensch wäre ein Unglücklicher, von dem sie mit Absicht nichts erwähnt hätte, um nicht etwa noch neue Mißhelligkeiten für ihn zu veranlassen.«

»Aber das kann doch auch so sein.«

»Gewiß. Kann sein, kann auch nicht sein. Unsre einzige Weisheit ist: Man kann nie wissen! Am Abend, an dem der Mord geschah, hat man diesen Menschen wieder in der Nähe von Garchim gesehen. Auf der Bahnstation hat man ermittelt, daß er sich dort ein Billett nach Stettin gelöst hat und mit dem Nachtzuge um zwölf Uhr vierundzwanzig abgefahren ist. In Stettin hat man ihn denn auch aufgefunden und verhaftet. Er trug einen Zettel bei sich, der nachweislich von der Baronin geschrieben war und ihn aufforderte, an dem kritischen Abend um halb neun Uhr in den Park zu kommen, wo sie bei der Dianastatue auf ihn warten und ihm das versprochene Geld einhändigen wolle. Um das Geld – eine Summe von tausend Mark – zu holen, ist sie am Tage vorher nach der Kreisstadt gefahren.«

»Aber mein Vetter war doch verreist, und so viel ich gehört habe, wußte niemand, wann er zurückkommen würde.«

»So heißt es allerdings. Aber vielleicht war seine Frau doch genauer orientiert. Jedenfalls wußte sie auch, daß er bei solch unerwarteter Heimkehr meistens den direkten Weg durch den Park nahm und gleich von dort aus in sein Wohnzimmer ging, zu dem er den Schlüssel immer bei sich trug.«

»In diesem Wohnzimmer ist ja doch der Mord geschehen?«

»Der allgemeinen Anschauung nach allerdings, aber die Baronin zeigt ein merkwürdiges Interesse daran, den Schauplatz des Mordes nicht in diesem Zimmer, sondern im Park zu suchen. Sie – und sie ganz allein – will einen geheimnisvollen Ton, einen Hilferuf oder dergleichen gehört haben, der dorthin deutet.«

»Aber welch ein Interesse könnte sie daran haben? Und der Verhaftete? Hat er gestanden? Hat man etwas von den geraubten Sachen bei ihm gefunden?«

»Nein. Beides nicht. Ein bestimmter Beweis liegt bisher absolut nicht gegen ihn vor. Man wird ihn auch kaum längere Zeit in Haft behalten können, wenn sich ein solcher Beweis nicht noch findet.«

»Welches Motiv sollte die Frau zu solch ungeheuerlicher Tat getrieben haben?«

»An Motiven wäre kein Mangel. Das ist es eben, was den Staatsanwalt in erster Linie mißtrauisch macht. Sie wissen, daß Baron und Baronin Bassow vor der Scheidung standen.«

»Ich habe davon gehört, ganz vor kurzem zum erstenmal. Aber ich habe nicht daran geglaubt.«

»Die Sache hat ihre Richtigkeit. Soweit ich urteilen kann, war aber der Baron dabei der schuldige Teil.«

»Durch die Scheidung wäre doch beiden Teilen die Freiheit wiedergegeben worden, wenn sie danach Verlangen trugen. Dazu war kein Verbrechen mehr nötig.«

Herr von Temmin hatte bisher merkwürdig ruhig zugehört. Indem er jetzt aber wieder sein dröhnendes Lachen hören ließ, rief er: »Nu, die Freiheit – was ich mir dafür koofe! Aber die Jroschens, die Jroschens, die kamen in Frage.«

»Wieso?«

Jonasson antwortete an Stelle des Gefragten: »Es handelt sich um ein Testament Ihres Herrn Vetters. In der ersten Zeit seiner Ehe hatte er eins gemacht, in dem für seine Gattin auch im Falle der Kinderlosigkeit sehr glänzend gesorgt worden ist. Er besaß außer dem Majorat, über das er natürlich nicht verfügen konnte, noch ein sehr ansehnliches Vermögen von seiner Mutter her, die ja die Tochter eines reichen Kaufmanns in Frankfurt war. Dies ganze Vermögen hat der Baron damals für den Fall, daß er sterben sollte, ohne Kinder zu hinterlassen, seiner Gattin vermacht, auch noch einige weitere Bestimmungen zu ihren Gunsten getroffen.«

»Und nun?«

»Nun hatte sich die Sachlage doch erheblich verändert. Daß der Baron die Absicht hatte, ein für seine bisherige Gattin viel ungünstigeres Testament aufzusetzen und sie mit einer verhältnismäßig kleinen Rente abzufinden, kann ich positiv behaupten. Und auch sie hat sicher darum gewußt. Wir Juristen fragen aber bei Verübung eines Verbrechens immer zuerst: Cui bono, – wem gereicht es zum Nutzen?«

Herr von Temmin fing wieder an zu lachen: »Na, wenn Ihr Rechtsverdreher danach fragt, dann setzt nur gleich unsern neuen Majoratsherrn hier hinter Schloß und Riegel. Mehr Nutzen von der Sache hat janz jewiß keener als er! Oder können Sie ein Alibi nachweisen für den Mordabend, Herr Baron?« Sein Scherz gefiel ihm so sehr, daß er sich vor Vergnügen auf dem Wagenpolster vor- und rückwärts wiegte und sich ein paarmal vor Freude auf die Schenkel schlug. Er war so stolz auf seinen Einfall, daß er das kühle Schweigen Bassows kaum bemerkte, der ein paar Augenblicke still und sinnend vor sich nieder sah, ohne auf ihn zu achten.

»Uebrigens das alles ganz unter uns, Herr Baron,« sagte Jonasson jetzt. »Der Verdacht gegen die schöne Witwe hat bisher wirklich so wenig tatsächlichen Hintergrund, beruht so ganz nur auf einer Kombination von Indizien, daß man ihn kaum laut auszusprechen wagt. Bisher ahnt sie selbst wohl kaum, was an gewissen Stellen über sie gedacht wird. Aber Sie hatten doch ein Recht auf die volle Wahrheit, soweit ich selbst sie kenne.«

»Ja, ja, gewiß, ich danke Ihnen,« sagte Bassow, jedoch langsam und scheinbar mit anderen Gedanken beschäftigt. Er versank jetzt in ein stummes Grübeln, und auch Jonasson schwieg. Nur Temmin machte zuweilen eine von seinen witzigen Bemerkungen. Auf der letzten Station vor ihrem Ziele betraten auch noch ein paar andere Teilnehmer an der bevorstehenden Beisetzung das Coupé, sie wurden Bassow vorgestellt, taten allerlei Fragen, und so verging rasch die noch übrige Zeit.

Auf der Station, wo die zahlreich gewordene Schar von schwarzen Gestalten den Zug verließ, wartete eine Reihe von Wagen, die sie nach Garchim hinüberführten. Unmittelbar vor Beginn der Trauerfeier trafen sie dort ein. Der Tote war in dem großen Gartensaal aufgebahrt worden, in dem die Baronin die Herren vom Gericht empfangen hatte. Kronleuchter und Spiegel waren schwarz umhangen; der Flügel, der sonst hier stand, war entfernt worden, Grün und Blüten aus den Treibhäusern umgaben den Sarg, auf dem die Kränze hoch aufgehäuft lagen. Ein schwüler und scharfer Duft von welkenden Blumen und sterbendem Lorbeer füllte den Raum.

Die Angekommenen betraten den Saal in dem gleichen Augenblick wie der Geistliche, der sofort auf die Baronin zuschritt. Sie hatte bisher stumm und regungslos unter anderen Damen gesessen und ohne Tränen, aber mit ernstem, bleichem Gesicht auf den Blumenhügel hingeblickt, unter dem der Tote lag. Jetzt erhob sie sich und reichte dem Geistlichen die Hand. Er sprach ein paar Tröstungsworte zu ihr, doch zeigte sich auf ihrem Gesichte keinerlei Regung, die von Verständnis oder Eindruck seiner Worte gezeigt hätte. Und mit gleich steinernem Ausdruck sah sie nun auf die Schar der Neuangekommenen, die nacheinander zu ihr herantraten, ihr die Hand reichten und halb nur verständliche, kühle Worte der konventionellen Teilnahme murmelten.

Unter den letzten trat Bassow zu ihr heran; er hatte mit sich gekämpft, was er tun sollte. Der von Jonasson in seinem Herzen geweckte Verdacht lastete schwer darauf, und als er nun diese Frau vor sich erblickte, die – wenn jener Verdacht irgendwie begründet war – hier in ihrer Trauerkleidung eine unwürdige Komödie vor dem Sarge des Mannes aufführte, dessen Tod sie gewünscht oder veranlaßt haben sollte, da kam ein Gefühl heißer Empörung über ihn. Aber indem er sie anschaute und sah, mit welcher ernsten Würde sie dastand, indem er das blasse, schöne Gesicht unter der goldroten Haarkrone betrachtete, das unbewegt einem großen Schicksal ins Auge zu blicken schien, da regten Zweifel sich in ihm, die für sie sprachen. Zur Komödie hätten Tränen und Jammer gehört, hier aber war nur der Ausdruck einer maßvollen, ruhigen Trauer, wie sie auch die entfremdete Gattin dem Toten schuldete.

Bassow fühlte sich angezogen und fortgestoßen im gleichen Augenblick, und er zauderte in diesem Widerstreit mit seiner Begrüßung so lange, daß er kaum noch Zeit für sie fand. Der Geistliche war schon an den Sarg herangetreten, da stand auch er vor der Witwe und sah mit einem scharfen prüfenden Blick tief in die fragend auf ihn gerichteten Augen. Bei seinem Nahen war eine leise Bewegung in das erstarrte Gesicht gekommen, ein Forschen in den unbekannten Zügen war dort erwacht. Alle die wechselnden, widerstreitenden Gefühle der letzten Minuten wogten jetzt noch einmal in Bassow durcheinander: vergeblich suchte sein Mund nach einem der herkömmlichen Worte der Teilnahme, und er vermochte nichts zu tun, als mit einer tiefen, förmlichen Verbeugung den Namen zu nennen, den er trug: »Kurt von Bassow.«

»Sie sind –«

Sie brach ab; stumm sahen sie einander in die Augen. Sie hatte mit unwillkürlicher Bewegung die Hand ein wenig zur Begrüßung erhoben, er aber konnte sich nicht überwinden, sie zu ergreifen, und nun senkte sie sich langsam wieder hinab auf das Trauerkleid, wo sie ruhen blieb. Mit erneuter Verbeugung trat er zurück, aber sein Blick vermochte sich nicht loszureißen von der schönen, marmorweißen Hand auf dem schwarzen Gewand, und es gab ihm gleichzeitig einen leisen Stich ins Herz, daß er sie nicht hatte fassen dürfen.

Die Trauerfeier begann. Der Geistliche beklagte den Toten, der so plötzlich und unvorbereitet vom Licht hatte scheiden müssen, verfluchte den Verbrecher und rief das Gericht Gottes auf ihn herab. Von seinen Worten aber hörte Bassow nur einen geringen Teil. Ein Gefühl der Unruhe, des Aergers über sich selbst, den er sich nicht zu erklären wußte, – war in ihm erwacht. Er empfand ein Unbehagen, daß er als der zukünftige Herr dieses Hauses am Sarge des Ermordeten stand, und konnte sich's doch zugleich nicht versagen, den schönen Raum, den weißen, vergoldeten Stuck an Decken und Wänden mit einem zwiespältigen Gefühl von Eindringling und rechtmäßigem Herrn zu betrachten. Aber dies Herrengefühl besiegte zuletzt seinen Aerger und sein Mißbehagen, indem es sich zugleich von der flüchtigen Besitzesfreude reinigte. Den Herrn des Hauses erwarteten Pflichten, die zu erfüllen waren, die eine, nächste Pflicht vor allem, den Mann zu rächen, der dort ermordet im Sarge lag, den Verbrecher zur Verantwortung zu ziehen, der den Wehrlosen erwürgt hatte. Bassow richtete sich höher auf, der ernste Ausdruck seines Gesichts verstärkte sich. Nein, vor ihm sollte niemand Gnade finden, und wenn diese Frau – seine Augen suchten sie abermals, ein kalter, harter Blick flog zu ihr hinüber. Sie aber sah und erwiderte den Blick. Auch sie hatte die Augen erhoben von dem Blumenhügel auf dem Sarge und mit einem Ausdruck von gespanntem Interesse auf Bassow geschaut. Auch wandte sie den Blick nicht ab, als er sie nun mit den Augen suchte, doch war es, als wenn deren mißtrauischer Glanz einen Widerschein in den ihrigen erweckte. Auch in ihnen verschwand jener warme Schein; mit kühler, feindlicher Schärfe kreuzten sich ihre Blicke über dem Sarge des Toten.

Dann begann der Abschluß der Trauerfeier im stillen Gebet, das alle Köpfe sich beugen ließ. »Und vergib uns unsre Schuld,« kam es von den Lippen des Geistlichen, – Bassow meinte, daß er die Worte mit einer besonderen Betonung spräche. Noch ein allgemeines Schweigen, dann das Aufheben des Sarges. In der Familiengruft im Parke sollte die Beisetzung erfolgen, und langsam ordnete sich der Zug des Gefolges. Während sich die Teilnehmer noch durcheinanderschoben, trat ein hochgewachsener Herr an Bassow heran und sagte gedämpft: »Sie sind der neue Majoratsherr, wie ich höre. Mein Name ist von Breitenbach, ich bin der nächste Gutsnachbar von

Garchim. Der Verstorbene war mir ein sehr lieber Freund, und ich würde mich freuen, wenn auch wir gute Nachbarschaft hielten. Ist es Ihnen recht, so gehen wir zusammen.«

Bassow verbeugte sich zustimmend, sie stellten sich nebeneinander im Zuge auf, und als dieser nun durch den Park dahinging, dessen Grün in der Nachmittagssonne leuchtete, begann Breitenbach halblaut zu erzählen. Er sprach zunächst von seiner letzten Begegnung mit dem Ermordeten, kam dann auf die Verhältnisse der beiden Güter, nannte und charakterisierte verschiedene Teilnehmer im Zuge. Fast unaufhörlich sprach er, während Bassow nur ab und an eine Bemerkung, eine Frage einwarf. Es lag ihm auf den Lippen, auch nach Breitenbachs Urteil über eine mögliche Schuld der Baronin an der Ermordung zu fragen, doch hielt ihn eine unbestimmte Scheu davor zurück.

Und nun waren sie auch schon an der Kapelle angelangt, in der die Familiengruft sich befand. Viel älter als das Schloß, wies dies ernste, graue Gebäude, um das finstere Tannen emporwuchsen, gotische Formen auf; eine spitzbogige Tür stand offen und zeigte einen matt von Kerzen umflimmerten Altar. Und indem der Zug einen großen Bogen beschrieb, sah Bassow etwas Unerwartetes. Er hatte auf die Anordnung des Zuges nicht viel geachtet und bestimmt geglaubt, daß die Baronin sich nach der Feier im Schlosse sogleich zurückgezogen habe. Nun sah er sie plötzlich unmittelbar hinter dem Sarge stolz und fest einherschreiten. »Wie schön sie geht!« war sein unwillkürliches Denken, aber gleich schalt er sich selbst im stillen, daß ihm kein andrer Gedanke kam, daß die Entrüstung über ihre mögliche Schuld nicht jedes andre Gefühl besiegte.

An der Beisetzung selbst konnten in der engen Kapelle nur wenige Personen teilnehmen, und Bassow hielt sich absichtlich zurück. Obwohl er nun Herr war an diesem Platze, kam er sich heute doch noch wie ein Fremder vor. Er sah nur, wie die schwarze Gestalt der Baronin sich schattenhaft abhob vor der Helle des Altars.

Im Sonnenschein draußen waren die Gesichter der übrigen Teilnehmer um so deutlicher zu erkennen, und viele Augen suchten den neuen Majoratsherrn, dem ein Mord solch einen Besitz geschenkt hatte. Nach aufrichtiger Teilnahme und Ergriffenheit forschten seine Blicke vergeblich. Nur Breitenbach schien ernstlich bewegt. Er hatte ein Taschentuch hervorgezogen, das er in nervös bewegter Hand zusammenballte, doch kamen keine Tränen in seine Augen. Mit starker Selbstbeherrschung hielt er sie offenbar zurück.

Jetzt war auch das letzte geschehen; ein Blumenhügel in der Kapelle bezeichnete die Stelle, wo der Tote ruhte. In Gruppen zusammengeschlossen, gingen die schwarzen Gestalten durch den Park zurück. Im Schlosse war für die auswärtigen Teilnehmer ein Imbiß hergerichtet worden, weil erst am Abend ein Zug die Station passierte, der sie wieder fortführen konnte. Die Baronin hatte die nötigen Anordnungen getroffen, aber sie blieb auf ihren Zimmern, und an Bassow war es, zum ersten Male den Besitz zu repräsentieren, der ihm unvermutet zugefallen war. Das freudige Herrengefühl von vorhin stieg wieder in ihm empor, als die Dienerschaft ihm die nötigen Meldungen machte, nach seinen Befehlen fragte. In fester und stolzer Haltung setzte sich Bassow auf den Herrensitz an der Spitze der Tafel.

Der Verlauf der Mahlzeit aber weckte in ihm Unbehagen. Unter den Gästen waren verschiedene trinkfeste Herren, und bald nahm die Unterhaltung einen Ton an, den Bassow wenig passend fand in einem Trauerhause. Herr von Temmin vor allem, der eine Flasche Wein rasch hinuntergegossen hatte, fing in kurzer Zeit an, zweideutige Anekdoten zu erzählen, über deren Pointen er sein brüllendes Gelächter anstimmte.

So war es Bassow willkommen, als der Diener meldete, daß die Wagen zur Abfahrt bereit stünden, und als er dem letzten der Gäste die Hand gereicht hatte zum Abschied. Nun ging er zunächst auf sein Zimmer, um eine bequemere Hauskleidung anzulegen, dann aber trieb es ihn wieder in den Park hinunter ins Freie. So vielerlei Neues bestürmte ihn von allen Seiten, daß er sich's zurechtlegen mußte im einsamen Umherstreichen.

Es war noch die lichte Dämmerung des Hochsommerabends, die nur wie ein weicher Schleier die Gegenstände umhüllte, sie aber deutlich erkennen ließ. In dieser sanften Beleuchtung betrachtete Bassow seinen neuen Besitz und freute sich an ihm. Der Tote hatte sein Recht gehabt, nun kam der Lebendige. Kraftgefühl und Schaffenslust regten sich in ihm.

Im langsamen Dahinschreiten durch die abgelegenen, stillen Wege des Parks aber blieb er plötzlich fast erschrocken stehen. Aus einem engen Laubgang hervortretend, sah er auf einer Marmorbank eine bewegungslose, schwarze Gestalt. Sie wandte ihm halb den Rücken zu, so daß ihr sein Kommen verborgen geblieben war. Er aber hatte die Baronin sogleich erkannt. Ueber ihrem leuchtenden Haar lag ein schwarzer Schleier, die stolze, schöne Figur saß ungebeugt, nur in tiefes Nachdenken schien sie versunken zu sein. Einen Augenblick hatte Bassow Lust, heranzutreten und sie aus ihrem Sinnen zu wecken, dann aber kam ihm plötzlich die Erinnerung an das, was er auf der Herfahrt gehört hatte. Hier dieser Platz, neben dem eine weiße Marmorfigur stand, war vielleicht derselbe, wo die Baronin im Zwiegespräch mit einem Fremden überrascht worden war, wo sie den Plan zur Ermordung ihres Gatten sollte verabredet haben. Ein tiefer Widerwillen stieg in Bassow empor, und leise ging er wieder zurück.

Eine innere Erregung war in ihm nach diesem Augenblick, die nicht wieder weichen wollte. Ein Instinkt sagte ihm, daß diese Frau die Fähigkeit besaß, Macht über ihn zu gewinnen, doch er sträubte sich zugleich gegen dies Gefühl und kehrte das Mißtrauen gleich einer Waffe gegen sie. Ein unerhörtes, niedriges Verbrechen sollte sie geplant und begangen haben. Durch ihre Schuld sollte der Ermordete jetzt in seiner Gruft ruhen. Es trieb ihn zu der Totenkapelle hin, um sich in ihrem Anblick anzufüllen mit Empörung, und nach einiger Zeit fand er den Ort, wo das graue Gebäude unter den abendschwarzen Tannen düster und feierlich dastand. Ein leises Duften und Leuchten der Blumen auf der Gruft kam durch die geschlossene Gittertür zu ihm her gleich einer Mahnung, des Toten zu gedenken, gleich einer Warnung vor unbekannten, im Verborgenen schleichenden Mächten.

Bassow hatte die Furcht noch nie gekannt. In harten Kämpfen eines arbeitsreichen Lebens war er gestählt worden gegen solches Gefühl. Aber die Mahnung verstand er, die der frühere Herr dieses Erdfleckes an den neuen richtete, und seine Muskeln strafften sich in leidenschaftlicher Energie. Sich umwendend, hob er drohend seinen Arm und flüsterte in die dunkler niedersinkende Dämmerung hinein: »Hüte dich vor mir, wenn du schuldig bist!«

Fünftes Kapitel

Bassow hatte nur wenig in dieser Nacht geschlafen, war schon um fünf Uhr aufgestanden und hinuntergegangen auf den Hof, um zu sehen, ob die Leute bei der Arbeit waren. Er hatte dann die Anwesenden um sich her antreten lassen und ihnen eine kleine Ansprache gehalten, in der er ihnen strengste, unverbrüchliche Pflichterfüllung auf die Seele gebunden und ihnen gleiche Pflichterfüllung von seiner Seite versprochen hatte. Fest und ernst war der Ton seiner Worte gewesen; trotzdem hatten die Arbeiter hinterher untereinander gesprochen: der neue Baron scheine ein guter Herr zu sein, – streng, aber gut.

Den weiteren Vormittag hatte Bassow mit allerlei Schreibereien zugebracht und saß jetzt in seinem Zimmer dem Staatsanwalt von Sieglitz gegenüber, der am Nachmittag vorher an der Trauerfeier teilgenommen und ihm gesagt hatte, daß er am folgenden Morgen wieder auf das Schloß hinauskommen würde. Tatsächlich war er denn auch schon zeitig erschienen, hatte noch einmal das Arbeitszimmer des Ermordeten mit äußerster Sorgfalt besichtigt und sodann eine Unterredung mit der Baronin gehabt. Nun sprachen und berieten die beiden Männer schon eine geraume Zeit miteinander.

Nach einer Pause sagte Bassow, scheinbar mit einiger Ueberwindung: »Sehr dankbar wäre ich Ihnen, Herr Staatsanwalt, wenn Sie mir nun ganz genau darlegten, was in Ihren Augen die Witwe meines Vetters verdächtigt. Dieser Punkt beschäftigt mich – offen gestanden – so sehr, daß ich davor die Nacht nicht habe schlafen können.«

Herr von Sieglitz nickte nach gewohnter Art zur Decke hinauf und schien durch seinen goldenen Kneifer die Worte, die er sprach, dort oben abzulesen. »Sehr gern, Herr Baron. Es ist eine leider noch ungeklärte Sache, – die Schuld der Baronin steht im engsten Zusammenhänge mit der dieses früheren Sängers, Theodor Wichmann mit Namen. Wird er als unschuldig erkannt, so dürfen wir auch die Baronin dafür halten. Daß er mehrere Zusammenkünfte mit ihr gehabt, auch Geld von ihr bekommen hat, – und zwar kurz vor der Ermordung Ihres Herrn Vetters, – ist unbedingt erwiesen, wird auch von ihr nicht bestritten. Die Frage bleibt also: ist dieser ehemalige Sänger der Mörder oder nicht? Wir wissen, daß er sich am Tage des Mordes hier aufgehalten hat. Er ist nach Aussage des Stationsvorstehers auf dem Bahnhofe nachmittags um vier Uhr zehn Minuten hier angekommen und nachts um zwölf Uhr vierundzwanzig wieder fortgefahren. Inzwischen ist er einmal gesehen worden. Herr von Breitenbach, – Sie kennen den Herrn bereits?«

»Ja, gestern bei der Beisetzung haben wir einander gesehen und gesprochen.«

»Gut. Er hat sich mir in loyalster Weise zur Verfügung gestellt und mir einige wichtige Aufschlüsse gegeben. Er ist ja der Letzte, uns Bekannte, der den Toten vor seinem jähen Ende gesehen hat. Und in dessen Gesellschaft ist er am Abend einem Manne begegnet, dessen Beschreibung auf den Sänger – einen großen Menschen mit gebeugter Haltung – einwandfrei paßt. Die Frage nach dem Mörder ist nun zugleich eine Zeitfrage. Der Herr von Breitenbach ist mit dem Ermordeten zusammen um neun Uhr dreißig auf der Station eingetroffen. Langsam, im eifrigsten Gespräch sind sie zu Fuß nach Hause gegangen und haben dabei jene Begegnung mit dem Angeschuldigten gehabt. Nach Herrn von Breitenbachs Aussage muß diese Begegnung etwas nach neun Uhr stattgefunden haben. Die beiden Herren sind noch bis elf Uhr ungefähr zusammengeblieben, um eine geschäftliche Angelegenheit zu besprechen. Sie haben sich darauf an der einen Parktür getrennt, zu der Ihr Herr Vetter einen Schlüssel bei sich trug.«

»Der Park war also verschlossen?«

»Allerdings, das ist ein wichtiger Punkt. Es war die Regel, daß die Türen um halb zehn Uhr verschlossen wurden, und es ist erwiesen, daß es auch an dem fraglichen Abend geschah.«

»Wenn aber die Herren dem Sänger nach zehn Uhr begegneten, wie soll er nach elf Uhr wieder in den verschlossenen Park hineingekommen sein?«

»Um diese Frage dreht sich die Untersuchung in der Tat. Denn es ist kein Zweifel, daß der Mord im Arbeitszimmer des Barons vollführt worden ist. Er muß also in der Tat nach elf Uhr geschehen sein, wie auch der Herr Kreisphysikus nach der Totenstarre vermutet. Sonach ist also die Erzählung der Baronin von einem geheimnisvollen Schrei unter ihren Fenstern, den sie um halb elf Uhr gehört haben will, ins Bereich der Fabel zu verweisen. Sie hat mit aller Dienerschaft sogleich den Park abgesucht und nichts gefunden, sich selbst also Lügen gestraft. Nein, diese Sache ist absichtliche Fiktion oder nervöse Täuschung.«

»Und wie soll der Sänger wieder in den Park hineingekommen sein?«

»Das war nicht so schwierig. Vor ein paar Monaten hat hier ein Windbruch stattgefunden, und die stürzenden Bäume haben das Gatter des Parkes an mehreren Stellen beschädigt. Man hat sich offenbar mit der Wiederherstellung nicht sehr beeilt; jedenfalls haben wir zwei Punkte aufgefunden, wo das Gatter noch ein Hineindringen gestattet. Wer eine dieser Stellen benutzte, mußte freilich die Ortsgelegenheit sehr genau kennen, – oder im Schloß eine Persönlichkeit haben, die darüber Aufschluß geben konnte.«

»Sie meinen die Baronin?«

»Ich sage nicht mit Bestimmtheit, daß ich sie meine. Nur weist manches auf sie hin. Der Sänger ist früher in der Gegend nie gesehen worden. Wenn er der Schuldige war, so muß er notwendig im Schloß einen Helfershelfer gehabt haben. Mit der Baronin, und mit sonst niemandem, hat man ihn im Gespräch betroffen. – Sie müssen mir zugestehen, es gibt gewisse logische Notwendigkeiten, denen man sich schwer entziehen kann.«

Bassow nickte nur, ohne zu antworten. Der Ausdruck seines Gesichtes war noch ernster und gespannter geworden.

»Leider sind ja,« fuhr der Staatsanwalt fort, »alle möglicherweise im Park vorhandenen Spuren durch das Unwetter der Nacht vollständig verwischt worden. Wir haben dort außer den beiden Oeffnungen im Gatter auch nicht den leisesten Anhalt gefunden. Wenn aber der Mord bald nach der Heimkehr des Barons, also bald nach elf Uhr ausgeführt worden ist, kann der Sänger der Zeit nach sehr wohl der Täter sein. Die Entfernung zur Station beträgt eine Stunde, so daß er den Zug um zwölf Uhr vierundzwanzig recht gut noch erreichen konnte.«

»Und er selbst – der Sänger – wo will er sich zwischen elf und zwölf Uhr aufgehalten haben?«

»Er behauptet, auf einer Bank an dem in der Nacht sehr einsamen Wege zur Bahn gesessen und bis zur Abfahrtszeit des Zuges dort gewartet zu haben, behauptet auch, daß ein Mann, der vom Dorfe her gekommen sei, ihn dort angesprochen und nach der Zeit gefragt habe. Das wäre für ihn entlastend, weil das um halb zwölf gewesen sein soll. Die Bank aber ist vom Schlosse zu weit entfernt, als daß er die Tat nach elf Uhr vollbracht und bis halb zwölf schon dorthin hätte kommen können. Der fragliche Mann war jedoch bisher nicht zu ermitteln.«

»Und wann will denn die Baronin den fragwürdigen Schrei gehört haben?«

»Um halb elf Uhr fast genau. Die Zeit hat mit Sicherheit festgestellt werden können.«

Bassow schüttelte den Kopf; seine Stirn hatte sich in scharfe Falten gelegt. »Ich meine doch, daß dieser Punkt zu ihren Gunsten spricht. Hätte sie wohl die ganze Dienerschaft alarmiert, wenn sie gewußt hätte, daß der Mörder eben auf dem Wege zu seinem Verbrechen war?«

Der Staatsanwalt lächelte ein schlaues Lächeln; er machte den Mund so spitz, als wenn er ein Stück Zucker zwischen den Lippen hätte. »Und konnte sie nicht absichtlich die Dienerschaft aus dem Schloß entfernen, weil sie wußte, daß dort ein Verbrechen verübt wurde? Könnte das nicht die ganze, seltsame Komödie mit dem Schrei erklären?«

Bassow fuhr zurück, als wenn ihm jemand einen leichten Stoß versetzt hätte. »Wenn das wäre, wenn das wirklich so wäre, – aber nein, es ist unmöglich, wenigstens ungeheuer unwahrscheinlich!«

»Ich kann das nicht finden. Gewagt wäre die Geschichte freilich in mancher Hinsicht gewesen, aber mir sind noch kühnere Sachen in meiner Praxis vorgekommen.«

Bassow schüttelte lebhaft den Kopf. »Nein, nein, die Zeit widerspricht. Um halb elf Uhr hat sie die Leute alarmiert, und nach elf Uhr ist ja mein Vetter erst heimgekommen. Ja, wußte sie denn überhaupt um seine Rückkehr an diesem Abend?«

»Bewiesen ist ihr das nicht, aber sie konnte sehr wohl darum wissen. Sie hat an dem Tage ein paarmal telephoniert. Und was die Zeitdifferenz anlangt, – auch Verbrecher können sich einmal irren. Wenn der Zug des Barons um halb zehn Uhr ankam, so war seine Heimkehr um halb elf zu erwarten. Daß er den Herrn von Breitenbach im Zuge treffen und sich dadurch verspäten würde, konnte die Baronin unmöglich vorhersehen. Die Tat konnte sehr wohl auf die Zeit zwischen halb elf und elf Uhr verabredet sein, und die Affäre mit dem Schrei wäre dann zu einem sehr bestimmten Zweck eben um diese Zeit in Szene gesetzt worden.«

»Ich kann es nicht glauben!«

»Man glaubt manches nur schwer. Aber wenn die Baronin unschuldig ist, wie wollen Sie mir folgendes erklären? Als der Park vollständig abgesucht war, ist auf Anraten des alten Kutschers – merken Sie wohl, nicht auf Befehl der Baronin – auch eine Durchsuchung aller Zimmer im Schlosse vorgenommen worden. Das Arbeitszimmer ihres Mannes aber hat sie unter einem Vorwand nicht öffnen lassen. Warum sollte sie dies vermieden haben, wenn sie nicht glaubte, daß der Mord bereits vollführt worden sei?«

»Hat sie das getan?«

»Das hat sie getan. Und noch mehr: sie hat selbst ausgesagt, sie sei kurz vorher in diesem Zimmer gewesen und habe die Läden an der Tür zum Garten und an den Fenstern fest geschlossen. Darum sei das Betreten des Raumes überflüssig. Kann dieses Abschließen der Oeffnungen zum Park nicht ebensowohl in der Absicht geschehen sein, der alarmierten Dienerschaft jeden Einblick in das fragliche Zimmer von außen her zu verwehren? Wenn sie glaubte, daß der Mörder um jene Stunde dort am Werke sei, war die Sache nicht so übel ausgedacht, wie mir scheint.«

Bassow war aufgesprungen, schon während Sieglitz noch sprach, und ging mit großen Schritten im Zimmer auf und ab.

»Wenn ich Sie so höre, – Sie verstehen es, einen von der Schuld eines Menschen zu überzeugen. Aber trotz alledem wird es mir schwer, in diesem Falle daran zu glauben.«

»Es handelt sich eben um eine schöne Frau,« sagte der Staatsanwalt maliziös. »Bei häßlichen Menschen glauben wir leichter an ein Verbrechen.«

»Das dürfte bei mir keine Rolle spielen,« entgegnete Bassow mit hochmütigem Ton. »Allerdings halte ich mich nicht nur an die juristischen Beweise, sondern auch an den Eindruck der Persönlichkeit. Und er scheint mir bei dieser Frau solch einem Verbrechen zu widerstreiten. Sie hat einen so stolzen und offenen Blick, sie hat sich gestern bei der Trauerfeier ohne jede Theatralik – obwohl sie ja beim Theater war – so taktvoll und würdig betragen –«

»Ja, sie ist eben eine sehr schöne Frau,« sagte der Staatsanwalt mit maliziöserer Betonung als vorher.

Bassow wurde rot vor Aerger, fast mehr noch über sich, als über den anderen. Er hatte ja doch selbst nach Beweisen für das Verschulden dieser Frau gesucht und gefragt, und nun er die Verdachtsgründe gegen sie von kundigster Seite vernahm, trieb ein ihm unverständliches Gefühl ihn zum Widerspruch. Sich darum fest in die Zügel nehmend, zwang er sich gewaltig zur Ruhe. »Jurist und Nichtjurist werden sich über die Wichtigkeit eines persönlichen Eindrucks immer schwer einigen,« gab er mit möglichster Gleichgültigkeit zurück. »Jedenfalls liegt mir nur an voller Wahrheit, und wenn Sie mir dazu verhelfen, bin ich Ihnen sehr dankbar. Aber wenn das, was ich von Ihnen über die Schuld der Baronin bisher gehört habe, schon alles ist –«

»Es ist nicht alles. Die Motive sind, wie stets, auch in diesem Falle das Beachtenswerteste. Und es ist keine Frage: der Baron starb seiner Frau Gemahlin sehr gelegen. Sie haben eben selbst von ihrer früheren Theaterkarriere gesprochen. Vergessen Sie nicht, was es für eine Dame vom Theater bedeutet, durch eine Heirat in die gute Gesellschaft eingeführt zu werden, ein sorgenloses, in diesem Falle sogar glänzendes Dasein mit einem unsteten Zigeunerleben zu vertauschen. Und all' das sollte nun mit einemmal zu Ende sein. Sie wissen, das Ehepaar stand vor der Scheidung. Aber das wissen Sie vielleicht noch nicht, daß der Baron die Absicht hatte, ein früher zugunsten seiner Frau gemachtes Testament, das ihr im Falle seines Todes sein ganzes, sehr beträchtliches Privatvermögen sicherte, durch ein andres zu ersetzen?«

»Darf ich fragen, woher Sie das erfahren haben, Herr Staatsanwalt?«

»Sehr gern. Der Verstorbene hat mit einem Rechtsanwalt in Berlin darüber konferiert, und von ihm ist dem Gerichte diese Mitteilung geworden. Noch wenige Tage, und das neue Testament hätte bereits existiert.«

Bassow war stehen geblieben und starrte vor sich auf den Boden, wo der Sonnenschein die Fenstersprossen abzeichnete. Sein Körper bewegte sich ungeduldig hin und her, während er zwischen den Zähnen murmelte: »Es ist abscheulich!«

»Was meinen Sie, Herr Baron?«

»Verzeihen Sie, wenn ich auch an mich selbst einmal denke in dieser Sache. Ich sehe mich da in einer ganz abscheulichen Situation. Durch den unerwarteten Tod meines Vetters bin ich Herr dieses Majorats geworden, ich habe die Frau, von der wir eben soviel gesprochen haben, nur erst ganz flüchtig, ganz formell gestern bei der Trauerfeier begrüßt. Heute fordert es der Anstand von mir, daß ich zu ihr gehe, ihr meinen Besuch mache. Wie soll ich ihr gegenübertreten, wovon soll ich mit ihr sprechen? Soll ich ihr von Teilnahme reden, wenn sie meinen Vetter vielleicht hat ermorden lassen?«

»Sie müssen da wohl ein wenig Komödie spielen.«

Bassow richtete sich hoch empor; sein Gesicht rötete sich noch mehr. »Das kann ich nicht, Herr Staatsanwalt. Ich bin kein Komödiant. Ich bin ein ganz einfacher Landmann gewesen bis heute, der einen guten Boden von einem schlechten unterscheiden kann, – zu gesellschaftlichen Finessen habe ich nie getaugt. Und ich habe in meinem Leben immer nach einfachen, klaren Verhältnissen gesucht. Ja, wenn Sie mir einen unumstößlichen, bündigen Beweis gegeben hätten für die Schuld dieser Frau –« er schlug mit dem Rücken seiner linken Hand leidenschaftlich auf die flach ausgestreckte Rechte – »dann wäre die Sache in Ordnung, und ich wüßte, was ich zu tun habe. Dann ginge ich hin zu ihr und sagte: ›Du bist eine Kanaille – scher' dich fort aus dem Hause, in dem ich nun der Herr bin!‹«

»Das wäre sehr einfach, aber vorläufig ist es doch wohl nicht gut möglich. Und ich habe die Pflicht, Ihnen auch zu sagen, was für die Unschuld jenes Komödianten und gleichzeitig für die der Frau Baronin spricht. Er hat erstens keinen Fluchtversuch gemacht, sondern ist ruhig nach seinem bisherigen Wohnort zurückgefahren; er hat ferner den Zettel, den die Baronin ihm geschrieben hatte, nicht vernichtet, obwohl er ihn schwer kompromittierte, und endlich hat man auch nicht das geringste von den geraubten Gegenständen bei ihm gefunden. Also –«

»Also ist die Sache noch verwickelter und unklarer als vorher,« sagte Bassow mißlaunig, fast heftig. »Sie verdächtigen diese Frau und sprechen sie frei in einem Atem. Mich aber stürzen Sie damit in immer größere Verwirrung.«

Der Staatsanwalt stand auf. »Es tut mir leid, Herr Baron, wenn ich diesen Effekt erreicht habe! Mir muß es aber genügen, meine Pflicht getan zu haben. Und weil Sie nun Herr in diesem Hause sind, möchte ich vor dem Abschied noch sagen, daß die Untersuchung an Ort und Stelle hier jetzt als beendet gelten kann. Das Arbeitszimmer Ihres Herrn Vetters braucht nicht mehr verschlossen gehalten zu werden, vielleicht aber nehmen Sie dann doch zur Sicherheit gleich die Briefschaften und sonstigen Papiere, die auf dem Schreibtisch liegen, unter Verschluß.«

Bassows Gesicht erhellte sich ein wenig. »Das ist gut – das ist ein Punkt, worüber ich mit ihr sprechen kann.«

Der Staatsanwalt lächelte. »Diese Sache scheint Ihnen mehr am Herzen zu liegen, als alles andere. Nun – ich empfehle mich.«

»Ich empfehle mich,« antwortete Bassow zerstreut und starrte wieder auf den Fußboden hinab, während Sieglitz zur Tür ging. Als er sie fast schon erreicht hatte, raffte Bassow sich auf aus der tiefen Versonnenheit und ging mit raschen Schritten ihm nach. »Verzeihen Sie, Herr Staatsanwalt, daß ich so zerstreut bin. Sie sehen, wie schwer es mir wird, aus meiner stillen und einfachen Existenz heraus mich in verworrene, zweifelhafte Verhältnisse hineinzufinden. Und wenn ich unhöflich gewesen sein sollte, dann verzeihen Sie mir, bitte, auch das. Ich bin eine lebhafte Natur, mag ich nach außen hin auch still und ruhig erscheinen. Und ich danke Ihnen trotz allem sehr für die Aufklärung, die Sie mir gegeben haben. Leben Sie wohl.«

»Leben Sie wohl, mein lieber Baron. Und vergessen Sie nicht: ein Staatsanwalt ist nicht immer nur Ankläger; in erster Linie ist er Wahrheitssucher.«

Noch eine Verbeugung, ein herzliches Händeschütteln, dann war Bassow allein. Und jetzt begann er ein Hin- und Herwandern, das lange Zeit dauerte, und wobei er mitunter die Lippen bewegte, als wenn er mit jemandem spräche. Zuletzt aber blieb er stehen, warf den Kopf ungeduldig in den Nacken und sagte laut: »Ach was, wer wird sich vor einem Weibe fürchten!« Er wechselte nun rasch den Anzug, läutete dem Diener und ließ sich der Baronin melden.

Dann schritt er, als der Diener mit seiner Antwort zurückgekommen war, durch den langen Korridor des ersten Stockwerks vom einen Flügel des Schlosses zum andern hinüber, wo die Baronin wohnte. Als er eintrat, hatte sie am Fenster gestanden, doch wandte sie sich rasch nach ihm um und kam ihm entgegen. Seine kühle, steife Verbeugung schien sie kaum zu bemerken, sondern sie begann gleich zu sprechen, ein wenig hastig und aufgeregt.

»Ich danke Ihnen, daß Sie zu mir kommen. Setzen Sie sich. Wir werden manches miteinander zu bereden haben.«

Er folgte der Aufforderung, und sie setzte sich ihm schräg gegenüber auf ein Sofa von heller Erdbeerfarbe, von dessen lichtem Grunde sich ihre schwarze Trauerkleidung finster abhob. Einen Augenblick sah er ihr schweigend ins Gesicht; alles, was der Staatsanwalt über diese Frau gesagt hatte, ging im Fluge wieder durch seine Seele. Sein Ausdruck wurde noch kälter bei solchen Gedanken. »Ja, Baronin,« gab er dann zurück, »wir haben wohl allerlei geschäftliche Dinge zu besprechen.«

Sie machte eine ablehnende Bewegung. »Ach, das Geschäftliche lassen wir lieber für ein andermal. Ich bin heute sehr zerstreut. All der Schrecken und all die Unruhe der vorigen Tage, – und dann – vor einer Stunde war der Staatsanwalt bei mir. Dieser Herr von Sieglitz!«

»Er hat es mir erzählt.«

»Hat er Ihnen auch gesagt, was er mit mir gesprochen hat?«

»Nein, das nicht.«

»Wie rücksichtsvoll! Ueberraschend rücksichtsvoll in der Tat!« Sie sprach mit schneidender Bitterkeit. Ihre Augen blitzten, und Bassow fühlte aufs neue, wie schön diese Frau war, trotz mancher Unregelmäßigkeit in ihren Zügen. Das goldige Haar, die feine, weiße Haut und die dunkel schimmernden, manchmal schwarz leuchtenden Augen bildeten einen wundervollen Farbengegensatz.

Plötzlich machte sie eine leichte Bewegung, als wenn sie etwas von sich abschüttelte, und fand mit überraschender Leichtigkeit nun den unpersönlichen Ton der Dame von Welt. »Wir werden jetzt eine Zeitlang Hausgenossen sein, Baron. Das Testament meines verstorbenen Mannes bestimmt, wie Sie vielleicht wissen, daß ich noch für ein halbes Jahr nach seinem Tode das Recht habe, hier im Schlosse zu wohnen.«

»Ja, sein Testament.« Es war ihm zuwider, von dem Testament sprechen zu hören, das diese Frau zu dem gemutmaßten Verbrechen getrieben haben sollte, und seine Antwort klang rauh. Sie aber fuhr fast ohne Unterbrechung fort:

»Ob ich die ganze Zeit hier bleibe, kann ich freilich noch nicht sagen. Sie werden es verstehen, daß es mir bisher nicht möglich war, einen festen Entschluß über mein zukünftiges Leben zu fassen. Die schreckliche Katastrophe ist so jäh hereingebrochen –«

Sie schwieg einen Augenblick, aber Bassow fand keine Antwort. So wechselte sie abermals den ernster gewordenen Ton und fragte: »Haben Sie schon über Ihr Hierbleiben entschieden, Baron? Müssen Sie noch einmal nach Schlesien zurück, oder –«

»Ich muß noch einmal zurück. Schon morgen muß ich fort. Ich bin so Hals über Kopf abgereist, daß ich vieles zu ordnen habe, bis ich hierher übersiedeln kann.«

»Das läßt sich begreifen. Werden Sie lange fortbleiben?«

»Ich rechne auf zehn Tage ungefähr.«

»Nun, hier läuft die Maschine wohl auch ohne Herrn ihren gewohnten Gang. Das Personal ist gut, und wenn Sie es wünschen, sehe ich auch noch ein wenig nach dem Rechten.«

»Ich werde Ihnen sehr dankbar dafür sein, Baronin.«

Sein kühler Ton schien sie zum ersten Male zu frappieren; sie schwieg einen Augenblick und sah ihm scharf ins Gesicht, um dann zu sagen: »Auch ich habe Ihnen zu danken, Baron. Dafür, daß ich kein Wort konventionellen Beileids von Ihnen gehört habe. Sie wissen als nächster Verwandter des Toten ohne Frage, wie hier die Dinge lagen in letzter Zeit.«

Er machte wortlos eine zustimmende Bewegung.

»Sie wissen, daß wir vor der Scheidung standen. Aber das ist Ihnen doch vielleicht nicht bekannt, – meines Mannes Verwandte haben die Dame vom Theater ja mit großem Nachdruck abgelehnt, – daß wir zwei Jahre lang in sehr, sehr glücklicher Ehe gelebt haben. Dann ist es anders geworden. Meine Schuld aber ist es nicht gewesen, ich glaube das kühn behaupten zu können.«

Ihr Gesicht hatte sich leicht gerötet, ihre Augen leuchteten in einem besonderen Glanz. Sie war noch schöner als zuvor, aber Bassow fragte sich doch im stillen, ob Ton und Bewegung echt seien. Das Komödiespielen war ihr Beruf gewesen, – vielleicht war auch dies nur Komödie. Da er wieder nicht antwortete, sah er, wie sie stutzte, von seinem Schweigen betroffen. Dann fragte sie rasch und kurz: »Was hat Ihnen der Staatsanwalt über mich gesagt?«

Er zauderte einen Augenblick, aber gleich hob er den Kopf und sah ihr fest in die Augen: »Ich möchte das nicht wiederholen, Baronin.«

»Indem Sie das sagen, weiß ich, was er gesprochen hat. Aber ich weiß dadurch auch etwas andres noch: Sie sind vorhin unwahr gewesen gegen mich.« Sie war plötzlich aufgestanden; die Hände, die ein wenig zitterten, fest auf den Tisch gestützt, stand sie ihm gegenüber. Unter ihren Worten aber verwandelte sich auch sein Wesen. Er sprang empor gleich ihr, ein Beben durchlief auch seinen Körper.

»Ich muß die gnädigste Baronin bitten, das zurückzunehmen. Ich bin nicht unwahr, niemals! Manchen Fehler mag ich haben, aber diesen nicht. Es ist ein Bedürfnis meiner Natur, immer wahr zu sein.«

»Dann bin ich neugierig, wie Sie mir den Gegensatz in Ihren eigenen Worten erklären wollen. Sie haben mir vorhin gesagt, Sie wüßten nicht, was der Staatsanwalt mit mir gesprochen hat.«

»Es ist genau, wie ich gesagt habe. Sie aber haben danach jetzt auch nicht gefragt. Sie wünschten zu wissen, was der Staatsanwalt mir über Sie mitgeteilt hätte, – das ist ein Unterschied. Und auf diese Frage muß ich die Antwort schuldig bleiben. Ich lüge niemals, – ich schweige, wenn ich nicht antworten will.«

Mit ihr ging eine merkwürdige, rasche Veränderung vor. Der Ausdruck der Heftigkeit wich aus ihren Zügen, ein weiches, freundliches Lächeln flog darüber hin. Ebenso weich und freundlich war auch die Stimme, womit sie nun sagte: »Sie sind im Recht, wie ich sehe. Die Logik hat mich einen Augenblick im Stich gelassen, – das darf uns Frauen ja mitunter passieren. Und ich bin von starkem Temperament. Sie wissen, ich war beim Theater, wo ja das Temperament als Tugend gilt. Seien Sie mir nicht böse darum, ich wollte Sie nicht kränken. Und wenn Sie die Wahrheit lieben, so glaube ich, wir werden gut miteinander auskommen. Auch ich liebe die Wahrheit von ganzem Herzen.«

Einen Augenblick war es ihm, als wenn er ihre Hand ergreifen und küssen müßte, als wenn es an ihm wäre, sie um Verzeihung zu bitten. Aber sein sich immer neu verwirrendes Empfinden machte seine Lippen auch jetzt wieder stumm und ließ ihn ungeschickt, verlegen vor ihr stehen.

»Wollen Sie mir nicht verzeihen?« fragte sie nach einer kleinen Pause mit nervös zusammengezogenen Augenbrauen.

Da siegte in ihm das warme Gefühl. »Doch, doch, Baronin, – und seien Sie mir auch nicht böse, daß ich heftig war.«

»Gewiß nicht. Lassen wir die Sache ruhen. An dem allen ist ja nur dieser Staatsanwalt schuld. Er hat uns beide aus dem Gleis geworfen. Mir hat er unerhörte Dinge gesagt und Ihnen hat er Mißtrauen gegen mich in das Herz gelegt. Ich weiß und fühle das, ohne daß ich es von Ihnen höre. Er hat mich bei Ihnen verlästert, – jawohl, verlästert! Glauben Sie mir, dieser Herr hat sich in seine juristischen Theorien verrannt und verfolgt eine vollkommen falsche Spur. Der Sänger, den er für den Mörder hält, ist ebenso unschuldig an der Tat wie Sie. Er ist ein Unglücklicher, der tiefstes Mitleid verdient. Er war ein großer, echter Künstler, – wie oft hat er als Wotan neben mir auf der Bühne gestanden, wenn ich die Brünhilde sang! Aber die Künstler verstehen selten, in die Scheuern zu sammeln, wenn Erntezeit ist. Auch er hat es nicht gekonnt. Nun kam sein Schicksal, er verlor die Stimme, und aus dem gefeierten Sänger ist ein armer, elender, hilfloser Mensch geworden, der sich eines Tages heimlich, schamvoll zu mir schlich und mich um Hilfe bat. Ich mußte ihn wiederbestellen auf ein anderes Mal. Denn ich wollte nicht nur ein Almosen geben, ich wollte ihm helfen, sich eine neue, wenn auch bescheidene Existenz zu gründen. Dazu reichten im Augenblick meine Mittel nicht aus. Ich schrieb ihm dann, als ich sie mir verschafft hatte, und bestellte ihn in den Park, weil er in seiner Abgerissenheit sich scheute, von andern Menschen gesehen zu werden. Das ist alles, und ich meine, daß dies Tun mir keine Unehre macht. Der Herr Staatsanwalt aber konstruiert daraus einen Schuldverdacht gegen den Unglücklichen und unerhörterweise auch gegen mich selbst. Erst heute hat er die Stirn gehabt, mir gegenüber das anzudeuten. Mein Trost ist aber, daß niemand außer ihm an diese Fabel glauben kann und glauben wird!«

Sie hatte sich immer mehr hineingesprochen in die Leidenschaft und ging jetzt mit raschen Schritten zum Fenster, an dem sie einen Augenblick von ihm abgewandt stehen blieb, als wenn sie sich fassen und beruhigen wollte. Dann, da er stumm an seinem Platze verharrte, kehrte sie sich plötzlich wieder zu ihm um und kam hastig auf ihn zu.

»Sie schweigen, Baron, – warum schweigen Sie denn?«

Er suchte nach Worten. »Was soll ich sagen?«

»Habe ich mich getäuscht? Gibt es außer diesem Herrn von Sieglitz noch einen zweiten Menschen, der mich eines gemeinen, heimtückischen Verbrechens für fähig hält? Hat er wirklich Gehör bei Ihnen gefunden, und sehen auch Sie nun in mir die hinter den Kulissen Ränke spinnende Anstifterin eines Mordes? Ist das möglich? Antworten Sie mir, – ich verlange das von Ihnen!«

In furchtbarer Verwirrung stand Bassow ihr gegenüber. Vertrauen, Zweifel, Fragen wogten wild in ihm durcheinander und verschlossen seine Lippen in ihrem Widerstreit. Er fand keine Antwort, als ein vieldeutiges Achselzucken, als eine unsichere Bewegung der Arme.

»O, ich verstehe Sie auch ohne Worte! Sie haben vorhin gesagt, wenn sie nicht lügen wollen, schweigen Sie. Nun weiß ich, was Ihr Schweigen bedeutet, nun weiß ich, daß auch Sie, dessen Namen ich trage durch meinen Mann, mich eines abscheulichen Verbrechens für fähig halten.«

»Lassen Sie mich Ihnen sagen –«

»Ich habe nichts mehr mit Ihnen zu sprechen. Verlassen Sie mich auf der Stelle. Nur das eine noch: ich sprach vorhin von meinem Bleiben hier im Schlosse für das nächste halbe Jahr. Davon kann jetzt keine Rede mehr sein, obwohl es mein Recht ist. Sie reisen morgen, und wenn Sie zurückkommen, werden Sie mich nicht mehr hier finden.«

»Ich hoffe, Sie werden sich das noch überlegen, Baronin. Lassen Sie uns beiden Zeit, uns zurechtzufinden. Man hat uns beide aus unserm Gleis geworfen, wie Sie selbst vorhin sagten. So vieles spricht für Sie, aber – verzeihen Sie – auch manches gegen Sie. Lassen Sie mich überlegen, zu Besinnung kommen! Unter normalen Verhältnissen werden wir alles, was geschehen ist und zu geschehen hat, ruhiger betrachten und erwägen können.«

»Ich habe nichts mehr mit Ihnen zu sprechen. Verlassen Sie mich.«

Er zauderte noch einen Augenblick, dann aber ging er mit stummer, tiefer Verbeugung hinaus.

Sechstes Kapitel

Wohl noch niemals hatte sich Bassow in solcher tiefinneren Verstörtheit und Unsicherheit befunden, wie an diesem Tage. Zuerst freilich, nachdem er die Baronin verlassen hatte, überwog der Eindruck ihrer Persönlichkeit alle andern Einflüsse und Gedanken. Ueberzeugend wie die Wahrheit selbst hatte sie vor ihm gestanden. Kein Ton, kein Wort waren unecht und berechnet erschienen. Er hatte Momente, in denen er sich sagte: »Du bist ein Lump, wenn du an dieser Frau zweifelst!« In denen es ihn trieb, wieder zu ihr hinüberzustürmen und sie anzuflehen um Vergebung.

Je mehr aber der schöne Glanz ihrer Augen, der tiefe Klang ihrer Stimme in seiner Vorstellung ermatteten, um so größere Macht gewannen die klugen Auseinandersetzungen des Juristen über ihn. Ja, niemand hatte, soweit sich's erkennen ließ, ein größeres Interesse am Tode seines Vetters gehabt, als diese Frau, deren Liebe schon längst erkaltet war. Den Raubmord konnte der Täter geschickt fingiert haben; der wahre Zweck war es dann gewesen, die Vollendung des neu geplanten Testaments zu verhindern.

So redete sich Bassow nach und nach wieder in Mißtrauen und Zorn gegen sie hinein und kämpfte damit gegen ein häßliches Mißbehagen über sein eigenes Verhalten gegen sie. Und indem er sich das alles in den dunklen Stunden einer abermals beinahe schlaflosen Nacht immer wiederholte, fand sein Mißtrauen eine seltsame Bundesgenossin an einer zweiten Frauengestalt. Ein Ereignis, das zu vergessen er seit Jahren gekämpft hatte, wachte wieder auf und bedrängte ihn aufs neue. Es war die große und nach seinem Glauben einzige Liebe seines Lebens, die mühsam unterdrückte Qualen in dieser Nacht erneuerte. Bassow hatte wenig in der großen Welt gelebt. Nur die Militärdienstzeit, ein paar Semester auf der Universität und zwei Reserveübungen bei seinem früheren Regiment in Breslau hatten das gleichmäßige Leben auf der heimischen Scholle mit bunteren Farben unterbrochen. Bei der letzten Reserveübung war es gewesen, als er sich in eine Wagnersängerin des Stadttheaters mit einer plötzlichen, stürmischen Leidenschaft verliebte. Bis dahin hatten die Frauen kaum eine Rolle in seinem Leben gespielt. Nun sah er sich fortgerissen von einem reißenden Strom. Was an Romantik im tiefsten Grunde seiner stillen, auf praktische Werte gerichteten Natur geschlummert hatte, wachte damals auf. Es war ein großes, kurzes Glück, und eine zerschmetternde Enttäuschung. Maßloses Vertrauen, grenzenlose Verehrung wurden mit frecher Treulosigkeit vergolten. Und als er bebend vor Zorn und Schmerz vor der Sängerin stand, immer noch in der unsinnigen Hoffnung, sie könne sich mit ein paar Worten rechtfertigen, da sagte sie lachend: »Zweierlei mußt du beim Theater nicht suchen: Treue und Wahrheit. Unser Beruf ist das Täuschen und Lügen, es wird jeden Abend aufs neue von uns verlangt. Da machen wir's auch im Leben wie auf der Bühne, – wir alle.« Diese Worte – mühsam nur halb vergessen – klangen mit lebensvoller Grausamkeit wieder an sein Ohr. Aber sie kamen aus einem andern Munde. Das Frauengesicht, dessen Anblick für ihn die größte Wonne und der größte Schmerz des Lebens gewesen war, hatte sich verwandelt. Er sah nur noch das Antlitz der Baronin. Und von ihren Lippen klang es ihm entgegen: »Wir alle lügen, – wir vom Theater.« Es fiel ihm ein, daß dies tief in seine Seele gepflanzte Mißtrauen gegen die Bühnenmenschen es auch gewesen war, was ihn abgehalten hatte, die Frau seines Vetters früher schon kennen zu lernen. Seine übrigen Verwandten hatten sie aus anerzogenem Vorurteil abgelehnt, er nicht. Im Gegenteil, – was an Idealismus und Romantik auf dem Grunde seines Gefühlslebens lag, war aufgewacht in der Berührung mit dem Theater. Aber niemals war er über die große Täuschung hinweggekommen, die seiner tiefeingewurzelten Wahrheitsliebe zuteil geworden war. Seit jener Stunde hatte das Theater für ihn die Lüge bedeutet.

Die ganze Bitterkeit wachte wieder in Bassow auf, und als der neue Tag angebrochen war, hatten Zorn und Mißtrauen abermals gesiegt. In der Frühe des Morgens trat er an ein Fenster seines Zimmers, das in dem einen Flügel des Schlosses lag, schaute über die lange Terrasse weg nach dem andern Flügel hin, wo die Baronin hauste, und flüsterte aufs neue sein drohendes: »Hüte dich vor mir!« Zugleich aber stand er lange Zeit am Fenster und wartete, ob nicht der Schatten einer Frauengestalt sich dort gegenüber zeigte.

Dann trat er seine Reise an, ohne ihr noch einmal begegnet zu sein. Von Stunde zu Stunde wuchs die Entfernung zwischen ihm und ihr, und als er das heimatliche Gut erreicht hatte, lagen viele Meilen zwischen ihnen. Aber es war seltsam: je größer die Entfernung sich ausgedehnt hatte, um so geringer waren Bitterkeit, Mißtrauen und Haß in ihm geworden. Im Anblick der weiten, friedlich daliegenden Welt schien seine Seele sich gesund zu baden. Es war ihm, als wenn er aus einem Krankenzimmer herausgetreten wäre in gesundes Leben, wo man die Dinge mit andern Augen sieht. Und als er nun in der altgewohnten Umgebung in gewohnter, angespannter Tätigkeit war, da kam ihm der Verdacht gegen die schöne Frau mit jedem Tage mehr wie ein wüstes Traumgebilde vor. Wo war denn ein Beweis, ein wirklicher, schlagender Beweis gegen sie für solch ein abenteuerliches Verbrechen? Er fragte sich's immer häufiger, und zugleich begann etwas Andres, das er selbst noch nicht verstand, oder sich nicht eingestehen mochte, stärker und stärker in ihm zu arbeiten. Eine bohrende, nagende Sehnsucht war es, vor der festgesetzten Zeit von zehn Tagen wieder nach Schloß Garchim zurückzukehren. Er redete sich ein, seine baldige Anwesenheit sei nötig auf der großen Besitzung, er könne die Leute bei ihrer Tätigkeit am besten beobachten, wenn er unerwartet wieder unter sie träte. Aber diese Gründe konnten das Klopfen seines Herzens nicht erklären, das er fühlte, sobald er an Garchim dachte. Und er dachte bald nichts andres mehr als das. Er arbeitete ein paar Nächte durch, um zeitiger abreisen zu können. Und als er dann wirklich zwei Tage vor dem bestimmten Termin im Zug saß, da hob ein tiefer, befreiender Atemzug seine Brust.

Er hatte sich nicht angemeldet und ging zu Fuß von der Station zum Schloß. Ueberall traf er die Leute bei fleißiger Arbeit; offenbar hatte die Herrenhand nicht gefehlt in seiner Abwesenheit. Als der Verwalter ihn überrascht begrüßte, tat er ein paar Fragen über den Stand der Arbeiten, um dann hinzuzufügen: »Ist Frau Baronin schon abgereist?« Und als die Antwort kam: »Nein, soviel ich gehört habe, will sie übermorgen fahren,« sagte Bassow mit erkünstelter Gleichgültigkeit: »Sie braucht es noch nicht zu wissen, daß ich zurück bin. Niemand soll es ihr sagen.«

Dann ging er eiliger vorwärts. Es war ein heißer, schöner Nachmittag; ein Duft von reifendem Getreide schwebte in der Sommerluft. Warme Freude beflügelte Bassows Gang, die er als Herrengefühl beim Anblick des reichen, ihm vom Schicksal zugeworfenen Besitzes deutete. So kam er zum Schloß, gab auch dort Auftrag, von seiner Ankunft vorläufig nicht zu sprechen, und betrat sein Zimmer mit einer heißen, unverstandenen Unruhe im Herzen. Sobald er sich notdürftig wieder eingerichtet hatte, ging er zum Fenster, das nach dem andern Schloßflügel hinübersah, und spähte, hinter dem Vorhang verborgen, lange nach jener Seite. Doch blieb alles ruhig und unbelebt.

Ueber dem Park lag die große, sonnige Stille des heißen Tages. Die Schwalben allein, die pfeifend hin und wider schossen, brachten leise, helle Töne in das tiefe Schweigen. Aber nun – Bassow hatte wohl eine halbe Stunde am Fenster dort gestanden – erwachte plötzlich ein anderer Klang. Musik! Die Akkorde eines von unsichtbaren Händen gespielten Flügels kamen durch den Sonnenglanz daher. Und eine Stimme gesellte sich zu diesen Tönen, weich, mild und mächtig zugleich, wie sie Bassow kaum jemals gehört hatte. Zuerst war es nur eine atemraubende Ueberraschung, die er fühlte, dann runzelte sich seine Stirn. Es konnte niemand anders als die Baronin sein, die da sang. Hier in dem Trauerhause, in dem vor so kurzer Zeit ihres ermordeten Gatten Leiche gelegen hatte, konnte sie singen! War das nicht ein Beweis für ihres Herzens Kälte?

Bassow versuchte, sich den herandrängenden Tönen zu entziehen, wandte sich ab und ging weit ins Zimmer zurück. Aber es war wie ein Zauber, der ihn faßte, der Gesang verfolgte ihn auch dort und zog ihn aufs neue ans Fenster. Sein Ohr hatte jetzt erkannt, was die Frau dort sang. Isoldens Liebestod war es, und er wußte nun: ja, das durfte sie singen, auch im Trauerhause! Das war eine Klage, so gewaltig, wie das Menschenwort allein sie niemals auszudrücken vermochte. Besiegt, versöhnt, hingerissen stand Bassow regungslos auf seinem Lauscherposten; mit Wonne trank er die Wundertöne dieser Stimme. Was ihm erst Frevel geschienen hatte, war ihm jetzt

Offenbarung einer tief empfindenden, reinen Seele. Eine Frau; die so singen konnte, war keine Verbrecherin.

Erschüttert vom jähen Wechsel und Widerstreit seines Gefühls, blieb er noch eine Weile stehen, auch als der Gesang schon verklungen war. Aber dann zog es ihn hinab in den Park. Es war ihm eng und sehnsuchtsvoll ums Herz; es trieb ihn in die Freiheit, in Grün und Sonne. Und vielleicht, – aber das gestand er sich nicht ein, was hinter dieser Sehnsucht schlummerte.

So ging er hinunter und auf der Terrasse entlang. Kein menschliches Wesen war im Park zu erblicken. Die Sonne glänzte, brütete, reifte die Geschenke des gütigen Sommers. Aus dem Lichte trat Bassow hinein in die schattigen Gänge des Parkes. Dort war die Marmorbank, auf der er die Baronin am Tage der Beisetzung belauscht hatte. Jetzt war die Stelle leer; nur die Statue der Diana daneben lächelte ihn an mit ihrem versteinerten Lächeln. Er setzte sich auf die Bank und sann vor sich hin. Es war ihm wohl und weh zugleich. Plötzlich aber klopfte sein Herz mit verdoppelten Schlägen. Der leise Ton eines Fußes auf dem Kies war zu ihm gedrungen. Und nun kam eine schwarze Gestalt aus der grünen Wölbung des Laubganges hervor, ganz langsam, tief in Gedanken, den Kopf zur Erde geneigt. Im sicheren Gefühl, allein und unbeobachtet zu sein, näherte die Frau sich mit instinktiver Kenntnis des vertrauten Weges dem Platze, wo Bassow saß, und blickte nun erst auf, unmittelbar vor ihm.

Er sah, wie heißes Rot ihr ins Gesicht stieg, – ohne Frage das Rot des Zornes. Sein Klang war auch in ihrer Stimme, als sie nach einer kleinen Pause der Ueberraschung die Sprache fand. »Das ist wider die Abrede!«

Er war aufgesprungen. »Ja, ich weiß es. Aber ich bin früher zurückgekommen, um Sie noch einmal zu sprechen, und ich wußte, Sie würden meine Rückkehr nicht erwarten, wenn ich Nachricht gab. Ich möchte Sie um etwas bitten.«

»Um was?«

»Bleiben Sie noch hier! Es ist Ihr gutes Recht, und mir ist es ein furchtbar peinliches Gefühl, Sie aus Ihrem Besitz zu verdrängen. Wir werden uns einrichten, ich werde Ihnen aus dem Wege gehen und Sie in keiner Weise durch meinen Anblick belästigen. Das Schloß ist groß genug.«

Sie schüttelte langsam den Kopf. »Nein, mein Entschluß ist gefaßt. Ich verlasse Garchim. Wahrscheinlich kehre ich zur Bühne zurück.«

»Zum Theater?«

»Ja. Meine Natur taugt nicht für ein stilles, untätiges Privatleben. Hier hat mir die Verwaltung eines großen Hausstandes Ablenkung in genügendem Maße geboten. Das ist nun vorbei.«

»Also darum haben Sie gesungen?« sagte er langsam.

»Haben Sie mich gehört?«

»Ja, – vorhin.«

»Und Sie haben sich darüber gewundert. Sie haben gedacht: in einem Trauerhause soll man nicht singen.«

Er war betroffen, wie richtig sie sein Gefühl und seine Gedanken erkannte. Doch hob er den Kopf und sagte, ihr in die Augen blickend: »Ja, zuerst habe ich das gedacht. Aber mein Urteil hat sich gänzlich geändert, als ich hörte, was und wie Sie gesungen haben.«

Ein weicherer Ausdruck verklärte ihr Gesicht. »Das ist ein gutes Wort,« sagte sie mit freundlich verwandeltem Ton. »Ich danke Ihnen dafür. Und Sie müssen ja auch bedenken, daß die Musik mein Beruf gewesen ist und in Zukunft meine einzige Liebe sein wird.«

»Könnte sie das nicht sein, auch wenn Sie der Bühne fernblieben?«

»Hassen Sie das Theater?«

»Nein. Ich habe es einmal sogar sehr geliebt. Aber ich habe dann erkannt, daß dort die Lüge zu Hause ist.«

»Man kann auch beim Theater der Wahrheit treu bleiben. Wenn Sie mich besser kennten, würden Sie den Beweis dafür in meinem Leben finden.«

Er suchte nach einer Antwort, er hätte sie gern überredet. Im Suchen aber blieb er eine Sekunde lang stumm. Stolz erwiderte sie seinen auf sie gerichteten Blick. Und bevor eins von ihnen wieder zu sprechen begann, wurden sie gestört. Aus dem Laubgang hervor tönten Schritte, und gleich erschien auch der Diener, der zwei Briefe von großem Format in der Hand hielt.

»Was bringen Sie?« fragte die Baronin ein wenig ungeduldig. »Jetzt ist doch nicht Postzeit.«

»Nein, Frau Baronin entschuldigen, die beiden Briefe sind soeben von dem Lünziner Diener persönlich abgegeben worden.«

»Vom Diener des Herrn von Breitenbach?«

»Jawohl. Der eine ist für die Frau Baronin, der andere für den Herrn Baron.«

»Für mich?«

»Ja. Ich war auf dem Zimmer vom Herrn Baron, aber weil der Herr Baron —«

»Es ist gut. Geben Sie nur her.«

Der Diener gab jedem einen der ganz gleich gestalteten Briefe und ging. Mit einem halbblauten »Gnädigste Baronin gestatten« erbrach Bassow den seinen. Was er in Händen hielt, war eine Verlobungsanzeige. Rittergutsbesitzer Erich von Breitenbach gab sich die Ehre, seine Verlobung mit Miß Edith Lowfeller aus Philadelphia mitzuteilen.

Gleichzeitig faltete Bassow das Papier wieder zusammen, um dann in äußerstem Erstaunen auf die Baronin zu blicken. Was ihn völlig kalt gelassen hatte, schien diese Frau in tiefster Seele zu bewegen. Ihre Augen glühten, ihr Atem ging rasch, ihre Hände bebten. Sie starrte nieder auf die entfaltete Anzeige, weit länger, als es nötig war, um sie zu lesen. Und auch nachdem ihre Hände mit dem Papier langsam herabgesunken waren, behielten ihre schräg zu Boden gerichteten Blicke immer noch den Ausdruck eines leidenschaftlich gespannten Suchens und Fragens.

Bassow trat einen Schritt auf sie zu. »Baronin —«

Sie aber hob die Hand, sich gegen die Störung ihrer Gedanken wehrend. Ihre Lippen bewegten sich, doch vernahm er zunächst keine Worte. Plötzlich aber warf sie den Kopf zurück und sagte laut: »Ich habe meine Absicht geändert; ich mache von meinem Rechte Gebrauch und bleibe hier.« Dann ging sie mit einem kurzen Abschiedswinken rasch an ihm vorüber und fort.

Bassow blieb allein und schaute mit einem der Bestürzung nahen Erstaunen umher, als wenn das alles ein Traum gewesen wäre. Sein Blick fiel auf die Statue der Diana, die höhnisch herabzulächeln schien. Dann ging er langsam den Weg, den die Baronin so eilig vorangeschritten war. Er mußte seine Gedanken erst ordnen, bevor er anfangen konnte, nach einer Begründung für ihr seltsames Betragen zu suchen. Welche Bedeutung hatte diese Verlobungsanzeige für sie, wie konnte des Papiers Inhalt sie so ganz ergreifen und beherrschen? Bassow wußte nichts von dem Herrn von Breitenbach, als daß er der nächste Gutsnachbar von Garchim war und ein Freund seines verstorbenen Vetters. Darin lag doch kein Grund für der Baronin fassungsloses Betragen, – denn so war es zu nennen. Und wenn, – plötzlich blieb Bassow stehen, wie festgehalten durch einen unsichtbaren Arm. Er atmete tief und schnell, seine Augen starrten auf den Boden, wie die der Baronin es vorher getan hatten. Dann begann er zu lachen, ein heiseres, häßliches Lachen, und schlug sich mit der Hand auf die Stirn. Wie war er blind, wie war er dumm gewesen, das nicht gleich zu sehen! Sie liebte diesen Mann, diesen Herrn von Breitenbach! Damit war alles erklärt. Nur die Verlobungsanzeige eines Menschen, den man liebt, kann solche Wirkung üben. Dann aber war diese Liebe auch schon in ihr gewesen, als ihr Mann noch lebte, und wenn das der Fall war – zuerst erschrak Bassow vor dem Gedanken, um sich nach und nach mit einer schmerzhaften Wollust in ihn zu vertiefen – dann war hier das eigentliche, verborgene Motiv eines Verbrechens. Hier fand er den geheimen Grund für die Möglichkeit ihres Verlangens, von den Ehefesseln frei zu sein, vor allem aber, ein abgeändertes Testament ihres Gatten zu verhindern. Daß Breitenbach sie trotzdem verschmähte und eine andere vorzog, war kein Grund, um die Liebe der Baronin zu ihm unmöglich oder auch nur unwahrscheinlich zu machen, wohl aber gab diese Liebe die Erklärung für ihr jetziges Verhalten. Sie blieb in Garchim, weil sie nahe bei Lünzin bleiben wollte, weil sie hoffte, Breitenbachs Ehe mit einer anderen doch vielleicht noch zu verhindern.

Je mehr er darüber nachdachte, um so mehr wurde für ihn diese Möglichkeit zur Gewißheit. All das langsam hingeschwundene Mißtrauen stand mit einem Male wieder vor ihm gleich einem drohenden Gespenst. Er hatte gezweifelt, er hatte vertraut, und er zweifelte nun mehr denn je zuvor. Aber warum tat ihm das Herz bei dem Zweifel so weh? Was ging es ihn an, ob die Frau, die plötzlich wieder so tief gesunken war in seinen Augen, diesen Breitenbach liebte oder nicht? Er fragte sich's, er versuchte wieder zu lachen, aber zugleich schrie etwas in ihm laut auf. Ja, es ging ihn an, es empörte ihn, es zerriß ihm das Herz! Nicht ihre Schuld mehr, ihre Liebe war es, was ihm so wehe tat. Mit einem tiefen Grausen vor sich selbst empfand er es zum ersten Male klar in diesem Augenblick: er selbst liebte diese Frau. Was er sorgsam im Dunkel gelassen hatte, woran er vorsichtig vorbeigeschlichen war, das richtete sich, von der aufzuckenden Eifersucht plötzlich grell beleuchtet, vor ihm auf in kalter Deutlichkeit: er liebte sie, deren Schuld ihm niemals wahrscheinlicher gewesen war als eben jetzt.

Taumelnd, mit unsicheren Schritten wie ein Kranker oder Trunkener ging er zurück ins Schloß. Er versperrte hinter sich die Tür seines Zimmers, schlug die Läden vor dem Fenster zu, das nach dem anderen Flügel hinübersah, und lief stöhnend auf und nieder in dem Raume wie ein gefangenes Tier. So trieb er es, er wußte selbst nicht wie lange. Ein paarmal setzte er sich an den Schreibtisch, nahm Papier her und warf einige Zeilen darauf, um es immer gleich wieder in kleine Fetzen zu zerreißen. Endlich, als die Sonne schon zu sinken anfing, war er mit sich ins reine gekommen, was er schreiben wollte. Nun war ein Brief in wenigen Augenblicken vollendet, und er las die festen, energischen Zeilen mit gedämpfter Stimme sich selber vor: »Gnädigste Baronin! Unsere heutige Unterredung ist gestört worden, bevor sie eigentlich zu Ende war. Sie hatten allerdings die Gnade, mir mitzuteilen, daß Sie Ihre Absicht geändert hätten und in Garchim bleiben würden, hinsichtlich der Gründe für diesen plötzlichen Willenswechsel überließen Sie mich aber meinen Vermutungen. Jedenfalls rechne ich mit der Tatsache. Unser Zusammen- oder vielmehr Nebeneinanderleben hier im Schlosse dürfte sich meiner Ansicht nach am besten gestalten, wenn jeder tunlichst ein Leben für sich führt. Mit vorzüglicher Hochachtung« – Bassow lachte laut auf, als er diese Worte las – »Euer Hochwohlgeboren ergebenster Kurt Freiherr v. Bassow.«

Nachdem der Brief gesiegelt war, klingelte Bassow dem Diener und übergab ihm das Schreiben, um es der Baronin hinüberzutragen. Als er wieder allein war, begann er sein unruhiges Umherwandern und Insichhineingrübeln aufs neue. Plötzlich blieb er stehen, die Arme sanken ihm schlaff am Leibe herab, seine Lippen zuckten in herber Bitterkeit, und er murmelte vor sich hin: »Für andere Menschen bedeutet die Liebe das Glück, auf meinem Leben liegt sie als Fluch!« Aber als wenn er sich seiner Weichheit schämte, hob er sich gleich darauf stolz empor, schlug mit der Hand in die Luft und sagte: »Ach was, auch damit muß ein Mann fertig werden.« Und er flüchtete sich an seinen Schreibtisch in die Arbeit.

Siebentes Kapitel

Mit einem Eifer, der zu groß war, um ganz gesund zu erscheinen, stürzte sich Bassow in die Arbeiten, die seine neue Stellung mit sich brachte. Die Freude daran aber wollte nicht kommen. Immer wieder gingen seine Gedanken denselben Weg, hinüber zu der Frau, die so nahe und so fern zugleich von ihm war. Sie hatte auf seinen Brief nicht geantwortet, aber sie war geblieben. Ihr zu begegnen, vermied er, nur zuweilen sah er sie von weitem. Seine Antrittsbesuche auf den benachbarten Gütern schob er über Gebühr lange hinaus, um nicht auch Herrn von Breitenbach besuchen zu müssen. Daß die Baronin diesen Mann liebte, daß hier die Erklärung für ihr sonderbares Verhalten lag, wurde ihm auch beim stets erneuten Grübeln über diesen Punkt nicht zweifelhaft. Und nur das bereitete ihm eine kleine Genugtuung, daß ihre Liebe dort nicht erwidert wurde; denn sonst wäre Breitenbachs Verlobung so rasch nach ihres Mannes Tode, gerade in diesem Moment, nachdem sie frei geworden war, doch wohl unmöglich gewesen.

Es war vierzehn Tage nach Bassows endgültiger Uebernahme von Garchim, als er sich an einem trüben, schwermütigen Nachmittage wieder einmal gewaltsam der ihn marternden Gedankenflucht entzog und auf den Hof hinunterging, um die begonnenen Erntearbeiten persönlich zu beobachten. Als er aus dem Hause trat, sah er zu seiner Ueberraschung eine Equipage von altmodischer Eleganz auf dem Hofe halten. In seine nach dem Park hinaus gelegenen Zimmer war kein Räderton hinaufgedrungen. Der fremde Kutscher, der mit Hilfe eines Stallknechts eben dabei war, die Pferde auszuspannen, antwortete auf die Frage nach dem Wagen, daß er Herrn von Breitenbach gehöre, und daß sein Herr in Begleitung seiner Braut gekommen sei, um der Frau Baronin Besuch zu machen. Der Name, den er hörte, verursachte neuen Schmerz in Bassows Brust, bis das Gefühl, daß die Baronin unter dieser Begegnung leiden müsse, wie er selber litt, eine grausame Freude in ihm erzeugte.

Um seine Bewegung zu verbergen, wandte sich Bassow mit verdoppeltem Eifer dem Arbeitstreiben auf dem Hofe zu, nahm Bericht entgegen und gab seine Befehle. Mitten darin sah er, wie die Blicke der Leute unaufmerksam wurden und sich alle nach einer Seite wandten. Ihnen mit den Augen folgend, bemerkte er, daß eine fremde und eigenartige Frauengestalt von der Landstraße her auf den Hof getreten war. Sie trug eine schwarze, halb weltliche, halb geistliche Tracht, wie die Krankenpflegerinnen es tun, auch wenn sie keinem Orden angehören; doch milderte hier keine weiße Haube unter dem schwarzen Kopftuch den düsteren Eindruck des Ganzen. Gleich einer finsteren Erscheinung unter dem trüben Himmel kam die Frau mit schwerfälligen, zögernden Bewegungen daher. Nach einer kleinen Pause der Ueberlegung trat sie dann mit gleicher Unsicherheit auf einen Arbeiter zu, an den sie offenbar eine Frage richtete.

Bassow war an diesem Tage noch mehr als sonst für alles dankbar, was ihn von den eigenen, bohrenden Gedanken ablenkte, auch war in der Frauenerscheinung etwas Besonderes, die Aufmerksamkeit Herausforderndes. Darum ging er selbst mit großen Schritten auf sie zu und fragte: »Wen suchen Sie? Wünschen Sie jemanden hier zu sprechen?«

Mit blassen Augen schaute sie aus ihrem breiten, flachen Gesicht mit unverhältnismäßig kleiner Nase ungewiß auf ihn, um nach einem Zaudern zu antworten: »Ja, ich suchte wohl jemanden hier.«

»Mich selbst vielleicht?«

Wieder eine Pause, dann ein Schütteln des Kopfes. »Nein, keinen Herrn. Eine Dame.«

»Und wie heißt diese Dame?«

Sie antwortete nicht, sondern tat eine neue Frage. »Dies ist doch Schloß Garchim?«

»Gewiß. Und ich bin der Besitzer von Garchim.«

»Sie – so – wirklich? Aber ich möchte zu der Dame, zu der Frau Baronin von Bassow, deren Mann, – deren Gemahl –«

»Ermordet wurde, wollen Sie sagen?«

»Ja, das wollte ich sagen. Ich habe davon gehört, weil überall davon gesprochen wurde. Zeitungen lese ich nicht; sie ziehen die Gedanken zu sehr ab von der Ewigkeit. Aber weil ich ihn doch gekannt habe –«

»Sie haben ihn gekannt?« Mit lebhafter werdendem Interesse blickte Bassow auf die merkwürdige Frauengestalt. Ein mißtrauischer Blick aus den blassen Augen war die Antwort auf seine Frage. Sie trat verlegen von einem Fuß auf den andern. »Das wäre eigentlich wohl zu viel gesagt. Gesehen habe ich ihn – und auch gesprochen – ein- oder zweimal –, aber nur flüchtig, – nein, gekannt habe ich ihn eigentlich nicht.«

»Handelte sich's um eine Krankenpflege, daß er mit Ihnen sprach. Sie sind doch wohl Pflegerin?«

»Ja, das bin ich. Schwester Barbara ist mein Name, – Barbara Zinsmeister. Hier ist meine Karte mit meiner Adresse, wenn der gnädige Herr mich einmal nötig haben sollten.«

Er lächelte. »Vorläufig kann ich keinen Gebrauch machen von Ihrem freundlichen Anerbieten. Ich bin gesund.«

»Man weiß nie, wann Gott eine Krankheit schickt. Hier, – nein, das ist sie nicht, – aber gleich werde ich die Karte haben.«

Sie hatte angefangen, in einer schwarzledernen Handtasche zu suchen, die sie trug, und hatte dabei zunächst ein aufgerolltes, mit einem schwarzen Band umwundenes Schriftstück hervorgezogen. Dann kamen ein Nähzeug, ein in gelbes Papier gewickeltes Paket, ein Hausschlüssel und ein Strickzeug hervor. Ganz zuletzt fand sich auch ein kleines, abgegriffenes Täschchen für Visitenkarten, dem sie eine der Karten entnahm.

»So, da ist die Karte,« sagte die Fremde, indem sie Bassow ihre Visitenkarte überreichte. »Wenn der gnädige Herr die Güte haben wollten, sie aufzubewahren. Meine Adresse in Berlin steht darauf. Von dort bekomme ich alle Briefe nachgeschickt, auch wenn ich unterwegs bin. Ich bin sehr viel unterwegs auf auswärtiger Pflege. Auch jetzt bin ich auf solch einer Fahrt, ich habe nur hier einen Zug überschlagen, weil ich doch einmal in der Nähe war. Das kostet ja nicht mehr, und ich wollte gern der Frau Baronin –«

Sie stockte wieder, als wenn sie fürchtete, zu viel gesagt zu haben. Bassow drängte sie auch nicht, ihre Rede zu vollenden; ihn beschäftigten viel mehr die Worte über seinen Vetter, und er fragte: »Stammt Ihre Bekanntschaft mit dem verstorbenen Baron Bassow bereits aus früherer Zeit?«

»O nein, – das heißt, – nein, es muß ganz kurz vor seinem Tode gewesen sein, daß er bei mir war.«

»Also er war bei Ihnen?«

Sie schüttelte unmutig den Kopf. »Ach, das ist doch einerlei. Um was es sich handelte, das war ja sowieso schon lange her. Und es wird auch für die Frau Baronin kaum einen Wert haben, aber ich wollte es ihr doch bringen.«

Ihre mystischen Worte bekamen eine Art von Erklärung durch die Papierrolle, die sie nicht gleich den übrigen Gegenständen wieder in ihre Tasche versenkt hatte, sondern unsicher in der Hand hin und her bewegte.

»Ist es diese Rolle, die Sie der Frau Baronin geben wollen?«

»Ja, – es ist möglich.«

»Wenn sich dies Papier in irgendeiner Weise auf den Tod des verstorbenen Barons bezieht –«

»O nein, darauf nicht! Nein, nein, darauf in keiner Weise.«

»Oder wenn es Wichtigkeit für den gegenwärtigen Besitzer von Garchim hat, – ich bin jetzt hier Majorats-Herr und heiße Bassow, wie mein verstorbener Vetter.«

»Nein, nein, für Sie – Herr Baron muß ich doch sagen? –, für den Herrn Baron hat es gewiß gar keine Bedeutung.«

»Aber Sie meinen, daß es für meines Vetters Witwe Bedeutung hat?«

»Ich weiß es nicht, – vielleicht. Ich habe nur gemeint, weil doch der Herr Baron, – ich dachte, die Frau Baronin würde mir vielleicht das Geld geben, das der verstorbene Herr Baron mir dafür versprochen hatte.«

»So, ein Geschäft wollen Sie machen?« Seine Blicke und sein Ton wurden kühler.

»Wenn der Herr Baron es so nennen wollen, – jedenfalls möchte ich diese Papiere gern der Frau Baronin selbst übergeben.«

»Da werden Sie warten müssen. Ein Gutsnachbar, ein Herr von Breitenbach, ist bei ihr zu Besuch.«

»Breitenbach, – Herr von Breitenbach –«

»Kennen Sie vielleicht auch den Herrn?«

»Nein, nein, gewiß nicht. Ich habe ihn nie gesehen, – o nein! Aber vielleicht könnten der Herr Baron mir sagen, ob dieser Herr von Breitenbach mit Vornamen Erich heißt?«

Mit neuem, verstärktem Erstaunen blickte Bassow in das ausdruckslose, flache Gesicht. »Ich muß bedauern. Ich bin erst seit kurzem hier und kenne den Herrn von Breitenbach selbst nur ganz flüchtig. Wenn Sie warten wollen –«

»Sehr gern, gewiß. Ich habe eine ganze Menge Zeit, – mein Zug geht erst am Abend. Wenn der Herr Baron mir nur vielleicht sagen wollten, wo ich warten darf –«

»Ich werde Sie ins Dienstbotenzimmer führen lassen. Die Köchin soll Ihnen eine Tasse Kaffee machen, ich werde Auftrag geben.«

»Meinen gehorsamsten Dank. Herr Baron sind zu gütig.«

Mit einem kurzen Kopfnicken wandte Bassow sich ab. Diese Schwester Barbara war ihm wenig angenehm. Aber sie hatte seine Gedanken für einige Zeit von der Begegnung zwischen der Baronin und Breitenbach abgezogen, und er war ihr dankbar dafür. Auch beschäftigte ihn die auffallende Bekanntschaft seines Vetters mit einer Krankenpflegerin. Wie war er dazu gekommen, was bedeutete das Papier in ihren Händen? Die Baronin konnte ihm Auskunft geben, sobald sie die geheimnisvolle Schrift gelesen hatte, zwischen ihm und ihr aber waren die Brücken abgebrochen. Aufs neue legten sich ihm Schmerz und Mißbehagen beklemmend auf die Brust. Er gedachte der vielen einsamen Abendstunden, die er seit seinem Einzug in Garchim in dem stillen, großen Schlosse verlebt hatte, der Augenblicke vor allem, wenn der Gesang einer Frauenstimme von wundersam zauberhaftem Reiz durch die nächtliche Stille zugleich mit sanften Düften der Sommernacht in sein Zimmer hineingedrungen war und ihn aufgescheucht hatte von seinen Büchern und Schriften.

Langsam, tief in Gedanken, ging er ins Schloß zurück und in sein Arbeitszimmer. Doch trieb ihn innere Unruhe gleich wieder vom Schreibtisch empor und an das Fenster, wo der Blick nach dem andern Flügel und auf die Terrasse unten frei war. Die meisten der Glastüren zu den dort gelegenen Zimmern standen offen; in einem von ihnen, dem großen Empfangs- und Musiksalon, mußte sie gegenwärtig dem Manne und seiner Braut gegenüber sitzen, den sie liebte! Welch’ eine Stunde für sie! Welch’ ein Gefühl aber auch für ihn selber, hier am Fenster stehen zu müssen mit solchen Gedanken! Ein wilder Haß loderte flammend, verzehrend in seinem Herzen auf, – aber seltsamerweise nicht gegen die Frau, sondern gegen den Mann. Für den Augenblick wurden Mißtrauen und Verdacht gegen die Baronin erstickt von einem stärkeren Gefühl, vom Haß gegen diesen Herrn von Breitenbach, der ihm den Weg zu ihrer Seele versperrte.

Mit einem Gefühl, das ihn kalt überrieselte, trat Bassow rasch einen Schritt in das Zimmer zurück und ließ den Vorhang zufallen, den er vom Fenster fortgeschoben hatte. Als wenn seine Gedanken den Mann herbeigezaubert hätten, der ihr Ziel gewesen war, sah er ihn plötzlich aus der Tür des Musiksalons auf die Terrasse hinaustreten. Und nur ihn allein. Von den beiden Damen war keine in seiner Begleitung. Scheinbar, um ein wenig Luft zu schöpfen, ging er mit langsamen Schritten auf der Terrasse entlang, während seine Blicke an den Türen und Fenstern des Erdgeschosses umhertasteten. An einer der offenen Glastüren blieb er stehen, zauderte einen Augenblick, schaute nach beiden Seiten und trat hinein. Es war das Zimmer, in dem die Leiche des Ermordeten gefunden worden war.

Bassow sagte sich, daß es eine ungeheuer natürliche Sache sei, wenn der Freund des Toten sich das Zimmer betrachtete, das er sicher oft genug in Begleitung des Lebenden betreten hatte, daß er den Ort aufsuchte, wo dann unerwartet Schreckliches geschehen war. Aber trotzdem erregte der Anblick ihn auf merkwürdige, ihm selbst unerklärliche Weise. Und auf einmal packte ihn ein unwiderstehlicher Drang, zu sehen, was Breitenbach in jenem Zimmer tat. Er überlegte nicht, er ging zur Tür und öffnete sie. Aber ganz leise, ganz vorsichtig, obwohl ein Ton von hier unmöglich in das Erdgeschoß hinunterdringen konnte.

Das kam Bassow nicht in den Sinn; er hatte das Empfinden des Jägers, der ein Wild beschleichen will und jeden verräterischen Laut, selbst einen vernehmbaren Atemzug vermeiden muß. In dieser Stimmung schlich er die Treppe hinunter und ging auf den Zehenspitzen den Korridor im Erdgeschoß entlang, ohne auch nur einen schwachen Widerhall zu wecken. Vor der Tür, die er suchte, hielt er einen Augenblick still; er wußte, sie wurde nicht mehr verschlossen gehalten, seit das Gericht seine Untersuchung beendet hatte. Die Papiere, die auf dem Schreibtisch des Toten gelegen hatten, befanden sich in Bassows eigener Verwahrung. Er brauchte nur einzutreten, aber sein Herz klopfte so laut, als wenn er auf dem Wege zu einem Verbrechen wäre. Dann griff er entschlossen, doch mit immer gleicher, leiser Vorsicht nach dem Drücker der Tür und öffnete sie ganz rasch.

Er hatte sich in seiner aufgeregten Phantasie allerlei durcheinandergleitende Bilder gemacht, wie er den Eindringling hier finden würde, was er aber nun sah, überraschte ihn trotzdem. Ihm den Rücken zuwendend, kniete Breitenbach nahe dem Schreibtisch auf dem Boden, während er mit seinen Händen auf dem Teppich umherzutasten schien.

»Guten Tag, Herr von Breitenbach!« Laut, beinahe drohend klangen die Worte durch den weiten Raum.

»Ah, Baron Bassow!«

Er war herumgefahren und stand rasch, mit elastischer Bewegung auf. War es Einbildung, wenn Bassow meinte, daß er in diesem Augenblick totenbleich vor ihm stand? War es das matt, mit grünen Reflexen vom Park hereindringende Licht, das ihn täuschte? Aber nein! Er sah, wie langsam die Farbe in das volle, glatte Gesicht Breitenbachs zurückkehrte, wie ein Lächeln den Ausdruck unverhohlenen Schreckens dort ablöste. Auch die Stimme klang ruhig und sicher, die nun sagte: »Sie haben mich fast erschreckt, Baron. Ich hatte sowieso ein leises Einbrechergefühl, als ich hier eindrang. Aber Sie werden mir zugeben, daß es ein erklärliches Verlangen von mir war, den Ort, wo mein armer Freund hat sterben müssen, einmal allein und in Ruhe zu betrachten.«

»Gewiß, das muß ich zugeben. Aber haben Sie etwas verloren? Sie schienen am Boden umherzusuchen.«

»Nein, verloren habe ich nichts. Aber suchen tat ich allerdings. Ich bin empört über unsere Polizei, – sie scheint wieder einmal völlig im Dunkeln zu tappen, diesem Verbrechen gegenüber. Und weil sie so gar nichts ausrichtet bisher, trieb es mich mit Gewalt, mich einmal mit eigenen Augen zu überzeugen, ob nicht vielleicht hier an Ort und Stelle doch noch eine Spur zu finden wäre. Die Damen – ich habe meine Braut meiner alten Freundin, der Baronin, vorgestellt – hatten allerlei Sachen zu verhandeln, wobei ich überflüssig war, da habe ich die Gelegenheit wahrgenommen und mich hier auf die Suche begeben. Ich bitte Sie als Hausherrn sehr um Entschuldigung für mein eigenmächtiges Verfahren.«

Bassow hörte, fühlte von all' den Worten hauptsächlich nur zwei. Daß Breitenbach von der Baronin als von seiner alten Freundin sprach, tat ihm weh wie ein Stich. Er meinte darin einen frivolen Beiklang zu hören, als wenn Breitenbach um ihr leidenschaftliches Gefühl für ihn wüßte. Dies Empfinden machte den Ton eiseskalt, in dem er antwortete: »Da ist Entschuldigung überflüssig.«

Ein Schweigen folgte. Es lastete auf Bassow, und er fühlte das Bedürfnis, es zu unterbrechen. Drum tat er die Frage: »Haben Sie etwas gefunden?«

»Nein, leider nicht.«

»Hatten Sie – wenn ich fragen darf – einen bestimmten Verdacht, weshalb Sie gerade auf dem Fußboden suchten?«

Ein Blick, in dem Bassow Mißtrauen zu finden glaubte, traf ihn aus Breitenbachs Augen. Dann aber ging wieder ein Lächeln über das volle Gesicht. »Ich wollte, ich könnte sagen, daß ich einen bestimmten Verdacht hätte. Aber davon ist keine Rede. Mir war nur der Gedanke gekommen, – in den Kriminalromanen, die man liest, pflegen ja doch die Mörder meist etwas zu verlieren. Einen Hosenknopf oder sonst einen ähnlich interessanten Gegenstand. Und wenn es auch wohl sehr töricht von mir war, ich wollte sehen, ob nicht irgendeine Kleinigkeit am Ende doch den scharfen Augen der Herren vom Gericht entgangen wäre.«

»Dieser Versuch war wohl von vornherein aussichtslos.«

»Ich gebe das zu, Baron. Aber man sieht immer gern mit eigenen Augen, – nicht wahr?«

»Gewiß.«

»Und jetzt muß ich zu den Damen zurück. Wir wollen heute noch nach Barsten hinüber. Kommen Sie nicht mit in den Salon? Ich hätte Sie gern mit meiner Braut bekannt gemacht, wenn ich auch noch nicht die Freude hatte, Sie bei mir begrüßen zu können.«

»Ich bitte dafür sehr um Verzeihung. Aber ich, – Sie können sich denken, wie viel Arbeit und Unruhe mir die Uebernahme dieses neuen Besitzes gemacht hat. Ich hole das Versäumte in den nächsten Tagen nach. Leider ist es mir auch unmöglich, in den Salon mitzukommen. Es liegen da Gründe vor, über die ich mich nicht äußern kann. Aber wenn Sie gestatten, bin ich auf dem Hofe bei Ihrer Abfahrt, um die Ehre zu haben, Ihr Fräulein Braut kennen zu lernen.«

»Sehr liebenswürdig. Wir fahren in zehn Minuten, – damit Sie nicht zu warten brauchen. Ich darf also sagen ›Auf Wiedersehen‹?«

»Auf Wiedersehen, Herr von Breitenbach.«

Eine tiefe, höfliche Verbeugung von Breitenbach, eine kühle und knappe von Bassow, dann war er allein. Eine Weile stand er in Gedanken versunken. Er war ärgerlich über sich selbst und ließ es den andern büßen, indem er sich sagte, daß dieser Breitenbach ihm sehr unsympathisch sei. Aus plötzlichem Antrieb ging er dann zu dem Platz am Schreibtisch, wo jener gekniet hatte, beugte sich tief hinab und forschte mit seinen scharfen Augen auf dem Fußboden umher. Aber nein, hier war keine Spur. Der Teppich, der den Parkettboden beinahe ganz überdeckte, war ebenso wie das Fell, das unter dem Schreibtisch lag, geklopft und gereinigt worden, – sie hatten nichts mehr zu verraten. Und als Bassow sich aufrichtete, waren seine Gedanken bereits nicht mehr bei dieser Untersuchung. Es war ihm durch den Sinn gefahren, daß die Baronin ihre Besucher vielleicht auch an den Wagen begleiten würde, daß er ihr dort gegenübertreten müßte, – zum ersten Male seit ihrem fremden Zusammenwohnen. Sein Gefühl verwirrte sich bei diesem Gedanken. Freude, Zorn, Eifersucht, Mißtrauen wogten rasch durcheinander, aber die verborgene Freude war doch wohl die stärkste der Empfindungen. Sie trieb ihn eilig fort aus dem Zimmer und hinaus auf den Hof.

Der Wagen war bereits bespannt, aber die Insassen fehlten noch. Ungeduldig mußte Bassow wohl noch fünf Minuten auf und nieder gehen, bevor lebhafte Stimmen aus dem Flur erklangen. Die Stimme der Baronin war unter ihnen, das erkannte sein Ohr gleich beim ersten Ton. Wie vertraut war ihm dieser weiche, volle Klang, seit er ihrem Gesang verborgen so oft gelauscht hatte. Und da war sie selbst! Sie ging neben der Braut, einer überschlanken Dame mit weißblondem Haar und schönen, lockenden Augen, aber sie sprach nicht mit ihr, sondern mit Breitenbach. Ein Lachen war auf ihrem Gesicht, ein besonderer, heller Schimmer in ihren Blicken.

Bassow trat an die Stufen der Freitreppe, die vom Eingang herabführte, und begrüßte stumm die Kommenden.

»Ah, da sind Sie ja, Baron!« rief Breitenbach. »Wir haben doch nicht warten lassen? Ich würde mir das nie verzeihen. Und nun müssen Sie meine Braut kennen lernen.«

Er stellte Bassow der Amerikanerin vor, so daß er gezwungen war, ein paar höfliche Worte an sie zu richten. Aber es geschah mechanisch, mit halbem Bewußtsein; er hätte hinterher selbst nicht sagen können, was er gesprochen hatte. Während es geschah, suchten seine Augen die Baronin, die mit Breitenbach einige Schritte zur Seite getreten war und halblaut mit ihm sprach. Offenbar war sie erregt, ihr Gesicht war gerötet, und sie ließ ihre Blicke auf Breitenbachs Zügen ruhen. Aber nichts von Schmerz oder Enttäuschung war ihr anzumerken. »Welch eine Komödiantin!« mußte Bassow denken, doch sein Herz fügte wider seinen Willen hinzu: »Wie schön sie ist!«

Nun mahnte Breitenbach zum Aufbruch, der Wagen rollte davon. »Auf Wiedersehen!« rief die Baronin, mit besonderer Betonung, wie es Bassow vorkam. Einen Augenblick blieb sie noch stehen und schaute auf den davonrollenden Wagen. Dann traf ihn selbst ein halber, flüchtiger

Blick, doch da er nicht sprach, wandte sie sich mit ganz leichter Kopfneigung ab und stieg langsam die Stufen hinauf.

Bassow hob unwillkürlich den Arm, als wenn er sie halten müsse. »Baronin!« rief er mit unsicherer Stimme.

Sie kehrte sich um, von oben auf ihn herunterblickend. »Haben Sie mir etwas zu sagen?«

Er kämpfte mit sich, er schaute zu ihr empor und versuchte, auf ihrem Gesicht zu lesen. Doch schien ihm dort nichts anderes zu wohnen, als ablehnende Kälte. Halb geschlossen blickten ihre Augen herab.

Sein Stolz bäumte sich auf. Nein, diese Frau war das Gefühl nicht wert, unter dem er litt. Mit jähem Wechsel der Empfindung sah er in ihr auf einmal wieder nur die Schuldige, die mit wohlstudierter Kunst ihre Umgebung täuschte. So gern sein Herz an sie geglaubt hätte, sein Verstand widersprach. Er fühlte aufs neue das Rächeramt, das auf ihm lag, das er übernommen hatte zugleich mit dem Boden, auf dem er stand.

Hoch sich aufrichtend, sah er ihr fest in die Augen. »Nein, Baronin, ich habe Ihnen nichts zu sagen.«

Sie lächelte ein wenig, bewegte die Schultern kaum bemerkbar, wandte sich um und ging in das Haus.

Aber während er sich nun auch zur Seite wandte, sahen seine Augen etwas Anderes, Ueberraschendes. Auf jeder Seite der großen Eingangstür befand sich ein schmales, hohes Fenster, um den Flur zu erhellen. Und an dem Fenster, links von der Tür, erblickte Bassow ein Gesicht, an das er nicht mehr gedacht hatte, das er aber sogleich erkannte. Das der fremden Krankenpflegerin war es, dicht an die Scheibe gepreßt, so daß die kleine Nase plattgedrückt erschien; mit seinen blassen Augen schaute das Gesicht offenbar in Spannung auf den Hof hinaus. Vielleicht hatte die Fremde schon die Abfahrt des Wagens beobachtet, jedenfalls war sie wohl Zeugin der kleinen Szene zwischen ihm und der Baronin gewesen. Und als diese nun den Flur betrat, verschwand auch das Gesicht am Fenster. Durch die offen gebliebene Tür konnte Bassow beobachten, wie die beiden schwarzen Frauengestalten einander begegneten. Zuerst schien die Baronin überlegend und mißtrauisch zu zaudern, dann aber, als die andere die Papierrolle in der Hand erhob und etwas Unvernehmbares dazu sagte, machte sie eine lebhafte, offenbar zum Folgen einladende Bewegung und ging eilig voran, auf die Treppe zu, die nach oben führte.

Achtes Kapitel

Die Begegnung mit Breitenbach hatte Bassow die Pflicht ins Gedächtnis gerufen, seine Antrittsbesuche auf den benachbarten Gütern und in der Hauptstadt des Kreises endlich auszuführen. Er machte sich nun daran und war viel unterwegs. Obwohl mit Widerwillen, fuhr er auch nach Lünzin hinüber, traf aber zu seiner stillen Genugtuung den Besitzer nicht zu Hause. Allerlei gelegentlich aufgefangene Aeußerungen seines eigenen Personals, das die Langeweile des Landlebens durch reichlichen Klatsch verkürzte, hatten ihn schon erfahren lassen, daß der nun verlobte Nachbar für maßlos verliebt in seine Braut galt. Sie wohnte seit einem halben Jahr in Berlin, und Breitenbach war bei ihr, sobald es ihm seine Zeit nur irgend erlaubte. Dorthin war er auch an dem Tage von Bassows Besuch gefahren, der diese Verliebtheit im Hinblick auf die Baronin mit Genugtuung vernahm.

Die Erntearbeiten waren gegenwärtig im vollen Gange, und auch die Wagenpferde für die Ausfahrten mußten mit heran. Des Barons Reitpferde nur machten davon eine Ausnahme. Um die noch unerledigten Besuche in der Kreisstadt – auf den Gütern war er nun überall gewesen – schließlich auch abzumachen, hatte sich Bassow aber doch für einen bestimmten Tag ein Gespann reservieren lassen. Als er zur angesetzten Stunde auf den Hof kam, fand er auch einen Wagen bereit, aber es war ein leichter Einspänner, den er für seine Besuche nicht benützte. Der Kutscher debattierte gerade voll Eifer und scheinbar in Aufregung mit einem gleichfalls in Livree gesteckten Stallknecht, und als Bassow nach ihm rief, kam er in sichtlicher Verlegenheit heran.

»Sürjahn, was ist mit meinem Wagen?« fragte Bassow.

»Ach, Herr Baron, mit dem Wagen wäre wohl alles in Ordnung. Aber eben, wie Hans die Braunen einspannen will, sieht er, daß der eine lahmt.«

»Das ist ja unangenehm!«

»Ja, er hat in den letzten Tagen tüchtig herangemußt. Wenn er ein bißchen Ruhe hat, wird er wohl wieder werden. Ich bin gleich gegangen und habe ihn mir angesehen und –«

»Es ist schon gut. Für heute können wir nichts daran ändern. Aber ich will jedenfalls fahren, und es ist mir recht, daß Sie mir diesen Wagen hergerichtet haben.«

Der Kutscher lachte ein breites Lachen der Verlegenheit. »Ja, Herr Baron, ich muß um Entschuldigung bitten, aber so eigentlich habe ich das nicht getan. Diesen Wagen hat nämlich die Frau Baronin für sich bestellt – sie will auch nach der Stadt.«

»Frau Baronin? Das ist etwas anders. Dann bleibe ich zu Hause.«

»Aber fahren Sie doch mit mir.«

Es war eine ganz andere Stimme als die des alten Sürjahn, die so unerwartet erklang. Eine Stimme, weich und leuchtend wie goldiger Samt, – Bassow hatte das häufig schon zu sich selbst gesagt, wenn er ihrem Klange verborgen lauschte. Die Stimme der Baronin, die geräuschlos aus dem Hause getreten war.

Ueberrascht und verwirrt wandte Bassow sich um; das Blut schoß ihm ins Gesicht, und er wußte nur zu stammeln: »Sie hier, Baronin?« Ein Lächeln ging über ihre Züge und nahm ihnen den ernsten, zurückhaltenden Ausdruck, der zu andern Zeiten darauf lag. Ueberhaupt kam es Bassow vor, als wenn etwas Heiteres, Gehobenes in ihr wäre.

»Das ist eine sehr natürliche Sache, wie mir scheint,« sagte sie, und ein leises Lachen war auch in ihrer Stimme. »Der Wagen steht für mich bereit, und ich komme, hineinzusteigen.«

»Ich aber –«

»Sie warten hier, möchten fahren und haben keinen Wagen. Da versteht sich's von selbst: ich lade Sie ein, den meinigen zu benutzen. Sie wollen doch auch zur Stadt?«

»Ich hatte die Absicht, aber –«

»Lehnen Sie meine Aufforderung ab?« Sie blickte ihm gerade ins Gesicht, und in ihren Augen, die sich dunkler färbten, las er die zweite Frage: »Mißtraust du mir noch immer? Wohnt in dir immer noch dieser abscheuliche Verdacht gegen mich?«

Ihre Blicke zwangen ihn, unterjochten ihn, und er antwortete rasch, als wenn jeder Augenblick des Schweigens Beleidigung wäre: »Nein, Baronin, ich nehme sie an, wenn ich darf.«

»So kommen Sie.«

Gleich darauf saßen sie nahe nebeneinander in dem kleinen, leichten Wagen, der Kutscher sprang auf den Bock, und sie fuhren in raschem Trabe über den Hof hinaus auf die Landstraße. Wieder war ein leicht humoristischer Zug um die Lippen der Baronin, als sie den Kopf nun halb zu Bassow wandte und sagte: »Sie dürfen übrigens auch schweigen, wenn Sie nicht mit mir sprechen mögen. Nur auf dem Hofe, – warum sollen wir den Leuten immer das Schauspiel der feindlichen Geschlechter geben?«

»Nein, ich möchte mit Ihnen sprechen, Baronin. Ich bin glücklich über diesen Zufall. Denn ich habe längst schon bereut, daß ich mir jede Gelegenheit abgeschnitten habe, Sie genauer kennen zu lernen und mir ein bestimmtes Urteil über Sie zu bilden.«

»Nehmen Sie mich ins Verhör, und ich werde antworten.«

»Nein, kein Verhör. Aber doch, – eins möchte ich Sie fragen: warum sind Sie heute so heiter?«

»Ich bin es wirklich, Sie haben recht. So heiter und froh, daß ich sogar gestimmt bin, freundlich gegen Leute zu sein, die furchtbar unfreundlich gegen mich gewesen sind.«

Sie warf ihm einen raschen, kurzen Blick von der Seite zu, der ihm das Blut ins Gesicht trieb, aber zugleich ersparte sie ihm eine mühsame Antwort, indem sie schnell hinzufügte: »Leider kann ich Ihnen vorläufig noch nicht sagen, was meine Stimmung so verändert hat.«

»Vorläufig nur?«

»Vielleicht, – vielleicht auch nicht. Es hängt von Umständen ab, die nicht in meiner Macht liegen.«

Einen Augenblick verfiel er wieder in tief nachdenkliches Schweigen. Er mußte sich erst in ihr verändertes Wesen hineinfinden, und er sagte sich: war diese merkwürdige Heiterkeit und Gehobenheit nur Pose, um ihre wahren Empfindungen zu verbergen? Spielte sie vor ihm eine geschickte Komödie, um ihren Schmerz über Breitenbachs Verlobung nicht sichtbar werden zu lassen?

Diese Gedanken flogen aber nur schnell durch sein Hirn, dann wies er sie von sich ab. Seine Blicke schweiften über die weiten, halbleeren Felder, auf denen die weißen Hemdärmel der Arbeiter leuchteten, und er sagte mit einer ungelenken Handbewegung: »Hoffentlich kommen wir heute gut vorwärts mit dem Roggen. Ich glaube, wir müssen uns beeilen, – der Himmel sieht sonderbar aus.«

Der Himmel sah wirklich sonderbar aus. Ein eigentümliches Leuchten war in der Höhe, wo Gold und Blau ineinanderzufließen schienen. Einzelne lange, wie aus Watte geformte Wolken schwammen ruhig in dem schimmernden Meer, dessen Licht um sie her glänzende Ränder zog.

»Wenn wir in Italien wären, würde ich sagen, wir haben Scirocco,« brach die Baronin das Schweigen.

»Sie waren in Italien?« fragte Bassow.

»Ein paarmal. – Einmal zum Vergnügen, einmal im Dienst.«

»Im Dienst?«

»Ich habe dort gesungen, gastiert. Aber ich fühlte selbst, ich war matter als sonst. Hinterher wurde mir gesagt, wir hätten Scirocco gehabt. Darum habe ich den bösen Südwind im Gedächtnis behalten.«

»Reinen Südwind haben wir heute wirklich. Das ist hier im Norden ein seltener Wind.«

»In diesem Sommer nicht. Er hat auch damals geweht, –«

»Wann?«

»An dem Tage, als mein Mann ermordet wurde.«

Ein Gefühl, halb Schrecken, halb Freude, faßte ihn an bei ihren Worten. Hätte sie so unbefangen von jenem furchtbaren Ereignis reden können, wenn sie wirklich selbst an ihm die Schuld getragen hätte? Vergeblich suchte Bassow zuerst nach Worten, um dann zu fragen: »Gibt es gar nichts Neues in dieser traurigen Sache? Haben Sie nichts gehört über den Verlauf der Untersuchung?«

»Doch, etwas Neues gibt es. Das Gericht ist wieder auf einer andern Spur. Nach langem Zögern hat sich nämlich ein Wirt aus einem Nachbardorfe gemeldet und ausgesagt, mein Mann wäre nicht lange vor seinem Tode mit einem krank und ärmlich aussehenden Menschen dorthin gekommen, hätte ihm zu essen und zu trinken geben lassen und längere Zeit mit ihm gesprochen. Worüber, das hat niemand gehört, aber für die Herren Juristen genügt dies – bei dem Stolze meines verstorbenen Mannes in der Tat etwas auffallende – Vorkommnis, um einen Verdacht gegen den Unbekannten zu konstruieren.«

»Und Sie, – glauben Sie nicht an eine Bedeutung dieser Spur?«

»Nein, vorläufig nicht sehr. Ich habe nie großes Vertrauen zu den Aktenmenschen gehabt, und es ist jetzt noch viel geringer geworden. Wie haben sie meine Wahrnehmungen und Aussagen mißachtet! Ich habe damals den Schrei doch gehört mit diesen meinen Ohren, der aus dem Parke zu mir heraufdrang, diesen gräßlichen Ton, den ich bis an mein Lebensende nicht vergessen werde.«

»Ich habe davon sprechen hören, aber –«

»Es war die Stimme meines Mannes, der um Hilfe rief in seinen letzten Augenblicken. Daran gibt es für mich keinen Zweifel mehr, und wenn es am Ende auch gleichgültig ist, ob er im Park oder in seinem Zimmer getötet worden ist, für die Untersuchung wäre die Frage nach dem wahren Orte des Mordes doch vielleicht von Wichtigkeit gewesen. Diese Herren aber haben mich behandelt, als wenn ich an Halluzinationen litte, oder wenn ich ihnen absichtlich ein Märchen erzählte!«

»Die Sache regt Sie auf, Baronin. Sprechen wir lieber nicht mehr darüber.«

Sie schwieg einen Augenblick. Dann sagte sie mit wieder verändertem Tone: »Sie haben recht. Wir wollen statt dessen den Segen auf den Feldern anschauen, der in diesem Jahre so reich ist. Ja, das schöne Garchim!«

»Freilich ist es schön,« entgegnete Bassow langsam. »Aber es tut mir weh, das aus Ihrem Munde zu hören. Ich komme mir dann wie ein Eindringling vor, der Sie aus Ihrem Eigentum vertreibt.«

»Was können Sie dafür, daß mein Mann Ihr Vetter war?« Es klang ihm, als wenn sie noch etwas hätte hinzufügen wollen, doch brach sie ab und fragte nur nach einer Pause: »Wohin darf ich Sie fahren lassen in der Stadt?«

»Ich will dem Landrat meinen Besuch machen und später auch dem Herrn Kreisphysikus.«

»Das ist hübsch! Dahin fahre ich selbst. Das sind prächtige Menschen, der Kreisphysikus und seine Frau. Er besonders, aber sie hat auch das Herz auf dem rechten Fleck; ein wenig Schöngeist ist sie, doch dabei von Herzen gut. Diese beiden Menschen sind hier von vornherein die ersten gewesen, die mich's nicht entgelten ließen, daß ich einmal eine angesehene Künstlerin war. Darum halte ich sie auch als wahre Freunde in meinem Herzen.«

»Dann werde ich die Freude haben, Sie dort wiederzusehen?«

»Ich hoffe darauf. Ich habe mich angesagt und bleibe den ganzen Nachmittag. Und hier sind wir ja schon am Tor und müssen verstummen. Auf dem Pflaster dieser edlen Stadt ist Reden im Fahren unmöglich.«

Ein Poltern und Stoßen des Wagens auf dem beginnenden Pflaster gab ihren Worten recht, und Bassow nickte nur lachend, weil seine Stimme doch unverständlich geblieben wäre. Bald war auch das Landratsamt erreicht und er sprang mit einem »Auf Wiedersehen« von dem einen Augenblick haltenden Wagen hinunter.

Er traf den Landrat zu Hause, kürzte seinen Besuch aber so sehr als möglich ab. Es war viel von der schwebenden Untersuchung die Rede, über die der Beamte genau unterrichtet war, doch wußte auch er nichts weiter zu berichten, als was Bassow von der Baronin schon gehört hatte.

Das Haus des Kreisphysikus war dann bald erreicht, aber als Bassow den gemütlichen alten Bau betrat, erwartete ihn dort eine bittere Enttäuschung. Schon beim Oeffnen der Tür machte die alte Dienerin des Arztes ihm die vertrauliche Mitteilung, daß außer der Frau Baronin aus Garchim noch anderer Besuch gekommen sei. Der Herr von Breitenbach mit seiner Braut sei zugegen.

Am liebsten wäre Bassow gleich wieder umgekehrt. Seine ganze Freude zerstob und verwehte vor diesen Worten, und eine plötzlich neu auflodernde Eifersucht flüsterte ihm zu, daß die Baronin um diese Begegnung gewußt habe, daß hier – zum Teil wenigstens – der Grund liege für ihre auffallende Heiterkeit und Gehobenheit auf der Herfahrt.

Aber ein Entkommen war nicht mehr möglich. Die Tür des im Erdgeschoß gelegenen Salons öffnete sich, und aus ihr hervor kam der Kreisphysikus in eigener Person, der den Ton der lauten Klingel an der Haustür vernommen hatte. Mit einer fast altmodisch anmutenden, gastfreundlichen Herzlichkeit ging er Bassow entgegen und bewillkommnete ihn mit andauerndem Händeschütteln.

»Na, Herr Baron, das ist mir eine wahre Freude, daß ich Sie hier begrüßen kann. Die Baronin hat Sie mir angekündigt. Ich hatte schon gefürchtet, Sie fänden überhaupt nicht mehr den Weg zu mir. Und das wäre mir sehr leid gewesen, weil ich auf Garchim seit vielen Jahren als guter Freund habe verkehren dürfen. Aber nun sind Sie ja da, – das freut mich, das freut mich!«

Er wiederholte sein herzliches Händeschütteln und nötigte Bassow zum Eintreten, wobei er sagte: »Sie finden heute einen Teil der Nachbarschaft bei mir versammelt. Wir haben noch zwei andere Gäste hier.«

Bassow meinte am Ton der letzten Worte zu hören, daß auch der Kreisphysikus über diesen weiteren Besuch nicht allzu erbaut sei, doch nun öffnete sich bereits die Tür, und sie mußten eintreten.

Um einen großen, runden Mahagonitisch saßen die Anwesenden beim Kaffee. Bassows Augen suchten zuerst nach der Baronin und fanden sie, wie er vermutet hatte, in eifrigem Gespräch mit Breitenbach. Aber es blieb ihm zunächst keine Zeit für nähere Beobachtung; denn der Kreisphysikus führte ihn zu seiner Frau, in der Bassow eine alte, wohlgenährte Dame mit weißen Haaren kennen lernte, die ebenso licht und voll waren, wie die ihres Gatten. Auch sie begrüßte ihn mit großer Herzlichkeit; Breitenbach sprang auf und sagte: »Welche Freude, Sie hier zu treffen!«, die Braut streckte ihm die Hand amerikanisch-herzhaft entgegen, die Baronin aber nickte ihm zu mit den Worten: »Das ist nett, daß Sie da sind.« Gleich wandte sie sich dann aufs neue Breitenbach zu, der sich wieder neben sie gesetzt hatte.

Bassow wurde von der Herrin des Hauses mit Beschlag belegt. Er fand bestätigt, was die Baronin über ihre schöngeistigen Neigungen gesagt hatte, und mußte im Verein mit der Amerikanerin, die zuweilen verstohlen durch die Nase gähnte, eine längere Abhandlung über Schillers Aufsatz »Die Schaubühne als moralische Anstalt« entgegennehmen, den er niemals gelesen hatte. Dabei sah die Frau Kreisphysikus viel mehr nach gutem und reichlichem Essen und Trinken aus als nach Aesthetik, und er hätte sich zu anderen Zeiten über diesen Gegensatz von Körper und Geist im stillen köstlich amüsiert, aber heute waren seine Gedanken viel zu sehr mit der schönen Frau beschäftigt, die unter ihrer goldenen Haarkrone ihm gegenübersaß.

Nach dem Kaffee ging man in den Garten, der sich bis zu der alten Stadtmauer hinzog, doch wenn Bassow nun auch von der Frau des Kreisphysikus freikam, so zog ihn dieser selbst jetzt mit sich fort. Er führte seinen Gast als leidenschaftlicher Blumenfreund mit Eifer durch alle Gänge des Gartens, auf dessen Beeten in der Tat eine Fülle von blühenden Blumen stand, wie man sie selten sah.

»Der Park von Garchim ist ja wunderschön,« sagte dabei der Arzt, »aber Sie haben dort nicht Blumen genug. Blumen bedeuten Freude, und Freude muß man sich schaffen so viel als möglich. Das ist für mich die ganze Lebenskunst. Blumen her, immer nur Blumen her – fürs Auge und für die Seele!«

Bassow nickte stumm; ihm war in diesem Augenblick wieder gar nicht nach Freude zumute. Denn er sah, daß die Baronin auch jetzt wie fasziniert in Breitenbachs Nähe blieb und ihn mit eigentümlich leuchtenden Augen unverwandt anschaute. Der Baron blickte verstohlen zu der Amerikanerin hinüber, ob sie nicht ärgerlich sei über solche dauernde Vertraulichkeit. Doch sie ging ruhig an der Seite der Frau Kreisphysikus und schien mit nichts beschäftigt, als mit dem wirksamen Aufschlag ihrer in der Tat abnorm schönen Augen.

Der Arzt fuhr fort, von seinen Blumen zu schwärmen, und Bassow hätte seine botanischen Kenntnisse bedeutend bereichern können, wenn er zugehört hätte. Aber seine Blicke und seine Gedanken waren dort hinten an der alten Stadtmauer, wo die Baronin mit Breitenbach in eifrigem, halblautem Gespräch auf und nieder ging.

Ein Imbiß, der zur Nachhausefahrt stärken sollte, trennte sie freilich von ihm. Sie bekam jetzt ihren Platz zwischen dem Kreisphysikus und seiner Frau, doch schien es Bassow, der von Breitenbach in ein lebhaftes landwirtschaftliches Gespräch gezogen wurde, daß die Baronin zerstreut sei und im Sprechen häufig die Blicke auf seinen eigenen Nachbar richte. Und vielleicht hatte das nun endlich auch Breitenbachs Braut bemerkt; wenigstens mahnte sie plötzlich, noch ehe die kleine Mahlzeit ganz beendet war, unter Hinweis auf den inzwischen drohend umwölkten Himmel zum Aufbruch. Sie blieb auch dabei trotz Breitenbachs Versicherung, daß es frühestens am späten Abend zum Regen kommen würde, und erklärte, lieber eine Zeitlang bis zur Abfahrt ihres Zuges auf der Bahnstation warten zu wollen, als während eines Gewitters, vor dem sie sich fürchtete, im Wagen unterwegs zu sein.

Man trennte sich mit eiligem Abschied von den freundlichen Wirten, und auch Bassow bestieg an der Seite der Baronin den Wagen zur Heimfahrt. Aber wie sehr hatte sein Gemüt sich wieder verdüstert in den wenigen Stunden! So tief und schwer wie die graugelb ineinandergeschobenen Wolken am scheinbar zur Erde niedergesunkenen Himmel wogten seine Gedanken durcheinander. Er zweifelte nicht mehr daran, daß die Baronin Breitenbach, trotz dessen Verlobung, noch liebte, wenn ihm ihr offenes Zurschautragen dieses Gefühles nach allem, was geschehen war, auch seltsam, unerklärlich erschien. Nach allem, was geschehen war, – denn hinter der klaren Erkenntnis dieser Liebelei lauerte ja verborgen der viel häßlichere Verdacht, den er so gern aus dem Herzen gerissen hätte, der aber stets wieder mit warnender, drohender, mahnender Stimme zu ihm sprach.

Stumm, ohne nur den Versuch zur Unterhaltung zu machen, saß Bassow neben der Baronin. Solange der Wagen auf dem stoßenden Pflaster lärmte, schien es ihr nicht aufzufallen, daß er schwieg. Als aber die glatte, leise Landstraße wieder unter den Rädern lag, schaute sie vorsichtig, mit halbgeschlossenen Augen zu ihm hin.

»Sind Sie müde?« fragte sie.

»Nein, ich bin nicht müde,« gab er kurz und hart zur Antwort, um gleich aufs neue in Schweigen zu versinken.

Sie versuchte jetzt nicht mehr, seine verschlossenen Lippen zu öffnen. In tiefer, trauriger Stille saß er neben ihr, sah sie auch nicht an, sondern blickte starr, von ihr abgewandt, auf die Chausseebäume am Wege, die beim raschen Lauf des dem Stalle zueilenden Pferdes eilig an ihnen vorüberzogen. Eine glühende, von kurzen Windstößen gepeitschte Schwüle war in der Luft um sie her, eine glühende Schwüle war in seinem Herzen.

Als der Wagen vor dem Schloßportale von Garchim hielt, sprang Bassow zuerst hinab und hob die Hand, um der Baronin behilflich zu sein. Aber es war etwas Gehemmtes, Widerwilliges in dieser Handbewegung, als wenn eine unsichtbare Macht seinen Arm niederdrückte. Die Baronin mußte dies kaum bemerkbare Zaudern auch wahrgenommen haben, denn sie verschmähte die dargebotene Hilfe und stieg allein behend und sicher vom Wagen.

Wortlos gingen sie nebeneinander die Stufen zum Portal empor. Wortlos betraten sie den weiten, leeren Flur. Draußen war es noch ziemlich hell, hier aber schlich sich die Dämmerung bereits aus den Winkeln hervor; schwarz, drohend hing die große, schmiedeeiserne Laterne in der Mitte des Raumes. Die Baronin blieb stehen, als wenn sie mindestens ein Abschiedswort von Bassow erwartete. Doch er schwieg auch jetzt, schlug nur die Hacken zusammen und lüftete seinen Hut. Da nahm sie das Wort, rasch, ein wenig atemlos.

»Lassen Sie uns nicht so auseinandergehen, Baron. Der Tag fing so hübsch und heiter an, und ich hoffte schon, – Sie sind verstimmt aus irgend einem Grunde, von dem ich nichts ahne. Darum brauchen wir aber doch nicht so fremd oder gar feindselig nebeneinander zu leben wie bisher. Ich gehe noch ein wenig in den Park. Es ist hier im Hause weit schwüler als draußen, – ganz unerträglich für mein Gefühl. Wollen Sie nicht auch hinauskommen?«

Er kämpfte mit sich; es zog ihn an und stieß ihn zurück zu gleicher Zeit, doch es war ihm nicht möglich, nein zu sagen.

»Ja, ich will.«

»Das freut mich. Dann also in zehn Minuten, nicht wahr? Wir können uns bei der Bank, unter meinen Fenstern, treffen. Da sind wir gleich wieder in Sicherheit, wenn ein Unwetter kommt. Also auf Wiedersehen.«

Sie ging rasch voran, die Treppe hinauf; er folgte langsam, den Kopf in Gedanken gesenkt. Auf seinem Zimmer blieb er nur einen Augenblick. Er hätte in seinen Eifersuchtsqualen dem Zusammensein mit der schönen Frau gern auch jetzt noch widerstrebt, aber sein Herz trieb ihn gewaltsam zu ihr hin. Vor der bestimmten Zeit war er im Park an der verabredeten Stelle. Eine sonderbare, von graugelbem Lichte geheimnisvoll noch durchleuchtete Dämmerung lag über dem Garten, färbte die dunklen Laubwände mit einem kranken Schimmer und schien eine Stimme zu gewinnen in den kurzen, von Pausen unterbrochenen Windstößen, die jedesmal eine Glutwelle wie aus feurigem Ofen mit sich brachte.

Mit hastigen, unruhigen Schritten ging Bassow vor der Steinbank an der finsteren Hecke auf und nieder, bis die Stimme erklang, auf die sein durstiges Ohr gewartet hatte.

»Da sind Sie ja, – das ist schön von Ihnen.«

»Ich hatte versprochen, zu kommen, und ich pflege zu halten, was ich verspreche.«

Sie gab scheinbar nicht acht auf den finsteren, drohenden Ton, in dem er sprach, sondern sagte schnell: »Wenn ich Sie bat, noch hierher zu kommen, so war es nicht nur der Wunsch, noch ein wenig mit Ihnen zu plaudern, was mich dazu veranlaßte, obwohl ich in dieser letzten Zeit sehr viel allein gewesen bin und häufig Sehnsucht gehabt habe nach einer Menschenstimme. Aber ich wollte vor allem eine bestimmte Sache ganz in Ruhe mit Ihnen besprechen, was unterwegs doch nicht möglich war. Es handelt sich darum, daß ich hier geblieben bin trotz des Briefes, den Sie mir neulich geschrieben haben.«

Sie schwieg einen Moment, als wenn sie erwartet hätte, daß er etwas erwidern sollte, doch er blieb ganz in sich versunken, hatte die Hände geballt und starrte vor sich hin.

»Der Ton dieses Briefes war derart, daß ich von Rechts wegen sofort hätte reisen müssen. Wenn ich trotzdem – zu Ihrem Erstaunen vermutlich – geblieben bin, so dürfen Sie glauben, daß ein zwingender Grund mich zurückhielt. Ich habe Sie hierher gebeten, um Ihnen das in aller Freundlichkeit zu sagen, und ich bitte Sie, daran festzuhalten, daß es für mich in der Tat ein zwingender Grund war.«

Auch jetzt noch schwieg Bassow, doch seine Brust hob und senkte sich rasch, und plötzlich rief er in ausbrechender Leidenschaft: »Ich kenne diesen Grund!«

»Sie kennen ihn?«

»Ich habe Augen, um zu sehen, Baronin. Und wenn ich blind gewesen wäre bis heute, so hätte ich doch an diesem Nachmittag sehend werden müssen. Ich kenne die Fessel, die Sie hier festhält. Sie bleiben nicht Garchim zuliebe, Sie bleiben, weil da drüben hinter dem toten See das Herrenhaus von Lünzin liegt.«

»Was meinen Sie damit?«

»Sie haben gesagt, daß ein zwingender Grund Sie hier festhält. Ich aber weiß, – an mir selbst habe ich es in unsagbar schweren Stunden erfahren, – daß es keinen zwingenderen Grund für die Menschen gibt als die Liebe. Ja, die Liebe! Sie möchten fort, aber es läßt Sie nicht gehen, Sie möchten sich losreißen, aber Sie fühlen sich immer wieder festgehalten, – ich weiß, daß Sie bleiben, weil Sie diesen Herrn von Breitenbach lieben und sich trotz seiner Verlobung nicht entschließen können, fortzugehen aus seiner Nähe!«

Er hatte sich nicht überlegt, welche Folgen seine Worte vielleicht haben könnten. Aber wenn er auch nachgedacht hätte über die mögliche Wirkung seines Tuns, niemals würde sie so vor ihm erschienen sein, wie sie sich nun in Wirklichkeit ihm zeigte. Die Baronin lachte! Nach einem ganz kleinen Schweigen der Ueberraschung begann sie zu lachen, laut, herzlich, mit ihrer klaren, reinen, melodischen Stimme, der sein Ohr ebenso schwer widerstehen konnte wie sein

Herz. Dabei sah sie so freundlich auf ihn, wie noch nie zuvor und sagte: »O, Sie sind, – aber nein, das darf ich nicht aussprechen, sonst sind Sie wieder beleidigt.«

»Sprechen Sie es aus!«

»Ich hätte beinahe gesagt, Sie sind ein großes Kind. Jawohl, es gibt große Kinder, die ganz aussehen wie die Herren der Schöpfung, und dabei doch, – machen Sie kein so böses Gesicht! Ich hab' es ja nicht wirklich gesagt, nur beinahe. Geben Sie mir Ihre Hand – Sie sind ein ehrlicher Mensch.«

»O, Baronin, was machen Sie mit mir, was bedeutet das alles?«

»Daß Ihre Männerklugheit auf einem ganz, ganz falschen Wege umhergeirrt ist. Und etwas will ich Ihnen heute sagen, was Ihnen vielleicht helfen kann, auf die richtige Fährte zu kommen. Sie wissen, daß wir uns wollten scheiden lassen, mein Mann und ich. Das aber wissen Sie wahrscheinlich nicht – es wurde noch sehr geheim gehalten, und ich selbst bin der Sache nur durch einen Zufall auf die Spur gekommen –, daß bei der Entfremdung meines Mannes gegen mich eine andere Frau im Spiele war. Er wollte sie heiraten, wenn er sich von mir freigemacht hatte; diese Frau aber war Miß Lowfeller, die Amerikanerin.«

»Die Braut des Herrn von Breitenbach?«

»Seine Braut. Ueberlegen Sie sich einmal, wenn Sie allein sind, recht genau, was diese jetzige Verlobung bedeutet.«

»Ich weiß nicht – ich verstehe Sie nicht –«

»Ueberlegen Sie sich's in der Stille und Einsamkeit.«

»Gewiß, ich will es tun – aber darum – ich meine, die Vermutung, von der ich sagte –«

Ihre letzten Worte hatte sie mit einer ganz besonderen, feierlich-geheimnisvollen Betonung ausgesprochen, jetzt aber kam die vorige Heiterkeit auf ihr Gesicht und in ihre Stimme zurück. »Sie meinen, daß ich darum doch diesen Herrn von Breitenbach lieben könnte? Ja, Sie haben recht, es wäre kein Hindernis. Aber der Fall ist mir so völlig undenkbar, so lächerlich – verzeihen Sie, wenn ich immer wieder darüber lachen muß.«

Wirklich lachte sie wieder, aber mit verändertem Ton. Es war etwas wie Bitterkeit oder Zorn darin. Und plötzlich verstummte sie jäh mit einem abgerissenen Laut des Schreckens. Denn es war gewesen, als wenn ihr Lachen ein häßliches, grauenvolles Echo geweckt hätte.

Mitten hinein war ein Ton geklungen, schrill, angstvoll, wie ein lauter Hilferuf in Todesnot. Eine helle, doch halb erstickte, scheinbar kindliche Stimme hatte ihn ausgestoßen, und es war gewesen, als wenn dieser gräßliche Schrei unmittelbar neben ihnen wäre ausgestoßen worden. Als wenn er aus den Wänden des Hauses, aus einer der schwarzen Hecken, aus dem Boden, auf dem sie standen, hervorgedrungen wäre.

»Was war das?« Die Baronin sprach zuerst wieder, ganz leise, mit bebender Stimme.

»Ich weiß es nicht – o, hören Sie doch!«

Zum zweiten Male war der Schrei erklungen, erstickter, gedämpfter als das erstemal, aber scheinbar wieder aus unmittelbarer Nähe. Nun folgte tiefe Stille, nur unterbrochen von den einzelnen Stößen des glühenden Windes. Die beiden standen regungslos und horchten, aber kein Laut wurde wieder wach.

»So war es damals,« flüsterte die Baronin aus dem lastenden Schweigen heraus, »genau so war es damals –«

»War es auch so nahe – auch so, als wenn es hier unter Ihren Fenstern –?«

»Ganz ebenso.«

»Es muß in der Nähe gewesen sein. Wollen wir nicht suchen?«

»Ja, kommen Sie. Aber ich fürchte –.« Sie sprach nicht zu Ende. Mit einer Handbewegung nur forderte sie Bassow zum Folgen auf. Die Dämmerung war schon tief, doch das eigentümliche gelbe Licht in den Wolken war noch nicht erloschen und ließ für aufmerksame und scharfe Augen alles erkennen. Sie gingen rasch und stumm durch die benachbarten Gänge des Parkes, rechts hin, links hin, eine ansehnliche Strecke weit, spähten in die Gebüsche hinein, suchten hinter den dicken Stämmen alter Bäume, doch war alles ebenso vergeblich wie an jenem Abend, als die Baronin ihre Dienerschaft auch zu solchem nutzlosen Suchen alarmiert hatte. Keine Spur eines menschlichen Wesens war zu erblicken.

Jetzt waren sie wieder an dem Punkte angelangt, von dem sie ausgegangen waren; die Dunkelheit wuchs rasch und beängstigend um sie her. In tiefem Sinnen blieben sie gleichzeitig stehen.

»Kann ein Tier so geschrien haben?« fragte die Baronin halblaut, als wenn sie sich vor dem Klang ihrer eigenen Stimme fürchtete.

»Nein, nein, so schreit kein Tier. Es war eine menschliche Stimme.«

»Sie war es auch damals – es war seine Stimme.«

»Heute klang es wie die eines Kindes. Wir aber haben uns überzeugt, daß kein Mensch in der Nähe war. An etwas Uebernatürliches kann ich nicht glauben, also –«

»Also?«

»Es gibt Ohrentäuschungen, wie es auch Augentäuschungen gibt. Unter besonderen Umständen kann man Töne ganz aus der Nähe zu hören meinen, wenn sie auch in Wahrheit aus ansehnlicher Entfernung kommen. Ich weiß das als Jäger, ich habe ein paar sonderbare Fälle dieser Art erlebt.«

»Sie meinen, wir hätten weiter umhersuchen sollen?«

»So ganz ohne weiteren Anhalt wäre das wohl allzu schwierig gewesen. Aber durch die Ermordung Ihres Gatten hat sich der Ton erklärt, den Sie damals gehört haben, vielleicht erklärt sich auch dieser.«

Schweigend standen sie einander einen Augenblick in der steigenden Dunkelheit gegenüber; keiner vermochte mehr die Züge des anderen genau zu erkennen. Dann begann die Baronin langsam: »Jetzt will ich Ihnen auch sagen, weshalb ich nicht fortgehen kann von hier, – andeuten wenigstens. Was mich hält, ist der Wunsch und Wille, den Mörder meines Mannes aufzufinden um jeden Preis. Ich muß dies Ziel erreichen, meiner selbst wegen fast noch mehr, als um des Verstorbenen willen, der in Frieden schläft. Ich brauche reine Luft, um atmen zu können.«

»Und Sie meinen, von hier aus Ihr Ziel am besten erreichen zu können?«

»Ja, das meine ich.«

»Sie haben einen Verdacht?«

Den Bruchteil einer Sekunde zögerte sie mit der Antwort, aber dann kam sie fest und klar hervor: »Ich habe einen Verdacht.«

»Wollen Sie mir nicht sagen, gegen wen?«

»Nein, heute noch nicht. Verdacht ist kein Beweis, und erst wenn ich einen solchen fest in meinen Händen halte, darf und werde ich sprechen. Gegen Sie zuerst.«

»Und bis dahin kann ich gar nichts tun, um Ihnen beizustehen?«

»Sie können mir helfen. Lassen Sie uns gemeinsam zu ergründen suchen, woher die rätselhaften Töne gekommen sind, damals und heute. Wenn wir das erst wissen, dann sind wir des Rätsels Lösung um einen großen Schritt näher.«

»Ich werde suchen.«

»Für heute lassen Sie uns hineingehen, – es ist Nacht geworden. Und halten Sie bei Ihrem Suchen das eine fest: von derselben Stelle, von wo der schreckliche Ton damals gekommen ist, kam höchstwahrscheinlich auch der heutige Schrei. Und wenn wir die Stelle kennen, dann wissen wir damit auch: an diesem Platze wurde mein Mann ermordet.«

Neuntes Kapitel

Bassows Gefühle waren plötzlich verwandelt. Sobald sich Schrecken und Aufregung ein wenig verloren hatten, füllte ein immer mehr steigender Jubel sein Herz. Das befreiende Lachen der Baronin bei seiner eifersüchtigen Behauptung, sie liebe Breitenbach, hatte schon eine schwere Last von ihm genommen. Und jener geheimnisvolle Ton – so schrecklich und erschütternd an sich – bedeutete doch für ihn eine weitere, mit heller Freude begrüßte Befreiung. Denn dieser Ton war der Beweis dafür, daß die Baronin damals nach ihres Mannes Ermordung die Wahrheit gesagt hatte. Aus dem einen Wahrheitsbeweis aber schöpfte Bassows nach Vertrauen so sehr verlangendes Herz eine Rechtfertigung für ihr ganzes Wesen, einen frohen Glauben an die Zuverlässigkeit all ihrer Worte. Wieder und wieder flüsterten seine Lippen an diesem Abend: »Ich darf ihr jetzt glauben, – sie hat nicht gelogen!«

Frieden und Ruhe senkten sich mit dem ersehnten Vertrauen zugleich auf ihn herab, und er schlief zum ersten Male, seit er in Garchim hauste, einen tiefen, traumlosen Schlaf. In der Frühe freilich war er zeitig wieder wach, und seine Gedanken wanderten weit umher, um einen Punkt zu finden, von dem aus er seine Bemühungen im Sinn und im Interesse der Baronin beginnen konnte. Wider alles Erwarten kam ihm dabei der Zufall zu Hilfe. Der Diener Franz, der ihm gewohntermaßen den Kaffee um sechs Uhr auf sein Zimmer brachte, dehnte seine Anwesenheit ein wenig länger als nötig aus; es hatte den Anschein, daß irgend eine Neuigkeit ihn drückte, die er gern losgeworden wäre. In seiner guten, aufgefrischten Laune tat ihm Bassow den Gefallen, zu fragen, was es gäbe, und nun kam Franz mit seiner Wissenschaft heraus.

»Ein Unglück hätt' es beinahe gegeben, Herr Baron.«

»Ein Unglück?«

»Ja, drüben in Lünzin, am toten See. Der älteste Junge vom Vorarbeiter Nissen – er hat so seine zehn Jahre, der Junge, – wäre da um ein Haar ertrunken.«

»Um welche Zeit?«

»So zwischen acht und neun Uhr gestern abend soll es gewesen sein.«

»Sagen Sie mir genau, was man Ihnen erzählt hat.«

»Ja, das ist so gewesen. Der Junge hat mit seiner Schwester, die so um zwei Jahre jünger ist, noch draußen herumgespielt, und dabei sind sie – Jugend hat ja nun einmal keine Tugend – fortgelaufen bis nach dem toten See. Und auf dem Wasser da liegt ein altes Boot, angekettet natürlich, damit kein Unfug damit getrieben werden kann. Na, und die beiden Kinder, wie nun Kinder einmal sind, wären gern hinausgefahren auf den Teich, aber das ging nicht wegen der Kette. Da sind sie denn so hineingestiegen, und der Junge hat angefangen zu schaukeln und hat immer wilder geschaukelt, und das Mädchen hat Angst gekriegt und hat sich auf den Boden vom Boote niedergekauert und hat um Gottes willen gebeten, daß er doch aufhören soll. Er aber hat es nur immer toller getrieben, bis er auf einmal das Gleichgewicht verloren hat und ins Wasser gefallen ist. Da hat er denn furchtbar geschrien, und das Mädchen hat geweint, aber dann hat es doch Besinnung gehabt und ist ans Land gesprungen und ist fortgelaufen, um Hilfe herbeizurufen, wen es doch selbst nicht hat helfen können.«

»Hat man den Jungen gerettet?«

»Ja, Herr Baron. Zum Glück ist ein Holzarbeiter des Weges gekommen, und das Mädchen hat ihn gerufen, und er hat auch wirklich den Jungen aus dem Wasser gezogen. Der ist schon ohne Bewußtsein gewesen, aber sie haben ihn doch wieder ins Leben zurückgebracht, und sein Vater soll ihm hinterher noch eine gehörige Tracht Prügel gegeben haben.«

»Es ist gut, Franz. Ihre Geschichte hat mich sehr interessiert – aus bestimmten Gründen. Ich danke Ihnen.«

Er hatte sich noch nicht zum Frühstück niedergesetzt, sondern stehend auf des Dieners Bericht gehört, um Franz nun durch die Frage zu überraschen: »Wissen Sie, was für Wind wir heute haben?«

»Ja, Herr Baron, so ganz genau kann ich das nicht sagen. Das heißt, nach der Wetterfahne habe ich nicht gesehen. Aber es muß wohl so derselbe Wind sein wie gestern. Zum Regnen ist es nicht gekommen in der Nacht; es hat nur tüchtig gestürmt, und heute ist noch dieselbe schwüle Luft.«

»Gut, – so wollen wir den hier einmal mitnehmen.« Er weckte aufs neue des Dieners Verwunderung, indem er aus einem Waffenschrank an der Wand einen Revolver nahm und ihn auf den Tisch neben sich legte.

»Nun geben Sie genau acht,« sagte Bassow dabei. »Ich werde jetzt rasch ein wenig frühstücken, in zehn Minuten bin ich fertig. Dann gehen Sie hinunter in den Park und stellen sich bei der Bank unter den Fenstern der Frau Baronin auf und warten Sie, bis ein Schuß fällt.«

»Ein Schuß?«

»Jawohl. Mit Revolvern pflegt man zu schießen, und hier liegt ein Revolver. Also dort warten Sie, – vorher aber gehen Sie zu der Frau Baronin hinauf und sagen ihr von mir, sie solle nicht erschrecken, wenn geschossen würde. Es handle sich um einen Versuch. Haben Sie verstanden?«

»Jawohl, Herr Baron.«

»Dann ist es gut. Gehen Sie.«

Der Diener verschwand, und Bassow nahm eilig sein Frühstück. Die frohe, gehobene Stimmung, die seit gestern abend in ihm war, hatte sich noch verstärkt. Erklärt war der geheimnisvolle Hilferuf, sein Ursprungsort bestimmt und festgelegt. Das neue Rätsel hatte sich von selbst gelöst, vielleicht kam nun auch die Lösung des alten. An ihr mitarbeiten zu können, mit freiem Herzen einem bestimmten Ziel entgegenzustreben, der Baronin dienen und nützen, ihr durch die Tat abbitten zu können, was er in Gedanken an ihr gesündigt hatte, das weckte neues Lebens- und Freudegefühl in ihm. Er fühlte sein Selbst wieder, sein ursprüngliches, natürliches Wesen, das nach energischer Betätigung in einer Umgebung ohne Geheimnis und Unsicherheit verlangte.

Den Revolver zu sich steckend, ging er hinab in den Park und überzeugte sich, daß Franz bereits auf dem angewiesenen Posten wartete. Er prüfte, umherblickend, noch einmal die Situation. Geradeaus vor ihm in der Ferne lag der tote See; das Gatter des Parks hemmte den Blick, so daß man die Wasserfläche von hier unten aus nicht erblicken konnte. Geradlinig, von festen Heckenwänden auf beiden Seiten begrenzt, führte der Weg dort hinüber. Ein Ton, von jener Seite her klingend, mußte, wenn der Wind aus derselben Richtung wehte, eingeengt und festgehalten werden von den Laubwänden, wie durch einen Schalltrichter, der ihn weitertrug. Und an der Mauer des Schlosses fand er dann einen Resonanzboden, der ihn zurückwarf. So konnte sich erklären, was unheimlich und unbegreiflich erschienen war.

Die Wetterlage schien günstig für einen Versuch. Der heiße Wind vom vergangenen Tage, nur noch von größerer Heftigkeit, kam dem Hastigschreitenden gerade entgegen und weckte zischende, mitunter zum heulenden Rauschen anwachsende Töne in den Bäumen und Hecken. Im Gehen zog Bassow den Revolver bereits hervor, um seinen Versuch über die Tragweite des Klanges gleich anzustellen, sobald er zum toten See gekommen war; aber abgerissene Laute von Menschenstimmen, die bei seinem Näherkommen von dort herüberdrangen, lenkten ihm die Gedanken für den Augenblick von seinem Vorhaben ab. Sobald er das Gatter des Parkes passiert hatte, dessen Tür bei Tage nicht verschlossen war, sah er denn auch, daß ein Boot auf der Fläche des Sees umherschwamm, von zwei Männern mit ein paar Stangen mehr vorwärts gestoßen als gerudert. Ein bald schmaler, bald breiter Schilfkranz umsäumte überall das vom Winde gekräuselte Wasser, und in dem hohen Schilfe schienen die Männer aufmerksam umherzusuchen.

Der Gedanke, daß des Dieners Erzählung von der glücklichen Rettung des Knaben doch vielleicht unrichtig gewesen sei, und daß die Männer die Leiche des Ertrunkenen zu bergen suchten, ließ Bassow mit größerer Teilnahme aus ihre Bewegungen achten, als er es wohl sonst getan hätte, während sie so sehr in ihr Suchen vertieft waren, daß kein Blick den Herankommenden traf. Um sie anzurufen und ausfragen zu können, waren sie augenblicklich zu weit entfernt. Nahe beim Ufer aber stand eine alte, mächtige Eiche, die allein dem Windbruche getrotzt hatte, dem ringsumher alle andern Bäume zum Opfer gefallen waren. Auch sie war zersetzt und zerschlagen, und an den Bruchstellen abgebrochener Aeste schimmerten helle Flächen gleich Narben, aber sie war doch aufrecht stehen geblieben und bewachte, nun selbst bereits halb gestorben, den toten See. Ihr Stamm, der dem heißen, hier mit voller Kraft wehenden Winde wehrte, bot Bassow Deckung vor ihm und einen guten Beobachterposten, um das Tun der Leute auf dem Wasser zu verfolgen. Zuweilen klang auch ein vereinzeltes Wort von ihnen zu ihm herüber.

»Da, Christian, da!« rief jetzt einer der beiden Männer, und nun sah Bassow, wie der andere mit seiner Stange im Schilf umherarbeitete und schließlich nach allerlei vergeblichen Bemühungen einen sonderbaren Gegenstand, von der Spitze des Holzes gehalten, zu sich in das Boot hineinhob. Offenbar aber war es nicht, was er eigentlich suchte; denn mit mißvergnügtem Kopfschütteln wog er das Ding in der Hand, um es dann auf den Boden des Fahrzeuges hinzuwerfen und seine Nachforschungen aufs neue zu beginnen. Soweit Bassow zu sehen vermochte, war es ein helles, mit seinen vier Ecken zusammengeknotetes Tuch, das irgend einen schweren Gegenstand in sich barg.

Eine Weile noch suchten die Männer im Schilfe umher, ohne jedoch etwas Weiteres zu finden, wobei das Boot sich dem Standpunkte Bassows allmählich näherte; dann kam eine plötzliche Störung. Bassow hatte so angespannt auf das Boot und seine Bewegungen gesehen, daß er eine große Gestalt nicht bemerkt hatte, die auf einem schmalen, den See umkreisenden Pfade herangekommen war. Erst eine laute, zornige Stimme, die nicht allzuweit von ihm erklang, lenkte seine Blicke dorthin.

»Was macht ihr da? Was treibt ihr euch auf dem Wasser herum? Wer hat euch erlaubt, das Boot zu nehmen, – wer hat es losgekettet?«

Auf den ersten Blick hatte Bassow in dem zornigen Manne Herrn von Breitenbach erkannt, und auch die Worte waren so deutlich zu ihm geklungen, daß er jede Silbe verstand. Um so unklarer war die Antwort eines der Männer; gleich aber schrie Breitenbach wieder auf das Wasser hinaus: »Das Boot soll nicht benutzt werden, ich habe das bereits ein paarmal verboten. Es ist undicht und hat gestern schon Unheil gestiftet. Ich will, daß kein weiteres Unglück passiert. Kommt sofort ans Land – aber sofort!«

Er war so aufgeregt, seine Augen blitzten so scharf, sein Gesicht war so bleich, daß es Bassow verständiger schien, den Wütenden sich erst ein wenig beruhigen zu lassen, bevor er ihm entgegentrat. So zog er sich noch etwas mehr hinter den Baum zurück, dessen dicker Stamm ihn vollständig nach jener Seite hin deckte, ihn aber beobachten ließ, was er sehen wollte. Links von ihm, nur ungefähr zehn Schritte weit, führte ein hölzerner Steg in den See hinein. Dort ragte auch der Pfahl aus dem Wasser, an dem das Boot angekettet gewesen war; dorthin lenkten die beiden Männer auf den Befehl ihres Herrn das Fahrzeug zurück. Der eine von ihnen kam schwerfällig zuerst heraus, um es wieder anzuketten und festzuschließen, der andere blieb noch darin zurück und fing an, mit seinem alten Hute Wasser herauszuschöpfen, das Breitenbachs Aeußerung über die Undichtigkeit des Bootes bestätigte.

Dieser war bis an den Anfang des hölzernen Steges herangetreten und fragte nun, ein wenig beruhigter, aber noch immer mit strenger, zorniger Stimme: »Was wolltet ihr auf dem Wasser? Wer hat euch den Schlüssel zum Boot gegeben? Redet!«

Jetzt war der Mann, der zuerst ausgestiegen war, bis nahe zu Breitenbach herangekommen. Er hatte den Hut abgezogen und hielt ihn verlegen zusammengepreßt in den Händen.

»Ja, das ist so gewesen, gnädiger Herr,« begann er stockend. »Was mein ältester Junge ist, der Heinrich, der ist doch gestern abend hier ins Wasser gefallen –«

»Ich weiß das. Weiter.«

»Na, ihn selbst hat ja der Ludwig Winter zum Glück wieder herausgezogen, ehe daß es zu spät gewesen ist. Aber seine Mütze hat mein Heinrich bei der Geschichte verloren, seine neue Mütze, die meine Frau vor vierzehn Tagen erst zu seinem Geburtstag gekauft hat. Und weil man doch zwei Mark fünfzig nicht gern einbüßt – so viel hat nämlich die Mütze gekostet, es war ein gutes Stück –, darum bin ich heute früh gleich zum Herrn Verwalter gegangen und habe ihn gebeten, ob er mir nicht den Schlüssel zum Boot geben wollte. Zuerst hat er gesagt, der gnädige Herr hätten verboten, daß man das Boot benutzte, – ganz wie der gnädige Herr selbst eben gesagt haben –, aber wie er dann gehört hat, um was es sich handelt, hat er mir doch den Schlüssel gegeben und hat mir gesagt, wir sollten man bloß vorsichtig sein, daß nichts passiert.«

»Und haben Sie die Mütze gefunden?«

»Nein, gnädiger Herr, bis jetzt leider nicht. Sie mag sich wohl voll Wasser gesogen haben und ist untergegangen oder auch der Wind hat sie irgend wohin getrieben, wohin wir noch nicht gekommen sind. Aber wie das manchmal so geht, wir haben was anderes gefunden, was wir gar nicht gesucht haben.«

»Was denn – was denn?«

»Ja, Philipp, gib mir mal das Dingsda her, das wir gefunden haben. Was es eigentlich ist, wissen wir nämlich selber noch nicht, wir haben es noch gar nicht genauer angesehen, weil wir doch nur darauf aus waren, meinem Heinrich seine Mütze zu finden. So, das ist es, gnädiger Herr.«

Der mit »Philipp« angeredete Arbeiter hatte ihm hergereicht, was bisher auf dem Boden des Bootes verborgen gelegen hatte, und der Vorarbeiter Christian Nissen hielt nun den nassen, triefenden Gegenstand seinem Herrn entgegen.

Breitenbach wich davor einen halben Schritt zurück, als wenn er fürchtete, sich zu beschmutzen, und sagte mit gleichgültigem Ton: »Ein altes, nasses Tuch, – das werft nur wieder ins Wasser.«

»Ja, es ist aber schwer, es muß was darin sein.«

»Was darin? Steine vielleicht.«

»Nein, so fühlt sich's nicht an, gnädiger Herr. Wir werden es aber gleich wissen, wenn ich es aufknoten darf.«

Breitenbach zuckte nur mit den Achseln und bewegte seinen Spazierstock ungeduldig hin und her, aber der Arbeiter nahm sein Schweigen als Erlaubnis und löste bedächtig den Knoten, um dann mit einem Ausruf des Erstaunens die Gegenstände zu betrachten, die sich ihm zeigten. Ein goldenes Blitzen drang aus dem nassen, vom Schlamm gebräunten Tuch hervor, und mit vorsichtigen Fingern hob der Arbeiter eine goldene Uhr mit schwerer Kette zuerst in die Höhe.

»Darf ich das auch einmal mit anschauen?« Es war Bassow, der diese Frage tat. In seinem Geiste hatte sich eine Reihe von Schlüssen rasch aneinander geknüpft. Noch klangen die Worte der Baronin vom vergangenen Abend in ihm nach: »Dort, woher dieser Schrei kam, ist mein Mann ermordet worden.« Der Ursprungsort aber des Schreies war inzwischen bekannt geworden; es fehlte nur noch die letzte Probe, die der in Bassows Hand blitzende Revolver leisten sollte. Und aus dem Gedanken, daß wirklich hier am toten See sein Vetter den Tod gefunden habe, folgte für ihn selbst – allen Unwahrscheinlichkeiten zum Trotz – unwillkürlich die Vermutung, die gerade hier gefundenen Gegenstände könnten in Beziehung stehen zu jener mörderischen Tat. Sein Wunsch, das Dunkel aufzuhellen, war aber viel zu groß, als daß er versucht hätte, nun erst sein Erscheinen hier vorsichtig anzukündigen. Rasch und brüsk trat er mit seiner schnellen Frage hervor.

»Was – wer ist da?« Jäh fuhr Breitenbach zu ihm herum; seine Worte klangen beinahe wie ein erstickter Schrei. Auch mußte die Aufregung von vorhin immer noch in ihm nachzittern; denn sein Gesicht war in diesem Augenblick totenbleich. Mit einem tiefen Atemzug aber gewann er schnell die Fassung zurück, erzwang ein Lächeln und sagte mit ganz verwandeltem Ton: »Ah, Sie sind es, Baron. Das trifft sich gut, – Sie kommen hier gerade recht zu einer interessanten Sache. Sehen Sie nur, was die Männer eben im Teich gefunden haben, – sie behaupten wenigstens, daß es hier im Wasser gelegen hat.«

»Sie haben es gefunden,« sagte Bassow rasch und fest. »Ich war Zeuge davon.«

»Zeuge – wirklich?«

»Allerdings. Ich habe schon eine Weile dort am Baume gestanden und ihnen zugeschaut.«

»Also ein wenig Verstecken gespielt, Baron?«

Es war kein gutes Lächeln, womit er Bassow betrachtete.

»Wenn es Ihnen Vergnügen macht, es so zu nennen, Herr von Breitenbach, so steht dem nichts im Wege.«

Auch sein Ton war jetzt kalt und scharf geworden. Aber gleich lenkte der Anblick der gefundenen Gegenstände seine Gedanken in andere Richtung.

»Mein Gott,« rief er aus, »ich glaube wahrhaftig, hier haben wir die Sachen, die meinem Vetter geraubt worden sind! Eine Uhr, ein Portemonnaie, ein goldenes Falzbein –«

Breitenbach schien sich den Fall noch zu überlegen; er sprach bedächtiger und ruhiger als Bassow. »Wirklich – Sie können recht haben, es ist nicht unmöglich. Wenn ich mir die Sachen genauer ansehe – ja, dieses Falzbein habe ich häufig auf dem Schreibtisch meines armen Freundes liegen sehen. Uhr und Portemonnaie könnten immer noch täuschen, aber dies Falzbein ist in der Tat ein Beweis. Wirklich, wir haben hier die gestohlenen Sachen. Das ist ein wichtiger, sehr wichtiger Fund!«

Bassow war nahe zu dem Arbeiter herangetreten, der das Tuch vorsichtig ausgebreitet hielt, und hatte einen Zipfel davon genauer besichtigt. »Und sehen Sie die Decke hier an! Irgend jemand hat mir erzählt, auch eine kleine Tischdecke sei mit verschwunden gewesen. Dies ist sie, ganz bestimmt! Von dieser Stickerei mit ihrem Weinlaubmuster habe ich auch gehört. Nun wissen wir, wozu der Mörder die Decke gestohlen hat.«

»Gewiß, auch mir hat man davon gesagt. Aber – was bedeutet der Revolver in Ihrer Hand?«

Breitenbach hatte zu Anfang mit seiner überlegenen Bedachtsamkeit gesprochen wie immer. Um so auffallender war es, daß er die letzten Worte nun jäh, wie voller Schrecken hervorstieß. Offenbar waren seine Nerven immer noch stark erregt.

Bassow lachte ein wenig. »Sie erinnern mich zur rechten Zeit an ein Vorhaben, Herr von Breitenbach, das ich beinahe vergessen hätte. Gestatten Sie – wir sind hier auf Ihrem Grund und Boden – daß ich diesen Revolver an dieser Stelle abschieße?«

»Wenn es Ihnen Spaß macht, warum nicht? Aber darf ich fragen –«

»Leider muß ich Ihnen vorläufig die Antwort darauf schuldig bleiben. Es handelt sich um ein Geheimnis.«

»Lieben Sie die Geheimnisse, Baron?«

»Mitunter, – wenn sie den Zweck haben, Nutzen zu stiften. Darf ich trotz des Geheimnisses mir Ihre Genehmigung bitten?«

»Gewiß.« Kurz und kalt klangen die beiden Silben, kalt und hart war der Blick seiner Augen.

Aber Bassow sah nicht auf ihn. Den Revolver hochhebend, schoß er über sich in die Luft, und er freute sich, daß ein heftiger Windstoß, der das Wasser des Sees aufpeitschte, gerade in dem Augenblick auf ihn einstürmte, den Klang des Schusses aufgriff und mit sich trug.

»So, das wäre geschehen. Und nun ist wohl das wichtigste, daß auch die Baronin von dem Fund erfährt.«

»Ich wollte das eben sagen,« antwortete Breitenbach. »Gleich will ich selbst mit hinübergehen, – oder darf ich Sie bitten, Baron, die Botschaft auszurichten? Ich habe von rechtswegen im Augenblick wenig Zeit. Mein Weg hat mich zufällig hier vorbeigeführt, weil ich nach den Kämpen hinüber wollte. Und auf Ihre Sorgfalt kann ich mich in dieser wichtigen Angelegenheit ja wohl verlassen.«

Bassow hob den Kopf. Unwillen blitzte in seinen blauen Augen auf. Der leise Zweifel in Breitenbachs letzten Worten hatte trotz der scheinbaren Höflichkeit sein Ohr verletzt.

»Unbedingt, Herr von Breitenbach. Niemand ist froher als ich, wenn die dunkle, traurige Sache sich endlich aufklärt, und niemand würde lieber den Mörder seinem verdienten Schicksal überliefern.«

»Ganz wie Sie spräche ich selbst, wenn ich an Ihrer Stelle und Erbe der schönen Besitzung des Verstorbenen wäre. Den Mann dort« – er wies mit einer Handbewegung auf den Arbeiter, der die nasse Decke hielt, – »werde ich Ihnen mitgeben, damit er Ihnen die Sachen hinüberträgt.«

»Ich danke für Ihre freundliche Absicht, Herr von Breitenbach. Aber ich möchte Ihnen gleich einen Beweis meiner Sorgfalt bei dieser Angelegenheit geben. Ich vertraue den Fund von diesem Augenblick ab niemandem an als mir selbst. In meiner Hut wird er bleiben, bis ich ihn dem Gericht überliefert habe.«

»Bravo, Baron! Ich sehe, die Sache ist in besten Händen. Und nun entschuldigen Sie, wenn ich mich Ihnen empfehle, meine Zeit ist heute leider sehr knapp. Und meine besten Grüße der Witwe meines Freundes.«

»Ich werde sie ausrichten.« Bassow lüftete leicht seinen Hut und folgte noch kurze Zeit mit den Blicken Breitenbachs hoher Gestalt, wie sie, ohne umzuschauen, auf dem schmalen Pfad am Teichufer mit großen Schritten rechtshin einherging. Dann barg er den Revolver in der Tasche und nahm von dem Arbeiter die Decke mit ihrem Inhalt entgegen. Behutsam die vier Ecken wieder zusammenfassend, ging er nun eilig auf Schloß Garchim zu.

Ein hohes Gefühl von Kraft und Freude war in seiner Brust. Doch ging es nicht in erster Linie von dem Funde aus, den er mit sich brachte. Vielmehr waren seine Gedanken bei der Baronin, und ein beglückendes Empfinden sagte ihm: »Diesen Mann liebt sie nicht.« In der letzten Stunde hatte die schon in seinem Herzen wohnende, frohe Beruhigung sich immer noch mehr zu hellem, heiterem Glücksgefühl gesteigert. Sein Zusammensein mit Breitenbach, seine plötzlich objektiv gewordene Beobachtung von dessen Persönlichkeit hatten es ihm bestätigt. »Diesen Mann kann sie nicht lieben.« Und nun gärte in ihm ein mächtiger Drang, sich ihr gegenüber zu betätigen, zu handeln, ein Geheimnis ganz aus dem Wege zu räumen, zu dem er den Schlüssel vielleicht bereits in diesem Augenblick bei sich trug. Der in den Baumkronen des Waldes wühlende und rauschende Wind schien ihn anzufeuern und vorwärts zu treiben.

Als er der Stelle nahekam, wo er den Diener zurückgelassen hatte, sah er mit freudigem Herzklopfen, daß die Baronin selbst an dessen Platz getreten war. Bei seinem Nahen erhob sie sich von der Steinbank, auf der sie gesessen hatte, und kam ihm rasch entgegen. Schon aus einiger Entfernung rief sie: »Das Rätsel ist gelöst, Ihr Versuch ist glänzend gelungen! Ich war ja vorbereitet auf Ihren Schuß, aber ich bin doch vor Schrecken zusammengefahren; denn es war wieder, als wenn er unmittelbar neben mir abgefeuert würde. Es ist kein Zweifel mehr: von dorther, vom toten See ist auch an jenem Abend meines Mannes Hilferuf herübergeklungen. Daß wir aber früher derartige Töne nicht gehört haben, erklärt sich ebensogut. Erst im letzten Mai hat ja der Windbruch die Waldwand niedergelegt, über die kein Laut herüberdringen konnte. Dazu der selten hier wehende Südwind, – eins wenigstens wissen wir nun mit Bestimmtheit.«

Sie sprudelte die Worte rasch hervor, wie ein Mensch, der ungeduldig darauf gewartet hat, eine wichtige Mitteilung vom Herzen loszuwerden. Aber Bassow machte nur eine zustimmende, eilige Kopfbewegung; ihm brannte noch Neueres auf den Lippen. Er legte die gefundene Decke auf die Bank, breitete sie auseinander, daß ihr Inhalt sichtbar wurde, und sagte: »Wir wissen heute noch mehr, Baronin. Hier liegen die Sachen vor Ihnen, die der Mörder meines Vetters geraubt hat.«

»Wo, – wo haben Sie das gefunden?«

Er begann zu erzählen, sorgfältig, ausführlich. Sie aber stand mit niederblickenden, starr auf die mattfunkelnden Gegenstände gerichteten Augen. Ihre Stirn hatte sich über der Nase zusammengezogen; ihr Geist arbeitete offenbar angestrengt und rasch.

Auch als Bassow seinen Bericht beendet hatte, bewahrte sie Stellung und Ausdruck unverändert, wie hypnotisiert von dem Anblick. Die Worte wägend, leise begann sie dann zu sprechen: »Es war also kein Raubmord.«

Bassow stutzte; dieser Gedanke war ihm noch nicht gekommen. »Meinen Sie, – warum?«

»Ein Raubmörder wirft nicht fort, was der Preis des Verbrechens ist.«

»Vielleicht hat er Angst bekommen, daß ihn die gestohlenen Sachen verraten könnten.«

Sie schüttelte den Kopf, aber die Richtung ihrer Blicke veränderte sich nicht. »Nein. Er überlegt sich das vorher. Der Gewinn ist sein Ziel, die Tat ist Mittel zum Zweck. Diese Dinge sind nur zum Schein geraubt worden.«

»So vermuten Sie ein anderes Motiv des Mordes?«

»Ja, – ein anderes Motiv.«

»Und welches?«

»Ich weiß es nicht, – noch nicht.«

Beide schwiegen. Der Wind schien ihnen etwas zuzuflüstern, aber sie verstanden seine Sprache nicht. Jetzt fragte die Baronin: »Sie sagten, daß er – daß Breitenbach zornig war, weil man das Boot benutzt hatte?«

»Ja, – sehr zornig.«

Wieder das drückende, seltsame Schweigen, in dem Geheimnisse schlummerten. Diesmal war es Bassow, der es unterbrach: »Baronin, ich habe eine Bitte. Legen Sie die Sache jetzt in meine Hand. Es ist nicht Frauensache, einem Verbrecher nachzuspüren. Und wenn Sie den Verdacht, von dem Sie gestern sagten, noch immer nicht aussprechen wollen, – es muß auch ohne das gehen. Ich bin im allgemeinen kein scharfer Denker, aber der Wunsch, Ihnen zu dienen, wird meinen Geist rege machen.« Er begleitete seine letzten Worte mit einem gutmütigen, ein wenig verlegenen Lächeln, doch das Blitzen seiner Augen verriet, wieviel Eifer und Energie dahinter schlummerten.

Sie hatte langsam den Kopf erhoben und sah ihm in die Augen; ein weicher Ausdruck war auf ihrem Gesichte, den er sich nicht erklären konnte. »Sie sind gütig,« sagte sie dann, und auch ihre Stimme war weich. »Und vielleicht haben Sie recht, wenn Sie meinen, daß ein Mann mehr auszurichten vermag in solchen Dingen. Aber ich kann es doch nicht erlauben.«

»Warum nicht?«

»Weil Sie sich nicht in Gefahr begeben sollen, nicht in Gefahr um meinetwillen!« Sie hatte die Worte rasch und lebhaft hervorgestoßen und war mit ausgestreckten Händen auf ihn zugetreten.

Ihm aber weckte dieser Ausdruck nichts als hellen Jubel in der Seele. Sie wollte ihn schützen, ihn halten, sie zitterte für sein Leben, – gab es ein größeres Glück? Er wagte nicht, ihre Hände zu ergreifen, doch der innere Jubel klang in seine Worte hinein. »Gefahr? Ich habe sie niemals gefürchtet.«

»Sie ist Ihnen vielleicht näher, als Sie glauben. Ein Mann, der gemordet hat, ist wie ein angeschossenes, wildes Tier, das um sein Leben kämpft.«

»Ich würde mich freuen, mit ihm zu kämpfen. Und für Sie kämpfen zu können, Baronin, wäre mir das größte Glück. Nein, das dürfen Sie mir wirklich nicht verbieten!«

Sie lächelte, doch schien es ihm, als wenn Tränen in ihren Augen ständen. »Wenn ich's nicht darf, – nun gut, ich will Sie nicht hindern. Aber versprechen Sie mir Vorsicht, Schonung für sich selbst. Ich bitte Sie darum.«

Jetzt ergriff er die ausgestreckte Hand, beugte sich nieder und küßte sie. »Alles, alles, – ich will alles tun, was Sie mir befehlen.«

»Ich befehle nicht, Baron, ich bitte nur.«

»Aber Ihre Bitte gilt mir mehr als ein Befehl. Ich werde nicht ruhen und rasten, bis ich vor Sie treten kann und Ihnen sagen: ›Das Rätsel ist gelöst, und Sie stehen rein wieder da vor der Welt.‹«

»Ach, die Welt!« Sie brach ab, sie sah ihm wieder in die Augen, um dann in sichtbarer Verlegenheit ihre Blicke von ihm abzuwenden und abermals auf die gefundenen Gegenstände hinabzuschauen. Und nach einer Weile sagte sie halblaut: »Als ich die Decke hier stickte, dachte ich auch nicht, sie so einmal wiederzusehen. Es war ein Geburtstagsgeschenk für meinen Mann.«

»Und jetzt soll sie helfen, seinen Mörder zu entdecken.«

»Vielleicht, – das Dunkel ist immer noch sehr dicht, und aus dem einen Rätsel ergeben sich andere, neue. Wir beide wissen jetzt, wo mein Mann ermordet wurde. Hier diese Dinge stammen aber aus dem Zimmer, in dem wir ihn fanden. Das goldene Falzbein wenigstens legte ich selbst an jenem Abend auf die eingegangenen Briefe auf seinem Schreibtisch.«

Bassow dachte still einen Augenblick nach, um dann zu sagen: »Die Sache ließe sich wohl erklären, aber –«

»Aber was?«

»Es müßte dann mehr als eine Person an der Tat beteiligt, oder der eine müßte ein ungewöhnlich starker und großer Mensch gewesen sein.«

Die Baronin bewegte langsam den Kopf zur Bejahung. »Groß und stark, – ja, Sie haben recht.«

»Aber ich meine, mit Grübeln und Fragen kommen wir nicht ans Ziel. Jetzt heißt es handeln. Ich werde Klarheit schaffen; denn ich will sie schaffen.«

»Der Wille kann viel.«

»Ein Manneswille kann fast alles in der Welt. Und nun lassen Sie mich gewähren, Baronin. Meine nächste Pflicht ist es, diese Sachen hier der Polizei zu übergeben. Ich reite gleich selbst auf die Gendarmeriestation und liefere sie dort ab. Dann erst beginnt mein eigener Feldzug. Auf Wiedersehen, Baronin.«

»Auf Wiedersehen, – und vergessen Sie nicht, um was ich Sie gebeten habe.«

»Ich vergesse keins Ihrer Worte. Leben Sie wohl.«

Zehntes Kapitel

Schon während er zur Gendarmeriestation hinüberjagte, um den Fund abzuliefern, machte Bassow sich einen Plan für sein Tun. Für die nächsten Schritte wenigstens auf dem in Dunkel gehüllten Wege. Was Polizei und Gericht bereits durchforscht hatten, schob er beiseite. Dort noch etwas Neues auszufinden, erschien unwahrscheinlich. Sein Forschen mußte beginnen, wo jene – freiwillig oder gezwungen – aufgehört hatten. Wo war ein fester Punkt, von dem er ausgehen konnte?

Die Figur der Krankenpflegerin, die auf dem Schloßhofe von Garchim unvermutet vor ihm aufgetaucht war, erschien plötzlich wieder vor seiner Seele. Sie hatte gesagt, sein Vetter habe das Schriftstück von ihr zu erhalten gewünscht, das nun in den Händen von dessen Witwe war. Er pries den Zufall im stillen als ein Glück, daß die Krankenpflegerin ihm ihre Karte eingehändigt hatte, und im eiligen Reiten zog er die Brieftasche hervor, in der sie liegen mußte. Ja, da war sie! Seine peinliche Ordnungsliebe versagte auch diesmal nicht. »Barbara Zinsmeister, geprüfte Krankenpflegerin« stand auf der Karte, darunter die Adresse eines Hauses weit im Norden von Berlin, an der Chausseestraße. Der Entschluß, dort hinzufahren, war gleich gefaßt.

Auf der Gendarmeriestation erregte der neue Fund Aufregung und Freude. Bassow blickte jetzt bereits mit nachlassender Teilnahme darauf. Seine Gedanken strebten zu andern Zielen, und sobald als möglich schwang er sich wieder aufs Pferd, um heimzureiten.

Er war so voller Aufregung und Eile, seine Tatkraft zu erweisen, daß er am liebsten gleich mit dem nächsten Zuge nach Berlin gefahren wäre. Doch war er nach genauerer Ueberlegung vernünftig genug, erst ein Telegramm für Barbara Zinsmeister aufzugeben und anzufragen, ob sie auch dort sei. Er hatte die Rückantwort bezahlt, und so war mittags bald nach dem Essen die gewünschte Nachricht in seinen Händen. Barbara Zinsmeister telegraphierte: »Bin hier. Stehe hohem Herrn zu Diensten.«

Um halb acht Uhr war er in Berlin, fuhr in ein Hotel nahe bei der Ankunftsstation und nahm sich kaum Zeit, eilig ein wenig zu Abend zu essen. Dann brachte ein Automobil ihn rasch nach der Chausseestraße hinaus. Eine hohe Mietskaserne mit abgeblättertem, gelbgrauem Putz wies die Nummer auf, die Bassow suchte, und ein mangelhaft, nur durch ein paar bescheidene Lämpchen erleuchtetes Treppenhaus, in dem der Kohlgeruch von den Mahlzeiten der Mieter die Luft verdarb, nahm den Aussteigenden auf. Die Pflegerin wohnte hoch oben im vierten Stock; sie hatte, wohl dem erwarteten Besuch zu Ehren, auf einen kleinen Tisch neben ihrer Zimmertür eine brennende Kerze gestellt, so daß er gleich die wohlbekannte Visitenkarte bemerkte, die den Eingang bezeichnete. Beim Geräusch seiner Schritte öffnete sich die Tür schon, bevor er geklopft hatte, und vor ihm erschien das flache Gesicht mit der kleinen Nase, auch hier im Hause von dem scheinbar niemals abgelegten, schwarzen Kopftuch umgeben.

»Der Herr Baron geben mir persönlich die Ehre, – wenn ich bitten darf, Herr Baron. Dies ist meine bescheidene Wohnung.«

Bescheiden war das Zimmer in der Tat, das Bassow, eintretend, mit raschem Blick überflog. Ein Tisch, ein Bett, ein Schrank, ein paar Stühle aus billigem, braun gebeiztem Holz bildeten das ganze Mobiliar. Nur ein Kruzifix und mehrere daneben hängende bunt ornamentierte Papptafeln mit Bibelsprüchen in gotischen Buchstaben wiesen auf den besonderen Charakter der Bewohnerin hin.

Sie sprach auch hier wieder zuerst, indem sie einen Stuhl an den Tisch heranrückte, auf dem eine Petroleumlampe mit halb grüner, halb weißer Glaskuppel stand. »Wenn ich den Herrn Baron bitten darf, – ich hatte gedacht, – als ich heute mittag das Telegramm bekam, – der Herr Baron wären von einer Krankheit befallen worden, worauf jeder von uns in jedem Augenblick vorbereitet sein muß. Aber natürlich habe ich mich geirrt.«

Bassow setzte sich mit freundlichem Lachen und schob die Lampe ein wenig weiter von sich ab. »Ja, Schwester Barbara, den Gefallen konnte ich Ihnen wirklich noch nicht tun. Ich habe augenblicklich gerade durchaus keine Zeit, um krank zu sein. Es ist eine ganz andere Sache, die mich zu Ihnen führt, aber ich bemerke gleich, daß ich Ihre Zeit nicht umsonst in Anspruch nehmen werde.«

»Ach, Herr Baron, ich suche keinen irdischen Gewinn, den doch nur Motten und Rost fressen.«

»Nun, leben müssen wir alle, Schwester Barbara, und von der Luft allein lebt man leider nicht.«

»Leider – nein.«

»Also hören Sie mich an. Sie waren doch vor einiger Zeit in Garchim und brachten der Witwe meines dort ermordeten Vetters ein Schriftstück, das er selbst bei Lebzeiten, wie Sie mir sagten, von Ihnen zu erhalten gewünscht hatte.«

»Ach – habe ich das gesagt?«

»Ja, gewiß. Und ich nehme an, Sie haben damals die Frau Baronin gesprochen und ihr das Papier eingehändigt.«

»Hat sie das – wenn ich fragen darf – haben das die Frau Baronin dem Herrn Baron mitgeteilt?«

»Ich will ganz aufrichtig gegen Sie sein, Schwester Barbara. Nein, sie hat es mir nicht mitgeteilt. Aus dem einfachen Grunde, weil ich sie nicht gefragt habe. Sie aber möchte ich darum fragen, und ich hoffe, Sie werden ebenso wahr gegen mich sein, wie ich gegen Sie. Dazu berechtigt mich schon Ihr frommer Beruf.«

»Gewiß, Herr Baron, gewiß. Der Wahrheit sollen wir überall die Ehre geben. Ich weiß nur nicht, – wenn ich mir überlege –«

»Dabei ist doch weiter nichts zu überlegen. Haben Sie der Frau Baronin das Papier ausgehändigt oder nicht? Ja oder nein.«

»Ja – ich glaube – ja, sie hat das Papier dortbehalten.«

»Und ich denke, – Sie sagten mir damals, mein verstorbener Vetter hätte Ihnen eine Belohnung in Geld für dieses Schriftstück versprochen gehabt, – ich denke, seine Witwe hat im Sinne ihres verstorbenen Mannes gehandelt und Ihnen ausgezahlt, was er Ihnen zugedacht hatte.«

»Ich weiß nicht – ich kann es wirklich nicht sagen – ich habe ein so schlechtes Gedächtnis für irdische Dinge.«

»Können Sie dem Gedächtnis nicht nachhelfen? Schreiben Sie die Ausgaben und Einnahmen für Ihr Leben nicht an?«

»Allerdings, Herr Baron – ja, das ist wirklich so. Man soll doch Ordnung halten in allen Dingen.«

»Nun, da sehen Sie einmal nach diesen Aufzeichnungen.«

»Ja, das könnte ich tun – wenn der Herr Baron es nun einmal wünschen – ich muß nur suchen – ja, da ist das Buch.«

Sie hatte die Schublade des Tisches, an dem sie saßen, aufgezogen und ein abgegriffenes, blaues Oktavheft hervorgeholt. In diesem begann sie mit Umständlichkeit in ihrer langsamen, zaudernden Art umherzusuchen, um endlich auf einem Blatte Halt zu machen und zu sagen: »Ja, die Frau Baronin hat mir wirklich etwas geschenkt. Nicht etwa, daß ich es verlangt hätte, das liegt mir fern – aber sie hat mir fünfundzwanzig Mark als Belohnung angeboten, und ich habe mich für berechtigt gehalten, sie anzunehmen.«

»Ich hoffe. Sie werden auch von mir ein Geschenk annehmen. Wenn Sie mir genaue, zuverlässige Mitteilung über den Inhalt jenes Schriftstückes machen können, gehört Ihnen dieser Hundertmarkschein.«

Er hatte einen blauen Schein hervorgezogen und ihn verlockend im Lichte der Lampe ausgebreitet. Als nächste Wirkung zeigte sich ein aufgeregtes Zucken in der nahe dabei auf dem Tisch ruhenden Hand der Barbara Zinsmeister; auch bekamen ihre blassen Augen einen dunkleren Glanz. Aber sie sagte: »Das wäre ja viel zu viel für mich, Herr Baron, auch wenn ich dem Herrn Baron wirklich die gewünschte Mitteilung machen könnte.«

»Nun also die Hauptfrage: kennen Sie das Schriftstück und seinen Inhalt?«

Mit ihrem ständigen Widerstreben gegen die deutliche, bestimmte Aussage zauderte sie auch jetzt noch ein wenig, als wenn sie sich die Sache zuvor genauer überlegen müßte. Dann aber gab sie langsam zu: »Ja, Herr Baron – ich glaube, daß ich das ruhig sagen darf. Denn mir war die Schrift ja doch gerade deshalb übergeben worden, damit ich den Inhalt kennen lernen sollte.«

»Gut. Und nun meine zweite Hauptfrage: handelt sich's in dem Schriftstück um meinen Vetter, den ermordeten Baron Bassow?«

Diesmal antwortete sie überraschend schnell. »Nein, Herr Baron, um den verstorbenen Herrn Baron handelt sich's in keiner Weise darin. Er wird in der Schrift überhaupt mit keinem Wort erwähnt.«

Bassow fühlte sich sehr enttäuscht; mit Mühe zwang er sich äußerlich zur Ruhe. »Ja, wie stimmt denn das mit Ihrer früheren Mitteilung, er hätte gern das Schriftstück haben wollen?«

»Ja, Herr Baron, ich weiß das wirklich nicht. Aber es lag ihm viel daran – offenbar sehr viel. Weil ich ihm das Schriftstück nicht gleich geben konnte, war er sehr ungehalten damals. Ich hatte nämlich eine so lange auswärtige Pflege gehabt, daß ich meine Wohnung hier aufgegeben und alle meine Sachen mitgenommen hatte – und sie waren noch unterwegs – mit Fracht, weil das billiger ist. Ja, ihm lag viel daran.« Ihre Augen hefteten sich wieder auf den Hundertmarkschein, als wenn sie fürchtete, daß er in die Tasche des Besuchers zurückkehren könnte.

»Aber zum Teufel – Pardon, das Fluchen ist hier wohl nicht erlaubt – sagen Sie mir doch endlich um alles in der Welt, von wem das Schriftstück denn eigentlich handelt?«

»Das – ach Herr Baron, ich verstehe mich so schlecht aufs Erzählen – ich glaube, das würden der Herr Baron selbst am besten sehen.«

»Ja, wenn ich's in Händen hätte, natürlich! Aber die Frau Baronin will ich, wie schon gesagt, nicht fragen, und –«

»Das wäre wohl eigentlich nicht nötig.«

»Wieso?«

Schwester Barbara hatte wieder ungewöhnlich rasch gesprochen, jetzt aber zauderte sie dafür wieder um so länger und rieb sich in Verlegenheit oder Unentschlossenheit die Hände an ihrem Kleide. Schließlich sagte sie dann doch: »Es gibt ja noch ein anderes Exemplar.«

»Ein zweites Exemplar existiert noch?« fragte Bassow überrascht die Schwester Barbara. »Und haben Sie das in Händen?«

»Es ist ja doch nichts Unrechtes, was ich getan habe, nicht wahr? Ich habe mir nämlich eine Abschrift davon gemacht – damals, ehe ich das andere zu der Frau Baronin getragen habe. Das Schriftstück mußte doch eine besondere Bedeutung haben, sagte ich mir, und ich dachte: besser ist besser.« Sie holte ein Papier aus der Schublade hervor.

»Der Hundertmarkschein ist Ihr Eigentum. Ich danke Ihnen, Schwester Barbara.«

Sie trat ganz nahe an den Tisch, magnetisch angezogen von dem blauen Schein; aber sie zierte sich noch ein wenig. »Ach, Herr Baron, das ist ja viel zu viel. Ich weiß gar nicht, ob Ihnen die Schrift irgendwie dienen kann. Sie war doch nun einmal geisteskrank.«

»Geisteskrank – wer?«

»Das heißt, nicht eigentlich geisteskrank. Sie war in keiner Anstalt und konnte frei herumgehen. Es genügte, daß eine Pflegerin bei ihr war, und so bin ich denn zu ihr gekommen.«

»Sie sprechen von der Verfasserin dieser Aufzeichnungen, nicht wahr? Sagen Sie mir nun endlich, um wen sich's handelt, und wie sie hieß.«

»Ja, das will ich gern tun, Herr Baron,« sagte Schwester Barbara und schob, während Bassow einen ersten, flüchtigen Blick auf die auseinandergefalteten Papiere warf, den Hundertmarkschein behutsam in ihre Kleidertasche. »Sie hieß Eugenie Neubeck und war die Tochter von einem reichen Knopffabrikanten in Augsburg. Das heißt, ihr Vater war schon lange tot, und sie selbst war ja damals auch nicht mehr jung. Sie sagte zu mir, sie wäre achtundvierzig, aber wie sie starb, kam es heraus, daß sie acht Jahre zu wenig angegeben hatte. Aber das ist ja auch einerlei. Und sie lebte seit ihrer Jugend in Augsburg, und so hat sie dort auch den Herrn von Breitenbach kennen gelernt.«

Ueberrascht schaute Bassow sie an. »Breitenbach, – meinen jetzigen Gutsnachbar? Um den handelt sich's? Wie kam er nach Augsburg?«

Seit Schwester Barbara im Besitz des Geldes war, hatte ihr Wesen viel von seiner zaudernden Langsamkeit verloren. Sie gab in einer scheinbar gleichgültigen, aber nicht mehr so stockenden Weise die gewünschte Auskunft. »Ja, derselbe. Wenn er nämlich Erich mit Vornamen heißt. Er hatte damals ein Gut in der Nähe von Augsburg, kam aber häufig in die Stadt. Und so hat sie denn seine Bekanntschaft gemacht.«

»Und – sagen Sie mir – in welchen Beziehungen standen die beiden zueinander?«

»Das kann ich dem Herrn Baron so ganz genau nicht sagen. Ich weiß nur, daß das Fräulein Neubeck so gut wie keinen andern Gedanken hatte, als ihn. So wütend sie damals auch war. Aber wenn ich es aussprechen dürfte, so würde ich sagen, daß die Liebe zu ihm sie verrückt gemacht hatte, – wenn man von Verrücktheit bei ihr sprechen wollte.«

»Sie scheinen sie nicht dafür angesehen zu haben. Das kann von Wichtigkeit sein. Halten Sie für zuverlässig und glaubhaft, was hier aufgezeichnet steht?«

»Der Herr Baron fragen mich zu viel. Sie war zuweilen klar, zuweilen verwirrt. Und das Gericht hat sie ja nicht für glaubhaft gehalten.«

»Das Gericht? Ist es zwischen den beiden zu einer Verhandlung vor Gericht gekommen?«

»Ja, gewiß. Das war es doch gerade, was das Fräulein so furchtbar aufregte, und weshalb sie auch das hier niedergeschrieben hat. Es ist ja keine Kleinigkeit, so als Lügnerin vor der Welt dazustehen, und eine hübsche Summe Geld war es auch.«

»Handelte sich's um Geld?«

»Natürlich; sie behauptete doch, sie hätte ihm das Geld gegeben, geliehen oder geschenkt, wenn er sie heiraten würde, – und wie er da nun den Eid leistete, daß er das Geld niemals bekommen hätte –«

»Das hat er getan?«

»Freilich. Da hat es ihr einen furchtbaren Stoß gegeben, und sie ist so geworden, wie sie bis an ihr Ende geblieben ist. Lange hat es ja nicht mehr gedauert; ich bin nur noch fünf Monate bei ihr gewesen, dann ist sie gestorben.«

»Und ist er, – ist Herr von Breitenbach noch einmal bei ihr gewesen?«

»O nein! Es war eine bittere Feindschaft zwischen ihnen. Und so traurig es für mich ist, es aussprechen zu müssen: Das Fräulein ist mit einem Fluch auf den Lippen gegen ihn hinübergegangen. Gott verzeih ihr die Sünde!«

»Und wie lange ist das alles her, Schwester Barbara?«

»Ach, schon lange, Herr Baron. Das muß ich erst einmal nachrechnen, – ja, über acht Jahre muß es jetzt her sein.«

Bassow überlegte noch einen Augenblick. Dann machte er sich auf den Weg, während Barbara mit ihrer Lampe oben am Treppengeländer stand und einen Lichtschein hinuntersandte in das kohlduftende Treppenhaus. Durcheinanderschießende Gedanken bedrängten ihn, die Papiere brannten ihm auf der Brust. Er hielt seine Hand auf sie gepreßt, während er im Automobil, das ihn erwartet hatte, zurückfuhr zum Hotel. Hier ging er gleich auf sein Zimmer, ließ eine Flasche Wein kommen, rückte sich den Tisch unter die Glühlichter des Kronleuchters.

»Der Wahrheit die Ehre in Ewigkeit – Amen,« so begann die Schrift, um dann fortzufahren:

»Ich weiß, daß ich nicht lange mehr leben werde. Gott hat es gewollt, – hat es gewollt, – hat es gewollt. O, wenn ich doch alle Leute zu mir hereinrufen könnte, die behaupten, es gäbe keine gebrochenen Herzen mehr. Wenn ich mir doch die Brust aufreißen könnte und ihnen zeigen, wie das Herz in ihr aussieht – zerbrochen, zertreten, zerrissen, – rissen, – rissen, – rissen, – Amen.

Dies ist mein Testament, aber ich vermache nur einem etwas in ihm, und ich vermache nur eins. Meinen Fluch!!! Meinen dreimal bekreuzigten, dreimal gesegneten Fluch. Dir gehört er in Ewigkeit, Dir, Erich von Breitenbach. Denn Du bist ein Hund, ein Raubtier, ein Hund! Ich weiß, was ich weiß, und ich lade Dich auf den jüngsten Tag vor den Richterstuhl des Allmächtigen und Ewigen. Weil die Gerichte der Erde von Toren und Blinden verwaltet werden, die nicht sehen können, was Wahrheit und Irrtum ist. Und ich werde vor ihn hintreten in meinem weißen, – weißen, – weißen Sterbekleid, und werde meine Hand erheben gegen Dich und werde sagen: da steht er, der größte Verbrecher von allen. Vergib den Mördern, Herr, aber vergib diesem nicht. Er ist gekommen und hat mir seine Not geklagt und hat mich gebeten, ich soll ihm helfen. Und ich habe geholfen und habe ihm gegeben, mehr als ich hätte geben dürfen. Er aber hat mich geküßt, – o, wie diese Küsse noch heute auf meinen Lippen brennen, – wie sie brennen, brennen, brennen in Ewigkeit! Sie sind aus der Hölle gewesen, diese Küsse, darum brennen sie so! Und er hat mir gesagt, er will kommen und mich heiraten, wenn die Rosen blühen. Aber die Rosen haben geblüht und sind verwelkt, und er ist nicht gekommen. Und ich vermache ihm darum diesen dreimal gesegneten Fluch. Amen.

Und nun kommt das Aergste, – hör' es. Allmächtiger! Meineid, Meineid im fürchterlichsten Grad! Ich habe die Stelle bei William Shakespeare wieder und wieder gelesen, und das Buch ist abgegriffen von meinen Händen, und das Blatt ist vergilbt von meinen Tränen. Meineid, Meineid im fürchterlichsten Grad! Wie ich gesehen habe, daß er mir sein Wort nicht hält und mir auch nicht zurückgibt, was mir gehört, da habe ich versucht, mir durch irdische Gerichte mein Recht zu holen. Er aber ist hingegangen, – dieser Wortbrüchige, dieser Verräter, dieser Hund! – und hat geschworen, – geschworen, – geschworen! Daß ich ihm niemals das Geld gegeben hätte, das ich zurückforderte. Und sie haben ihm geglaubt und haben mich abgewiesen. Ich aber sage und werde sagen bis an meinen Tod: es war Meineid, – Meineid, – Meineid im fürchterlichsten Grade!

Erich von Breitenbach, Dir vermache ich meinen Fluch, meinen hundertfachen, hundertmal bekreuzigten Fluch! Gott möge seine Hand von Dir abziehen und möge Dich dem Teufel überantworten, zu dem Du gehörst, und er möge Dich martern, – martern, martern mit glühenden Spießen in Ewigkeit! Amen.«

Bassow sprang empor; es duldete ihn jetzt nicht mehr auf seinem Sitz. Mit großen, gleichmäßigen Schritten begann er im Zimmer auf und nieder zu gehen, den Kopf gesenkt und seine Blicke unverwandt auf den Teppich des Fußbodens gerichtet. Das alles, was er eben gelesen und gedacht hatte, stand ja nur indirekt in Beziehung zu seinen eigenen Forschungen und Zielen. Aber da war etwas anderes, Bedeutsameres. Der verstorbene Vetter hatte sich Mühe gegeben, diese Aufzeichnungen der Toten in seinen Besitz zu bringen, hatte die Krankenpflegerin aufgesucht und ihr Geld geboten. Das war's! Weshalb dieser Wunsch, ein Schriftstück zu besitzen, das Breitenbach kompromittierte? Ihn, der vor der Welt immer sein Freund geschienen hatte.

Vielleicht war es in Breitenbachs Auftrag geschehen, um die gefährlichen Aufzeichnungen aus der Welt zu schaffen. Vielleicht, – wenn die Freundschaft zwischen den beiden Männern echt gewesen war. Aber nun meinte Bassow die Worte der Baronin wieder zu vernehmen, die sie von ihres ermordeten Mannes Werbung um die jetzige Braut Breitenbachs gesagt hatte. Mit besonderem Ausdruck hatte sie diese Worte gesprochen, ihn aufgefordert, über sie nachzudenken. Es war gewesen, als wenn sie den Schlüssel des ganzen Geheimnisses darin gesucht und vermeintlich gefunden hätte. Und wenn der Vetter sich nicht in Breitenbachs Auftrag bemüht hatte, dann waren die beiden auch keine Freunde gewesen. Gegen einen Freund sucht man kein Belastungsmaterial. Wenn aber an Stelle der Freundschaft vielleicht gar bittere Feindschaft heimlich geherrscht hatte zwischen den beiden Rivalen um die Liebe derselben Frau, wenn der Verstorbene diese Aufzeichnungen als eine Waffe gegen Breitenbach hatte benutzen wollen, dann –

Bassow blieb stehen, von einem jähen Erschrecken vor seinen eigenen Gedanken für einen Augenblick an die Stelle gebannt. War es denn möglich? Durften seine Gedanken diesen dunklen Weg gehen? Er machte eine Bewegung, als wenn er sie von sich abschütteln müßte, doch sie kamen wieder und blieben. Da war der Abend, an dem die beiden Männer nach Breitenbachs eigener Aussage noch miteinander zusammengewesen waren, der letzte in seines Vetters Leben. Sie hatten sich an diesem Abend – zufällig, wie Breitenbach behauptete, – auf der Heimfahrt im Eisenbahncoupé getroffen, waren im Gespräch gegangen auf einem Wege, der in der Nähe des toten Sees vorüberführte, und am toten See war der Vetter ermordet worden. Ein wunderbarer Zufall hatte seinen Hilfeschrei zum Schlosse, zu den Ohren seiner Frau hinüberdringen lassen.

Es war Breitenbachscher Grund und Boden, auf dem er gestorben war. Der einsam Grübelnde legte die Hand vor die Augen, als wenn er wilde Phantasiegebilde fortscheuchen müßte. Doch ließ er sie gleich wieder sinken und hob den Kopf, laut, mit fester Stimme dabei sagend: »Nein, ich will den Dingen ins Auge sehen. Ich will die Spur verfolgen, die sich mir bietet. Wenn ich schwach genug gewesen bin, den Glauben an eine Schuld von ihr – von ihr! – mir einflüstern zu lassen, so will ich nun auch Mut genug haben, um nicht Halt zu machen vor diesem Verdachte, weil er auf einen Edelmann fällt.«

Elftes Kapitel

Der erste Zug, der am nächsten Morgen dorthin abging, brachte Bassow nach Garchim zurück. Es war ihm, als wenn er dort etwas versäumte durch sein Fernsein, als wenn wichtige Dinge auf ihn warteten. Uneingestandene Sehnsucht nach einem Wiedersehen mit der Baronin arbeitete mit, ihn vorwärts zu treiben, und unerträglich langsam erschien ihm die Fahrt.

Es war erst neun Uhr vorüber, als er wieder in seinem Arbeitszimmer am Fenster stand, an diesem Fenster, das er liebte, weil es ihn zum anderen Flügel des Schlosses hinüberblicken ließ, wo die Baronin wohnte, und weil er von hier aus einen großen Teil des Parkes übersehen konnte. Die Gewohnheiten seiner zugleich nahen und fernen Hausgenossin waren ihm jetzt bekannt genug, daß er sie häufig schon auf einem Gange durch den Park heimlich hatte beobachten können. Bei jedem Wetter pflegte sie zu fester Stunde regelmäßig diesen Gang zu machen, – er stand, er wartete, und richtig, dort war sie! Aber heute hielt er es auf seinem stillen Beobachtungsplatze nicht aus; er nahm eilig seinen Hut und ging hinunter in den Park.

Sie war offenbar überrascht, ihn zu sehen. Ein leichtes Rot stieg in ihr Gesicht empor, das meist noch immer bleich war nach der schweren, aufregenden Zeit. Einen freudigen Abglanz weckte dies Rot auch auf seinen Zügen, und fröhlich rief er: »Ja, Baronin, da bin ich schon wieder.«

»Ich bin überrascht, Sie zu sehen. Aber ich freue mich, Sie so heiter zu finden. Sie strahlen ja wie ein Sieger.«

»Beinahe fühle ich mich auch so. Aber meine Hauptfreude –«

»Warum sprechen Sie nicht weiter?«

»Ich darf das nicht sagen, will es nicht sagen. Und eigentlich sollte ich Ihnen auch von dem Resultat meiner Fahrt nichts erzählen, – ebensowenig wie Sie mich hineinblicken lassen in Ihre Geheimnisse.«

»Sie wissen ja, weshalb ich noch schweige. Doch nur, weil ich bisher nicht beweisen kann, was ich glaube.«

Er trat ein wenig näher zu ihr heran und sprach mit leiser Stimme: »Sie brauchen es mir nicht mehr zu sagen, Baronin. Ich weiß es auch ohne das, – ja, ich kenne jetzt Ihren Verdacht.«

»Wirklich? Täuschen Sie sich nicht?«

»Ich will Ihnen sagen, wo ich gewesen bin, – urteilen Sie dann selbst. Ich war in Berlin bei der Krankenpflegerin Barbara Zinsmeister und habe die Aufzeichnungen der unglücklichen Eugenie Neubeck in letzter Nacht gelesen.«

»Sie kennen diese Schrift? Aber sie ist ja in meinem Besitz.«

»Das Original, gewiß. Eine Abschrift hat sich die Schwester zurückbehalten und mir gegeben.«

Die Baronin schaute einen Moment sinnend vor sich nieder, dann fragte sie ganz leise: »Und was denken Sie?«

»Wahrhaftig, es wird mir schwer, Ihnen darauf zu antworten. Ich frage mich noch immer: Ist es denn möglich?«

Sie lächelte ein wenig: »Bei mir haben Sie das nicht gefragt, lieber Baron.«

»Doch, doch! Hundertmal, tausendmal habe ich mich's gefragt. Und Sie dürfen mir's glauben, seit ich Sie ein wenig mehr kennen gelernt habe, hat jeder Verdacht gegen Sie mir weher getan, als er Ihnen wehe tun konnte. Und jetzt, – jetzt kann ich immer wieder nur bitten: Verzeihen Sie mir, ich habe unrecht an Ihnen getan!«

Sie sah ihm, den Kopf erhebend, voll ins Gesicht. »Es ist schon vergeben, das müssen Sie doch fühlen. Wie Sie's angefangen haben, ich weiß es selber nicht. Ich glaube, einem Menschen mit so freundlichen Augen, kann man nicht böse sein.«

»O, Baronin!«

Er griff nach ihrer Hand, um sie zu küssen, aber fast im selben Moment empfand er, wie sie zurückzuckte, und hörte, wie sie ein wenig ärgerlich fragte: »Was gibt es denn wieder?«

Ihren Blicken folgend, wandte Bassow sich um und sah den Diener Franz hastig vom Ausgang des Schlosses herunterkommen. Er war bereits nahe, so daß er die Frage vernommen hatte und antworten konnte: »Der Herr Gendarmeriewachtmeister ist eben auf den Hof geritten gekommen und hat gefragt, ob er die gnädigsten Herrschaften sprechen könnte. Er hätte wichtige Dinge zu melden.«

Der Gendarm war schon aus der großen Tür auf die Terrasse herausgetreten, kam, rot im Gesicht und laut atmend wie gewöhnlich, mit militärischem Gruß auf sie zu.

»Die Herrschaften verzeihen, wenn ich so früh schon störe. Aber ich hielt es für meine Pflicht, gleich zu melden, daß wir dem Urheber des hier begangenen Verbrechens jetzt endlich auf der Spur sind.«

»Und wer ist es?«

»Ja, Frau Baronin, wie er sich nennt, kann ich vorläufig noch nicht sagen. Aber die Sache stimmt, ich möchte meinen Kopf darauf wetten. Eine solche Aehnlichkeit in der Ausführung des Verbrechens, – es ist nämlich gestern abend gegen elf Uhr ein Mordversuch auf den Herrn von Breitenbach auf Lünzin verübt worden.«

Bassow fragte mit einem erstaunten Blick auf die Baronin: »Ist Herr von Breitenbach verletzt?«

»Nein, Gott sei dank nicht!«

»Erzählen Sie uns in Ruhe, wie sich der Vorfall ereignet hat.«

»Ja, gewiß, das will ich tun. Also: Der Herr von Breitenbach ist gestern abend erst nach zehn Uhr in sein Arbeitszimmer gegangen. Und sein Arbeitszimmer, das liegt doch gerade so wie das hier vom seligen Herrn Baron zu ebener Erde nach dem Park hinaus. Na, und wie nun der Herr von Breitenbach so vor seinem Schreibtisch sitzt und liest, – er hat mir das Buch gezeigt, worin er gelesen hat, – da hört er auf einmal ein Geräusch, so ein scharfes Pfeifen unmittelbar an seinem Ohr, und im selben Augenblick auch den Knall von einem Schüsse. Von einem Revolver, meint er. Und er springt gleich auf – er ist ja ein starker, mutiger Herr – und läuft an die offenstehende Tür und in den Park hinaus, aber da ist nichts mehr zu sehen und zu hören. Und er hat auch die Dienerschaft gleich herausgetrommelt, und sie haben lange den ganzen Park durchsucht, aber nichts gefunden, genau so, wie damals hier. Aber in Lünzin ist es ja auch bequemer für die Herren Schurken, weil doch der Park nicht so gut eingefriedigt ist. Und es ist mir immer noch ein Wunder, wie das damals hier hat passieren können. Aber dafür will ich meine Hand ins Feuer legen: wenn wir den Kerl erst haben, den von gestern abend, dann haben wir auch den Mörder vom seligen Herrn Baron.«

»Aber Sie haben ihn vorläufig nicht, wie Sie sagen.«

»Nein, Frau Baronin. Vorläufig leider noch nicht. Meine Leute sind aber schon fest auf der Jagd nach ihm. Wir wissen auch ungefähr, wie er aussieht. Der Gendarm Hoyer ist vor zwei Tagen einem verdächtigen Individuum begegnet, das in der Nähe von Lünzin herumgelungert hat. Dieser Gendarm ist erst vor ein paar Tagen hierher versetzt worden und ist auch noch jung und unerfahren. Darum hat er die Nachlässigkeit begangen und hat den Menschen nicht gestellt und nach seinen Papieren befragt. Aber die Personalbeschreibung, die er macht, die stimmt ganz genau auf den Menschen, dem damals der verstorbene Herr Baron im Wirtshaus hat zu essen geben lassen.«

»Mein Mann?«

»Jawohl, Frau Baronin, und wir wollen uns nun alle Mühe geben, den Kerl unschädlich zu machen. Ich bin nur eben rasch herübergeritten, weil die Herrschaften doch Anspruch darauf hatten, um die Sache zu wissen, aber jetzt muß ich gleich wieder auf die Station zurück.«

Mit militärischem Gruß entfernte sich der Gendarm und schritt sporenklirrend über die Terrasse davon. Franz, der sich, durch Neugierde festgehalten, während seines Berichtes nicht entfernt, sondern von weitem ein wenig zugeschaut, wenn auch nicht gehorcht hatte, öffnete ihm die Tür und verschwand mit ihm.

Schweigend, in Gedanken verloren, standen die Baronin und Bassow noch eine Weile und starrten hinab auf den sonnebeschienenen Kies. Im selben Augenblick aber hoben sie dann die Köpfe, und ihre Augen trafen sich.

»Was denken Sie?«

Bassow lachte leise, mit einem Beiklang von Bitterkeit.

»Garchim scheint's an sich zu haben, daß man hier niemals aus den Zweifeln herauskommt. Mich wenigstens haben sie gequält vom ersten Augenblick an, seit ich seinen Boden betreten habe. Gerade war mir's, als wenn sich das Dunkel ein wenig lichten wollte, als wenn ich einen sicheren, offenen Weg vor mir hätte, und nun zeigt sich's, daß es nur der Eingang zu einem neuen Irrgarten war.«

Der tief nachdenkliche Ausdruck war unverändert auf dem Gesichte der Baronin geblieben. »Man braucht sich nicht in die Irre führen zu lassen,« sagte sie langsam.

»Nein, Sie haben recht. Und ich wehre mich auch dagegen. Aber Sie müssen doch zugeben: Dieser neue Zwischenfall gibt unseren Kombinationen einen Stoß.«

»Gewiß, – einen argen Stoß. Es ist eine große, auffallende Aehnlichkeit in der Ausführung der beiden Verbrechen, die sich im Laufe weniger Monate auf zwei Nachbargütern ereignet haben, und wenn es wirklich richtig sein sollte, daß der Mensch, den man augenblicklich verfolgt, derselbe ist, den man damals mit meinem Manne zusammen gesehen hat, – es ist möglich, daß die Polizei recht hat, wenn sie denselben Täter in beiden Fällen vermutet.«

Bassow hatte, mit eigenen Gedanken beschäftigt, nicht genau hingehört auf ihre Worte. »All' das ist nicht für mich das Entscheidende. Aeußere Zufälle müssen sich aufklären über kurz oder lang. Aber die neuen Dinge haben einen kaum eingeschlummerten Zweifel wieder aufgeweckt. Und ich frage mich aufs neue: kann man ihm, – dem Manne, den wir nicht nennen wollen, den aber unser Verdacht in gleicher Weise getroffen hat, – kann man ihm ein solches Verbrechen zutrauen oder nicht? Er ist ein Edelmann, ist nach allem äußeren Ansehen ein gebildeter, anständiger Mensch –«

Sie schüttelte den Kopf und hob abwehrend eine Hand. »Wenn das wahr ist, was die Aufzeichnungen sagen, die Sie ja nun auch kennen, dann ist er das nicht. Und auch ohne das, – ich habe in meiner so traurig verdorbenen Ehe die Erfahrung gemacht: es gibt Männer, bei denen der Anstand aufhört, sobald das Weib in Frage kommt. Ich sage mit Absicht: Das Weib. Denn ich spreche von Männern, die nicht wirklich lieben können. Die nur die Gattung als solche lieben und nicht eine einzelne Frau. Sie gilt ihnen – häufig wohl unbewußt – nur als Vertreterin der Gattung, und ihre sogenannte Liebe hört auf nach einiger Zeit des Besitzes. Vielleicht gibt es diese Sorte von Männern öfter als man denkt. Jedenfalls hat mein Mann zu ihnen gehört; sein Wesen hat sich mir klar enthüllt, und er ist schon in dem Augenblick für mich gestorben, als ich mir dessen deutlich bewußt wurde. Auch er – der andere – ist einer von diesen Männern, oder mein Instinkt betrügt mich. Und wenn das wahr ist, mußten die beiden Feinde werden, sobald für sie dieselbe Frau das Weib zeitweilig verkörperte. Und sehr wohl möglich ist es, daß an jenem Unglücksabend lediglich Kraft und Gewandtheit darüber entschieden haben, wer von ihnen das Opfer und wer der Verbrecher werden sollte.«

Stockend, ein wenig unsicher, begann Bassow zu antworten. »Ich weiß nicht, Baronin, – Sie werden mich sehr weltfremd finden, sehr arm an Erfahrung und Menschenkenntnis. Aber ich bin der Welt auch wirklich lange Zeit fern gewesen und habe viel mehr an nüchterne, praktische Dinge zu denken gehabt als an die Fragen des Gefühls. Darum ist mir auch die Art von Männern, von der Sie sprechen, bis heute fremd geblieben. Es mag sie geben, gewiß. Aber ich selbst bin so ganz anders. Für mich ist die Liebe –«

Vergeblich nach Worten suchend, brach er ab. Auch sie sah vor sich nieder und schwieg. Tiefe, schöne, sonnige Stille war um sie her, in die hinein die fleißigen Bienen summten und ihnen zuzurufen schienen, daß es noch Sommer sei, und daß man seine Zeit nützen solle.

Nun sagte die Baronin mit ein wenig bebender Stimme: »Was wollten Sie sagen?«

»Ach, ich will nicht sentimental werden und Sie nicht quälen.«

»Sie quälen mich nicht. Und ich halte Sie keineswegs für sentimental. Fähig für ein großes Gefühl, gewiß, aber nicht für sentimental.«

»Fähig für ein großes Gefühl, – das ist schön, daß Sie mir das sagen. Aber ich bin es selten. Ich irre nicht hin und her von der einen zur anderen. Ich würde sehr treu sein, glaube ich, wenn ich mich da geliebt glauben könnte, wo ich liebe. Aber ich spreche ein wenig wie ein Blinder von der Farbe. Mein Leben ist sehr still und einsam gewesen bis jetzt, in Liebessachen bin ich ein großes Kind geblieben. Ich habe ja auch erst – erst zweimal im Leben geliebt.«

»Und wer war die erste, die Sie geliebt haben?« Erst nach einer neuen Pause tat sie die Frage.

»Ach, das ist lange her. Sie war auch eine Sängerin –«

Jäh brach er ab, sein Gesicht wurde feuerrot über das Wörtchen »Auch«, das ihm entfahren war und ihn verraten hatte. Wenn er aber die Blicke nicht auf den Rasen zu seinen Füßen gerichtet hätte, sondern auf die Baronin, er hätte in dem Lächeln, das auf ihrem Gesichte lag, einen reichen Schatz von Güte und Freundlichkeit finden müssen. Mit einer feinen Beimischung von Humor aber sagte sie: »Sprechen Sie ruhig weiter, ich bin ja keine Sängerin mehr.«

»Sie sind – sehr gut – sehr nachsichtig. Haben Sie Dank. Ich wollte ja auch nur von der Vergangenheit reden. Betrogen und belogen hat man mich damals, – das hat mich in mich selbst zurückgescheucht, – ich habe gedacht, ich würde nie zum zweiten Male lieben können im Leben.«

Sie antwortete nicht, sondern atmete nur sehr schnell. In die Hecke, an der sie langsam einhergingen, hineingreifend, brach sie gedankenlos einen Zweig davon ab und preßte die Blätter zusammen in ihrer Hand. Aber dann blieb sie plötzlich stehen, sah geradeaus in die Ferne, von Bassow halb abgewendet, und sagte: »Wir sprechen da wie zwei Leute, die vom Frieden reden, während noch Krieg um sie her ist. Aus unserem Leben muß dieser Zweifel, diese Ungewißheit erst fortgeschafft werden, ehe wir an etwas anderes denken dürfen. Dies Verbrechen muß aufgeklärt werden um jeden Preis.«

»Ja, Baronin, Sie haben recht. Sie geben mich mir selbst wieder mit Ihren Worten. Ich habe ja solch ungeheure Sehnsucht nach Klarheit, für Sie und für mich. Gestern in Berlin, als ich etwas tun, etwas unternehmen konnte, als ich meinte, dieser Klarheit näher zu kommen durch Wollen und Handeln, da war ich zum ersten Male seit Wochen wieder zufrieden mit mir selbst. Und eben im Augenblick hab’ ich zu mir gesagt: Warum soll ich mir diese Zufriedenheit wieder nehmen lassen? Ich kann ja ruhig weitergehen auf dem Wege, den ich gestern betreten habe. Mag die Polizei die Spuren verfolgen, die sie für richtig hält, ich will mir einstweilen auf eigene Faust Klarheit verschaffen über diesen Herrn von Breitenbach. Jawohl, ich nenne diesen Namen! Und ich will wissen, ob ich einen Ehrenmann zum Nachbarn habe oder einen Schuft.«

»Was können Sie noch tun? Was wollen Sie tun?«

»O, meinen Feldzugsplan habe ich mir schon ganz hübsch zurechtgelegt. Nur diese neue Nachricht hatte mich für den Augenblick wieder irre gemacht. Seine Vergangenheit will ich aufdecken und von dem Menschen von damals auf den Menschen von heute schließen. Ich will nach Augsburg fahren, wo sich die Sache mit der Eugenie Neubeck abgespielt hat, ich will, – ja, das können Sie mir wahrscheinlich sagen, Baronin. Mein Vetter kam doch von Berlin an dem Tage, als er ermordet wurde. Wissen Sie, wo er dort gewohnt hat?«

Sie nickte und nannte den Namen des Hotels Kaiserhof, indem sie hinzufügte: »Dort hat er immer gewohnt, wenn er in Berlin war. Auch hat er dem Oberinspektor vor seiner Abreise die Adresse angegeben.«

»Das ist gut. Aber nun das andere, wichtigere. Breitenbach war doch auch gleichzeitig verreist – er ist ja mit meinem Vetter zusammen nach Hause gekommen. Wissen Sie, wo er gewesen ist?«

»Warten Sie – gesagt hat er mir’s damals – in Rostock, jawohl, in Rostock ist er gewesen.«

»Ich danke Ihnen. Jetzt weiß ich, was zu tun ist. Ich fahre noch heute wieder nach Berlin, morgen wahrscheinlich nach Rostock. Dort will ich forschen, suchen, fragen – o, Sie sollen mit mir zufrieden sein!«

»Ich bin schon jetzt mit Ihnen zufrieden. Und ich hoffe, wir finden endlich die Lösung des Rätsels, damit ich Garchim dann in Ruhe verlassen kann.«

»Sie wollen fort?« Er starrte sie an mit großen, erschrockenen Augen.

»Das war doch immer schon bestimmt. Und je eher, je besser.«

»Warum sagen Sie das, Baronin?«

»Es ist ja doch nur ein halber Zustand,« entgegnete sie. »So zu Gaste zu sein, wo man zu Hause gewesen ist, das lernt sich nicht so ganz leicht – auch wenn der Wirt so gütig und freundlich ist wie Sie, Baron.«

»Ich kann das verstehen,« er sprach sehr langsam, überlegend, »aber vielleicht –« Nun brach er ab; nur seine Augen redeten weiter. Ein starkes, hoffnungsvolles Leuchten brach aus ihnen hervor.

Doch die Baronin sah dies Leuchten nicht. Sie hatte die Blicke zu Boden gesenkt und ging an seiner Seite stumm dahin. Aus ihrer Hand fielen die zusammengepreßten Blätter zu Boden.

So kamen sie bis an die Stelle, wo der gerade, lange Weg vom Schlosse her an der Parkumzäunung endete. An das Gatter herantretend, schaute die Baronin zwischen den Stäben durch und sagte mit bedeutsamem Tone: »Dort ist ja der tote See.«

»Ja, bei dem einzelnen Baume habe ich gestanden, als die Sachen im Wasser gefunden wurden, die der Mörder fortgeworfen hatte. Der Baum da könnte wohl erzählen.«

»Der spricht mit seinen zerschlagenen Zweigen von weiter nichts als von der Sturmnacht, in der seine Genossen rund um ihn her niederstürzten. Vor jener Nacht hat es anders hier ausgesehen als jetzt.«

»Ich weiß. Der Wald ging vom Gatter bis an den toten See, nicht wahr?«

»Ein Streifen war auch noch diesseits vom Gatter, und an seinem Rande stand ein alter Pavillon – das war ein Lieblingsplatz von mir.«

»Man sieht keine Spur mehr davon. War er so ganz zerstört?«

»Nein, ich habe die Ruine abtragen lassen, ich mochte sie nicht mehr sehen. Die Fundamente liegen noch im Boden, aber man hat sie mir mit Kies überschütten müssen, und sie ruhen jetzt friedlich und still dort in der Erde.«

»Sollte der Pavillon nicht wieder aufgebaut werden? Lag nicht an dem Abend, als mein Vetter starb, ein Plan davon auf seinem Schreibtisch?«

»Der Plan lag wohl dort, aber aufgebaut wäre der Pavillon doch niemals mehr. Ebensowenig wie meine Ehe sich wieder hätte aufbauen lassen.«

Mit einem Ausdruck von Kraft und Mut richtete Bassow seine starke Gestalt empor, indem er zugleich einen sanften, liebevollen Blick auf dem wieder abwärts gebeugten Frauenantlitz haften ließ.

»Was der eine nicht baute, kann ein anderer bauen. Aber dies ist ein Werk des Friedens, und wir leben im Kriege, wie Sie vorhin sagten. Mich ruft jetzt der Kampf – leben Sie wohl für heute, Baronin.«

»Meine Gedanken begleiten Sie – leben Sie wohl.«

Zwölftes Kapitel

Auf die Uhr blickend, sah Bassow, daß ihm keine Zeit blieb, um noch zu Mittag zu essen, wenn er den Zug nach Berlin erreichen wollte. Doch das war ihm gleichgültig; er hatte, wenn es eilige Arbeit gab, schon öfter freiwillig verzichtet. So ging er gar nicht erst auf sein Zimmer zurück, ließ nur den Diener die noch unausgepackte Reisetasche herunterholen und gab Befehl zum sofortigen Anspannen. Auch blieb er selbst beim Wagen stehen und feuerte die Stallknechte zum Eifer an.

In wenigen Minuten war alles zur Abfahrt bereit, und auf Bassows Befehl trieb der alte Kutscher Sürjahn die Pferde mit Peitsche und Zuruf an zu raschestem Lauf. Trotzdem fuhr der Zug bereits in die Station ein, als der Wagen vor dem Bahnhofsgebäude hielt, und Bassow hatte nur noch eben Zeit, ein Billett zu lösen und in ein für ihn bereits geöffnetes Coupé zu springen, als die Maschine bereits anzog.

Jetzt erst kam ein wenig Ruhe über ihn, und er konnte, während er den gleichen Weg fuhr, wie am Tage zuvor, seinen Plan und sein Gespräch mit der Baronin still noch einmal durchdenken. Gedanken und Gefühle waren heute sonderbar bei ihm gemischt, und er betraf sich mehrfach darauf, daß Unwichtiges mit Wichtigem in seinem Geiste stritt. Mitten in angestrengtes Nachdenken über den einzuschlagenden Weg hinein klang plötzlich irgendein Wort aus der Baronin Mund. Er sah sie neben sich gehen, sah eine gleichgültige Bewegung ihrer Hand, sah sie niederblicken auf den Platz, wo der zerstörte Pavillon gestanden hatte. »Er wird niemals mehr aufgebaut,« klang es aufs neue in sein Ohr, und er überlegte sich den unausführbaren Plan, wie er das zerstörte Lieblingsgebäude heimlich, über Nacht wieder für sie aufrichten lassen könnte, um sie morgens dorthin zu führen und sich an ihrer Ueberraschung zu freuen. Dann schalt er sich, daß er nun doch anfange, sentimental zu werden, und nicht mehr das Lob verdiene, das ihn von ihren Lippen so stolz gemacht hatte. Doch solange der Zug noch in Bewegung blieb, solange die Räder unter ihm ihre gleichmäßige Musik machten, wollte die verliebte Träumerei nicht von ihm weichen. Erst als er einfuhr in das laute, nüchterne Berlin, fiel sie von selbst von ihm ab. Ganz Energie, Spannung und Willen, sprang er aus dem Wagen.

Rasch war er im Hotel Kaiserhof und beauftragte sogleich den Kellner, der ihm sein Zimmer angewiesen hatte, den Direktor oder den Besitzer um sein Kommen zu bitten. Wenige Minuten darauf ertönte denn auch ein Klopfen an der Tür, und ein Herr im Taillenrock, mit kurzem, braunem Vollbart und auffallend bleichem Gesicht erschien auf das »Herein«! in der Tür. Den Meldezettel, auf den Bassow seinen Namen geschrieben hatte, hielt er in der Hand, aber diese Hand zitterte ein wenig.

»Herr Baron haben gewünscht,« begann er mit geschmeidiger Höflichkeit, »und ich bin sofort gekommen. Aber im Augenblick bin ich wirklich ein wenig erschrocken, als ich den Namen vom Herrn Baron hier auf dem Zettel gelesen habe. Ein Herr des Namens hat nämlich sehr häufig bei uns gewohnt, er fühlte sich immer ganz besonders behaglich hier, – das hat er mir wiederholt ausgesprochen. Und dieser Herr ist vor gar nicht langer Zeit unter so traurigen Umständen aus dem Leben geschieden –«

»Es war mein Vetter; ich bewohne jetzt Schloß Garchim an seiner Stelle. Sie erinnern sich seiner also genau, das freut mich. Seinetwegen wollte ich mit Ihnen sprechen. Sie werden vermutlich noch wissen, wann er zuletzt hier gewohnt hat.«

»Aber selbstverständlich, so etwas vergißt man doch nicht. Er ist ja von hier, wenn ich so sagen darf, in seinen Tod gefahren. Am Nachmittag begleitete ich ihn selbst noch an den Wagen und wünschte ihm gute Reise, – und vierundzwanzig Stunden darauf lese ich in der Zeitung, daß er auf so schändliche Weise ums Leben gekommen ist. Ich habe gedacht, mich selber trifft der Schlag. Wahrhaftig, die ganze Nacht habe ich nicht schlafen können. Herr Baron werden schon bemerkt haben, daß ich ein wenig nervös bin, – das paßt eigentlich gar nicht für meinen Beruf, aber was will man machen? Die große Stadt, ein so großes Unternehmen, die große Verantwortung, all' meinen Kollegen geht es nicht besser mit ihren Nerven als mir. Ich habe einen Freund –«

»Nun, jedenfalls werden Sie mir Auskunft über die Vorgänge jenes Tages geben können, als mein Vetter hier zum letzten Male gewohnt hat. Ist irgend etwas Auffallendes passiert; hat er Besuch gehabt, hat er Briefe bekommen –«

»Ach, das alles ist ja schon ganz genau untersucht worden.«

»Von wem?«

»Von der Polizei natürlich. Die wird sich doch solch eine Sache nicht entgehen lassen. Ich habe Schererei genug davon gehabt. Aber es ist nichts von irgendwelcher Bedeutung dabei herausgekommen, und auch von Amts wegen hat man, soviel ich weiß, in dieser Richtung nicht weiter recherchiert.«

»Und was hat man ermittelt? Ich bin im übrigen über den Gang der Untersuchung als nächster Anverwandter des Verstorbenen genau unterrichtet –«

»Aber selbstverständlich, Herr Baron,« warf der Direktor mit einer seiner geschmeidigen Verbeugungen ein, doch Bassow fuhr fort, ohne darauf zu achten: »nur von den Forschungen hier habe ich bisher nichts gehört. Also: was wurde festgestellt?«

»Nichts von irgendwelcher Bedeutung, wie schon gesagt. Besuche hat der verstorbene Herr Baron hier nicht empfangen. Vormittags ist er selbst für längere Zeit fort gewesen, dann hat er an unserer Table d'hote gespeist, und bald nach Tisch ist er durch einen der Kellner ans Telephon gerufen worden.«

»Ans Telephon? Und man weiß nicht, von wem?«

»Nein, Herr Baron, leider nicht. Der Kellner hat, mehrfach befragt, immer wieder angegeben, daß er sich den Namen dessen, der ihn beauftragte, den Herrn Baron zu rufen, nicht gemerkt habe. Mit aller Anstrengung hat er sich nicht darauf besinnen können. Das ist ja nun freilich kein Wunder bei uns, wo täglich ein paar hundert Mal telephoniert wird. Aber das ist wohl auch der Grund gewesen, warum die Polizei hier nicht weiter hat vorgehen können.«

»Ob denn ein Herr oder eine Dame meinen Vetter hat sprechen wollen?«

»Ein Herr höchstwahrscheinlich. Der Kellner behauptet mit Sicherheit, die Stimme sei männlich gewesen.«

»Und das ist alles?«

»Nein, Herr Baron, doch nicht so ganz. Eine Kleinigkeit war auffallend – mein Gott – bei solchen Vorkommnissen sucht man ja leicht etwas im Geringsten. Aber der verstorbene Herr Baron hatte sich morgens, bevor er fortging, ein Billett zum Abend für das Opernhaus beim Portier bestellt. Und bald nach dem Telephongespräch hat er dann gesagt, er könne das Billett nicht benutzen, er müsse schon am Nachmittag abreisen. Selbstverständlich hat er dem Portier eine anständige Abstandssumme gezahlt. Der stand noch neben mir am Wagen, als der Herr Baron fortfuhr. Ach, es ist mir noch wie gestern –«

»Die plötzliche Abreise könnte also wohl mit jenem Telephongespräch in Verbindung stehen,« sagte Bassow mit sinnendem Ton.

»Ganz gewiß. Das wäre sehr möglich. Das hat auch der Herr Kriminalschutzmann gemeint. Aber wo man doch nun einmal nicht wußte, wer telephoniert hatte –«

»Ganz recht, es war aussichtslos. Und weiter ist nichts ermittelt worden?«

»Nein, Herr Baron. Zu meinem Bedauern kann ich weiter nichts angeben. Dürfen wir den Herrn Baron zur Table d'hote erwarten?«

»Nein, ich möchte jetzt gleich etwas essen. Bei Ihrer Frage fällt mir ein, daß ich tüchtigen Hunger habe. In fünf Minuten komme ich hinunter.«

»In fünf Minuten wird alles bereit sein. Ich empfehle mich dem Herrn Baron.«

Rückwärts gehend, mit mehrfachen Verbeugungen, verließ der Direktor das Zimmer. Bassow brachte schnell seine Toilette in Ordnung, und erst, als er im Speisesaal an einem kleinen Tisch allein saß, nahm er sich Zeit, über das Gehörte genauer nachzudenken. Die Ausbeute seiner Nachforschung war bisher nur gering. Hundert Leute konnten an seinen Vetter telephoniert haben, und niemand vermochte mit Bestimmtheit zu sagen, ob die plötzliche Abreise wirklich als Folge dieser Telephonunterhaltung anzusehen war. Und doch – je mehr er über das Gehörte nachdachte, um so mehr schien es ihm an Bedeutung zu gewinnen.

Mitten im Essen sprang er auf, ging an das Telephon, das damals auch seinem Vetter die unbekannte Botschaft übermittelt hatte, und ließ die Verbindung mit Garchim herstellen. Mit jäher Freude vernahm er kurz darauf die Stimme der Baronin, die selbst herangekommen war. Er fragte sie, ob an jenem Tage von dort aus irgendeine Botschaft an den Verstorbenen ergangen sei, die seine beschleunigte Abreise veranlaßt haben könnte. Doch war eine bestimmte Verneinung die Antwort. Weder die Baronin, noch einer der Beamten hatte damals nach Berlin telephoniert. Mit Worten des Dankes, die viel wärmer klangen, als es der Anlaß erforderte, beendete Bassow die Unterredung und nahm die unterbrochene Mahlzeit wieder auf.

Die soeben vorgenommene Feststellung war nötig gewesen, bevor seine Gedanken weiterspinnen konnten an einem begonnenen Faden. Einem Faden, der sich vielleicht verschlingen konnte zu einem Netze für den Schuldigen. Wenn Breitenbach wirklich dieser Schuldige war! Denn auf ihn zielten alle Kombinationen des Grübelnden hin. Breitenbach war an jenem Tage in Rostock gewesen, er hatte nach eigener Aussage am Abend mit Bassows Vetter über den Verkauf einer Landparzelle verhandelt, er konnte sehr wohl mittags telephoniert und so die vorzeitige Abreise veranlaßt haben. Das alles war freilich an sich noch in keiner Weise belastend für ihn, aber daß er diesen harmlosen Vorgang verschwieg, daß er die Begegnung mit dem so kurz darauf Ermordeten als eine zufällige hingestellt hatte, das konnte den einmal wachgewordenen Verdacht verstärken. Und Bassow sagte sich, daß jener geschäftliche Handel zwischen den beiden Männern damals vielleicht gar nicht erörtert worden sei, daß ganz andere Dinge die aufeinander Eifersüchtigen zusammengeführt haben konnten, die um desselben Weibes Liebe geworben hatten.

Die nächste Aufgabe war jedenfalls, wenn möglich, festzustellen, ob in der Tat Breitenbach diese Botschaft von Rostock aus aufgegeben hatte. Der Polizei war die Lösung dieser Aufgabe naturgemäß unerreichbar gewesen; denn der Gedanke an einen Verdacht gegen Breitenbach lag ihr ja heute noch meilenfern, und nur auf den schon vorhandenen Verdacht konnte Bassows Vermutung sich gründen. Er befahl dem Kellner, das Kursbuch zu bringen, und bestimmte den ersten Morgenzug des nächsten Tages zur Abreise nach Rostock. Er hatte die glückliche Gabe, sobald er handeln konnte, sich durch keine Zweifel und Bedenken – und sie lagen bei dieser Sache nahe genug – stören zu lassen. Geradeaus ging er mit ruhiger Sicherheit hin auf das nächste Ziel, ohne zur Seite zu blicken.

So war er denn auch am anderen Tage nach gutem und ruhigem Schlaf mit frischem Sinne bei seiner Aufgabe. Unterwegs – er mußte darüber lächeln, wie oft er in diesen Tagen die gleiche Strecke zurücklegte, – vertrieb er sich die Zeit abwechselnd mit Erwägungen, wie der Urheber des damaligen Gesprächs ermittelt werden könne, und mit Gedanken an die Baronin.

Ein kurzer Aufenthalt an dem Knotenpunkte, wo die Bahn abging, die nach Garchim führte, während geradeaus der Schienenweg auf Rostock zustrebte, machte Bassows Erinnerung an das mutmaßlich hier erfolgte Zusammentreffen seines Vetters mit Breitenbach wieder doppelt lebendig. Das Kursbuch hatte bereits am vergangenen Abend klargelegt, daß in der Tat eine Begegnung der beiden zur fraglichen Zeit hier möglich gewesen war. Jetzt blieb nur noch festzustellen, ob sich's um ein absichtliches oder zufälliges Zusammentreffen gehandelt hatte.

Bassow wußte nicht, in welchem der Hotels in Rostock Breitenbach damals gewohnt hatte. Die Zahl der für einen Kavalier in Betracht kommenden Häuser war aber nur gering, und schon im zweiten, bei dem er vorfuhr, sagte man ihm, daß der Gesuchte in der Tat am zweiten Juli hier gewohnt habe. Das Fremdenbuch erteilte diese Auskunft mit Bestimmtheit. Weiter aber war nichts mehr zu erfahren. Die Kellner hatten gewechselt, und es war im Hotel auf keine Weise festzustellen, ob damals Breitenbach telephoniert hatte oder nicht.

Für Bassow blieb nun kein anderer Weg als der Versuch, auf dem Telephonamte nachzufragen und nachzuforschen. Dort war ihm der Umstand günstig, daß jenes Gespräch in der geschäftsstillen Mittagszeit stattgefunden hatte, in der eine einzige Telephonistin den Dienst versah. Sein vornehmer Name machte den höheren Beamten, den er zunächst um Auskunft bat, geschmeidig und höflich, und nach kurzer Zeit hielt Bassow einen Zettel in der Hand, auf dem Mahnung und Name der Telephonistin verzeichnet war, die am zweiten Juli mittags Dienst gehabt hatte. Sie hieß Konradine Börner, und als Charakteristik fügte der Beamte hinzu: »Sie ist eine sehr kränkliche Person, oder sie bildet sich's wenigstens ein. Wir haben unsere liebe Not mit ihr, wie meistens mit solchen Damen aus besseren Ständen. Ihr verstorbener Vater war nämlich Offizier, ein verdienter, tapferer Offizier – Majestät selbst schickten einen Kranz bei seinem Tode. Darum haben wir auch dem Fräulein trotz der vielen Kränkelei nicht gekündigt, was unter anderen Umständen wohl schon geschehen wäre. Aber die Tochter solch eines Offiziers – das ging doch nicht an – nicht wahr, Herr Baron?«

Bassow hörte nur mit halbem Ohr auf die Worte des patriotischen Mannes. Haus und Name dieser kränklichen Konradine Börner interessierten ihn weit mehr, und als er noch erfragt hatte, daß die Gesuchte ganz in der Nähe des Amtes wohne – »Was ja der Pünktlichkeit wegen sehr erwünscht ist, nicht wahr?« – nahm er dankend Abschied und begab sich auf die Suche.

Das bezeichnete Haus war bald gefunden, eins der alten, gotischen Backsteinhäuser mit abgetrepptem Giebel, wie Rostock sie noch besitzt, und in dem die Wohnungen in den oberen Stockwerken immer kleiner und enger, die Fenster immer schmaler werden. Auf anfangs heller und breiter, dann dunkler und steiler emporleitender Treppe stieg Bassow hoch hinan in dem alten Kasten und machte zuletzt vor einer Korridortür Halt, auf der eine Visitenkarte die Wohnung von Konradine Börner, oder vielmehr von ihrer Mutter, der verwitweten Frau Major Börner ankündigte. Ein altmodischer Glockenzug mit baumelndem Holzgriff hing rechts neben der Tür, und Bassow weckte mit seiner Hilfe den Laut einer hell und blechern klingenden Glocke, die, einmal in Bewegung gesetzt, sich nie wieder schien beruhigen zu wollen. Aber sie verstummte doch endlich, und niemand kam. Erst als Bassow mit noch nachdrücklicherem Ziehen ein noch dauerhafteres Geläute vollführt hatte, ließ ein müder, schleppender Schritt sich drinnen vernehmen, und eine ebenso müde und schleppende Stimme fragte durch das Holz der Tür hindurch: »Wer ist denn da draußen? Ich kann jetzt nicht aufmachen.«

»Ich möchte Fräulein Konradine Börner sprechen. Sind Sie Fräulein Börner?«

»Ja, das bin ich. Aber ich kann wirklich nicht aufmachen. Sie müssen ein andermal wiederkommen.«

»Liebes Fräulein, das ist mir nicht gut möglich, weil ich von auswärts komme. Ich bin der Freiherr von Bassow aus Garchim.«

War es auch hier der Freiherrntitel, der ihm nützlich war, – nach einem kleinen Schweigen vernahm er das unsichere Tasten einer Hand innen am Türschloß, und der Eingang tat sich auf. Allerdings vorläufig nur zu einem breiten Spalt, in dem die Figur eines noch nicht alten, aber frühzeitig verblühten Mädchens erschien. Das Gesicht war gelblich-blaß, und von der Nase nach den Mundwinkeln zogen sich ein paar scharfe, frühzeitig eingegrabene Falten hinunter. Den Kopf hatte Konradine Börner mit einem grauseidenen Tuch umbunden, das ein kleines weißes Kissen auf ihrer linken Backe festhalten mußte. Ein intensiver Kamillengeruch ging von ihr aus. Ihr Gesicht erschien in der ovalen, dunklen Umrahmung noch blasser und kränklicher als wohl sonst, ihre großen, braunen Augen schauten halb neugierig, halb mißtrauisch daraus hervor.

Ehe sie die Tür freigab, fragte sie: »Habe ich recht verstanden – Freiherr von Bassow haben Sie gesagt?« Und als er nickte, fügte sie hinzu: »Der Freiherr von Bassow auf Garchim ist ja doch – er ist ja doch gestorben. Das hat in allen Zeitungen gestanden.«

Bassow mußte lächeln, obwohl ihm ernsthaft und aufgeregt zumute war. »Sie haben ganz recht, mein armer Vetter ist ermordet worden. Er hat Garchim vor mir besessen.«

»Ich weiß es – das heißt, daß man ihn ermordet hat. Am zweiten Juli ist es geschehen.«

»Sie wissen sogar noch den Tag?«

»Ja, den werde ich sobald nicht vergessen. An ihm – aber wollen Sie nicht hereinkommen?«

Sie trat bei diesen Worten von der Tür zurück und ließ ihn eintreten. Dann tauchte sie hinein in die tiefe Dämmerung eines langen Korridors und sagte: »Sie erlauben, daß ich vorangehe, Sie finden die Tür sonst nicht; es ist so dunkel.«

Dabei beschleunigte sie die Schritte und öffnete ganz hinten am Korridor eine Tür, aus der nun heller Tagesschein hervordrang. Drinnen lag Sonnenlicht auf einer abgebrauchten, an sich aber altmodisch geschmackvollen Zimmereinrichtung; alles war sauber und blank, weiße Gardinen hingen an dem einzigen Fenster, ein Paar hellrote Efeugeranien blühten dort, und in einem darüber aufgehangenen Bauer sang ein Kanarienvogel sein Lied.

»Bitte, wollen Sie nicht Platz nehmen, Herr Baron?« sagte Fräulein Börner, auf einen steifbeinigen Biedermeiersessel deutend. »Meine Mutter kann ich leider nicht rufen. Sie ist krank – ich bin es eigentlich auch, aber ich habe dazu keine Zeit.«

»Um so freundlicher von Ihnen, daß Sie mir die Möglichkeit geben, mit Ihnen zu sprechen. Es handelt sich um eine für mich sehr wichtige Sache.«

»Entschuldigen Sie einen Augenblick, ich muß erst einmal spülen,« sagte sie und ging zu einem kleinen Tisch am Fenster, wo eine große Tasse auf einem Kaffeewärmer mit Miniaturflämmchen darin stand. Und ihr sonderbares Tun erläuternd, fügte sie hinzu: »Mit Kamillen muß ich spülen. Ich leide so furchtbar an Gesichtsschmerzen, und es gibt kein anderes Mittel, das mir hilft. Aber es muß regelmäßig alle zehn Minuten geschehen, wenn es nützen soll. Also einen Augenblick, – ich bin gleich wieder hier.«

Sie verschwand mit ihrer Tasse, kehrte jedoch, nachdem ein gurgelndes Geräusch im Nebenzimmer laut geworden war, wirklich bald wieder zurück, setzte sich Bassow gegenüber und fragte: »Womit kann ich Ihnen dienen, Herr Baron?«

»Sie haben mir schon gesagt, daß der zweite Juli noch gut in Erinnerung bei Ihnen sei, darum –«

»Gut ist er nicht bei mir in Erinnerung. Schlecht sogar, so schlecht als möglich. An ihm bin ich so krank geworden, daß ich zehn Tage lang meinen Dienst nicht habe machen können. Aus Aerger, aus furchtbarem Aerger. Jede Aufregung wirft sich mir aufs Gesicht, was ja ganz erklärlich ist, weil es Nervenschmerzen sind, wie der Doktor sagt. Und wenn die Nerven irritiert werden –«

»Ich kann das verstehen, mein Fräulein. Aber wenn Sie sich des ganzen Tages noch genau erinnern, dann auch vielleicht einiger Einzelheiten, die an ihm vorgekommen sind. Können Sie mir zum Beispiel sagen, ob damals ein Herr, der hier im Hotel de Russie gewohnt hat, sich mit dem Hotel Kaiserhof in Berlin hat verbinden lassen?«

»Das war es ja!« rief Konradine Börner, vor Aufregung noch bleicher werdend. »Darum hat sich's ja gehandelt, ich bin deshalb so krank geworden. Ich hatte schon furchtbare Schmerzen, als ich meinen Dienst um zwölf Uhr mittags antrat. Es war nicht viel zu tun, aber mir war vor lauter Schmerzen auch so wirr im Kopfe, daß ich angestrengt gar nicht hätte arbeiten können. Und in solch einem Zustande kann einem doch auch einmal ein kleiner Irrtum passieren.«

»Gewiß, gewiß. Und was war es für ein Irrtum?«

»Das will ich Ihnen sagen. So gegen drei Uhr wurde ich durch eine Herrenstimme vom Hotel de Russie aus angerufen; ich sollte ihn mit Nummer 12+243 in Berlin verbinden. Es riß gerade wieder ganz furchtbar in meinem Gesicht, und ob der Herr nun wirklich undeutlich sprach, oder ob es mir nur so vorkam wegen meiner Schmerzen, – ich mußte zweimal nachfragen, bis ich die Nummer verstand. Ich merkte schon am Ton, in dem er antwortete, daß er sehr ungeduldig war. Das machte mich in meinem Zustand noch mehr verwirrt, und so ist mir's denn passiert. Ich verwechselte die Nummern und verband ihn statt mit 12+243 mit 12+245. Das ist auch ein Hotel, das Zentralhotel in Berlin; er aber wollte mit dem Kaiserhof verbunden werden. Was er dann gesprochen hat, und ob ihm irgend etwas Unangenehmes dadurch passiert ist, weiß ich natürlich nicht. Auf einmal aber werde ich ganz furchtbar angeschrien von einer Stimme, die vor Wut geradezu zittert – vor Wut zittert, anders kann ich es nicht ausdrücken. Und er gebraucht Worte gegen mich – Worte! Wissen Sie, Herr Baron, was er gesagt hat? Eine taube alte Jungfer hat er mich genannt, – bei keinem Telephonamte der Welt sollte man mich dulden. Das hat er gesagt, und ich bin beinahe ohnmächtig an meinem Telephon zusammengebrochen. Wir müssen uns ja vieles gefallen lassen in unserem Beruf, aber so etwas war mir doch noch niemals vorgekommen. Für einen Augenblick habe ich nicht einmal mehr meine Schmerzen gefühlt. Aeußerlich bin ich ganz ruhig geblieben, ganz ruhig und vornehm. Zu mir aber habe ich gesagt: Konradine, das läßt du dir nicht gefallen, der Mensch soll seine Strafe haben, den Menschen verklagst du.«

»Da waren Sie ganz im Recht.«

»Natürlich war ich im Recht. Und ich bin auch gleich, nachdem ich fertig war mit meinem Dienst, in das Hotel de Russie gegangen und habe den Oberkellner gefragt, wer um die und die Zeit am Telephon gewesen wäre. Der Kellner hat es auch gleich gewußt und hat gesagt, ein Herr von Breitenbach hätte telephoniert.«

»Breitenbach!«

»Ja, das Fremdenbuch hat er mir sogar gezeigt. Erich von Breitenbach auf Rittergut Lünzin hat in dem Buche gestanden.«

»Also Breitenbach!« sagte Bassow mehr zu sich selbst als zu dem Fräulein. Da war der Name, den er im stillen erwartet hatte, der ihn aber nun, als er ausgesprochen wurde, doch überraschte.

»Ja, Breitenbach!« wiederholte Konradine Börner mit ganz besonderer Betonung für den verhaßten Namen. »Sie werden fragen, ob ich ihn wirklich verklagt habe. Leider ist es nicht geschehen. Mutter hat mir abgeraten; sie hat gesagt, unsereins könnte doch nichts ausrichten gegen solch einen vornehmen Herrn. Mein Gott, man muß ja froh sein, wenn man eine Stellung hat, um sich notdürftig durchzuschlagen. Und wenn ich bedachte, daß ich Mutter, die schon so viel krank ist, noch neue Sorgen bereiten könnte; da hab ich's denn gelassen. Aber vergessen werde ich diesen zweiten Juli mein Lebtag nicht!«

»Ich danke Ihnen recht herzlich, Fräulein Börner. Sie haben mir einen großen Dienst erwiesen durch Ihre Auskunft.«

»Das freut mich sehr, Herr Baron. Und wenn ich Ihnen sonst noch irgendwie dienen kann, – Sie müssen mich nur wieder einen Augenblick entschuldigen. Ich muß erst noch einmal spülen.«

Bassow stand auf. »Nein, ich möchte Sie nicht länger stören. Was ich wissen wollte, das weiß ich. Nur –« er suchte einen Augenblick nach Worten für das, was er noch sagen wollte – »ich möchte mich Ihnen so gerne dankbar erweisen, – aber Sie dürfen mir's nicht übel nehmen. Und weil Ihre Frau Mutter so viel krank ist – Kranke bedürfen doch manchmal einer Flasche Wein – darf ich Sie bitten, Ihrer Frau Mutter hierfür etwas Derartiges zu kaufen?«

Er hatte ein paar Goldstücke hervorgezogen und legte sie diskret auf einen zur Seite stehenden Tisch, auf dem ein vergilbter Brautkranz unter einer Glasglocke lag.

»Ach, Herr Baron!« Konradine Börner wandte sich ab und brach in Tränen aus.

»Aber ich bitte Sie, warum weinen Sie denn?«

»Ich weine, weil es noch so gute Menschen gibt, und ich weine, weil ich in der Lage bin, daß ich Ihr Geschenk nicht zurückweisen darf.«

»Sie nehmen es an? Das freut mich!«

»Nicht für mich, das täte ich wohl niemals. Aber für meine gute Mutter. Wenn die – mein Gott, aber das ist ja viel zu viel!« Sie war ein wenig näher an den Tisch mit dem Brautkranz herangetreten und sah jetzt erst, was Bassow dort niedergelegt hatte.

»Sie haben mir eben Freude gemacht – machen Sie mir jetzt keinen Kummer, indem Sie mein kleines Geschenk für Ihre Frau Mutter zurückweisen.«

»Nein, nein, – o mein Gott, wenn sie das hätte, dann könnte sie ja die Reise machen! Der Doktor möchte sie nämlich gern in ein Bad schicken, – dort haben wir Verwandte, bei denen sie wohnen könnte, aber das Reisegeld hat uns noch immer gefehlt.«

»Sehen Sie, das paßt ja vortrefflich. Und wenn es nicht genug sein sollte –«

»O, es ist übergenug. Ich weiß nur gar nicht, wie ich Ihnen danken soll. Sie sind ein guter, guter Mensch, Herr Baron –«

Ohne daß er es hindern konnte, hatte sie seine Hand ergriffen und einen Kuß darauf gedrückt. Eine Träne fiel zugleich darauf nieder. Bassow lächelte ein wenig verlegen. »So etwas dürfen Sie nicht tun, mein Fräulein. Und nun muß ich gehen, ich halte Sie schon zu lange auf. Leben Sie wohl. Recht gute Besserung für Sie und Ihre Frau Mutter. Und vielen, vielen Dank.«

»Ich habe zu danken ich habe zu danken, Herr Baron.«

Sie begleitete ihn durch den dunklen Korridor bis zur Ausgangstür. Mit Genugtuung sah Bassow, daß auf dem bleichen Gesicht ein leichtes, freudiges Rot aufgeblüht war. Er gab ihr noch einmal die Hand und sagte: »Und nun schelten Sie mir nicht mehr auf den zweiten Juli. Ohne den wäre ich nicht hier. Wir müssen, was uns das Leben bringt, immer aus einer gewissen Distanz betrachten, dann gewinnt es meist ein anderes Gesicht.«

Er ging, aber Konradine Börner blieb in der Tür stehen und blickte ihm nach, bis er auf der Treppe verschwunden war.

Nun erst konnte sich Bassow mit seinen Gedanken in das Gehörte vertiefen. Der Freude, seinen Zweck erreicht zu haben, mischte sich aber jetzt auch allerlei Zweifel bei. Der geistigen Anspannung folgte die Ernüchterung naturgemäß. Er hatte festgestellt, daß Breitenbach damals wirklich an seinen Vetter telephoniert hatte, daß dieser höchstwahrscheinlich auf Grund jenes Telephongesprächs vorzeitig von Berlin abgereist war, daß also die abendliche Begegnung der beiden verabredet und nicht, wie Breitenbach ausgesagt hatte, zufällig gewesen war. Aber was bedeutete diese Feststellung für eine Schuld Breitenbachs? Doch nur die Verstärkung eines vielleicht möglichen Indizienbeweises, nicht mehr. Der wirkliche Beweis, wenn Breitenbach in der Tat schuldig war, blieb immer noch zu erbringen. Und er sah vorläufig keinen Weg dafür. Das belastete seine Seele, und auf der Heimfahrt klang die Musik der unermüdlichen Räder in ein gleich unermüdliches Grübeln des tief in Gedanken Versunkenen hinein.

Die Züge lagen so, daß er vor Abend nicht in Garchim sein konnte. Derselbe Zug, in dem Breitenbach damals gefahren war, brachte Bassow zurück. Er hatte telegraphisch einen Wagen an die Bahn bestellt und war um zehn Uhr ungefähr zu Hause.

Das erste, was der Diener Franz ihm verkündete, war die Nachricht von der am Nachmittag erfolgten Verhaftung des Mannes, der das Mordattentat auf Herrn von Breitenbach verübt hatte. »Gestanden soll er auch schon haben,« fügte Franz hinzu.

»Gestanden – was?«

»Nun, daß er auf den Herrn von Breitenbach geschossen hat.«

»Und weiter nichts?«

»Was meinen der Herr Baron?«

»Ob er gestanden hat, auch an der Mordtat hier beteiligt gewesen zu sein?«

»Das kann ich nicht sagen, Herr Baron. Wir wissen überhaupt noch nichts Näheres. Nur, daß der Mensch verhaftet ist und daß er gestanden haben soll.«

»Es ist gut, Franz. Wir werden ja morgen alles erfahren.«

Der Diener ging, und Bassow blieb allein in seinem Zimmer. Die neue Nachricht fachte sein aufgeregtes, eben ein wenig zur Ruhe gekommenes Grübeln doch frisch wieder an. Tausend Möglichkeiten erwägend, schritt er lange Zeit auf und nieder. Endlich aber zwang er die durcheinanderwogenden Gedanken mit Gewalt hinab. Sie waren zwecklos, und er haßte die zwecklosen Dinge.

Ans Fenster tretend, sah er nach dem anderen Schloßflügel hinüber. Ja, da drüben bei der Baronin war auch noch Licht. Er wäre gern sogleich zu ihr gegangen, um alles mit ihr zu besprechen, doch es war zu spät, und er hatte sich eigentlich auch vorgesetzt, erst mit einem wirklichen, positiven Ergebnis vor sie hinzutreten. Der Anblick des warmen Lichtscheins aber dort gegenüber wirkte beruhigend auf ihn, ließ das Gefühl die Gedanken übertönen. Alles, was er tat, geschah ja doch nur für sie. Dort hinter jenen warmleuchtenden Fenstern wohnte sein Glück! Und wenn er es auch niemals erreichen, es niemals in Händen halten sollte, wie ein ferner, schimmernder Stern stand es trotzdem an seinem Himmel.

Als er sich endlich abwandte und ins Zimmer zurücktrat, glitt sein Blick flüchtig über die dunklen Baumgruppen des Parkes dahin. Aber dieser eine Blick weckte doch die Erinnerung an das, was ihn den ganzen Tag über zwischendurch schon immer beschäftigt hatte. Der Aufbau des zerstörten Pavillons der Baronin! Der Gedanke daran konnte den Tag friedlich beschließen, seine Seele beschäftigen, eine ruhige Nacht für ihn einleiten.

Er hatte den vorhandenen Plan für den Ersatzbau nicht wieder angeschaut, seit ihn der Staatsanwalt ermächtigt hatte, die auf dem Schreibtisch des Ermordeten liegenden Papiere an sich

zu nehmen. Seit jenem Tage ruhten sie wohlverwahrt und fest verschlossen in seinem Geldschrank, in den er sie zu höherer Sicherheit gelegt hatte, weil doch die Untersuchung immer
noch einmal auf sie zurückgreifen konnte. Jetzt öffnete Bassow die Geldschranktür und suchte
aus den Papieren den Plan für den Pavillon hervor, setzte sich mit ihm an den Schreibtisch und
begann, den Entwurf eines offenbar geschickten Architekten zu studieren.

Das Bauwerk war zierlich und hübsch, aber Bassow hätte gern doch noch etwas anderes, ganz
Besonderes an seiner Stelle gehabt. Er prüfte, veränderte und verschönerte in Gedanken und
betrachtete die saubere Zeichnung, die von dem Original auf Pauspapier übertragen war, immer
aufs neue. Dabei schob und hob er sie auch einmal näher an das Licht, um dann unwillkürlich
mit der Hand darüber hin zu fahren. Da war etwas gewesen, was ihn störte, was wie ein leichter
Fleck auf dem Papier lag. Aber es verging nicht unter seiner Hand, es war kein Staub, kein lose
darauf liegender Schmutz. Es war wie ein Schatten, der nur bei bestimmter Haltung des Papieres
gegen das Licht hervortrat und wieder verschwand, wenn man das Blatt anders wandte.

Bassow nahm eine Lupe und betrachtete das wunderliche Merkmal mit ihrer Hilfe genauer.
Sonderbar! Nun trat es deutlich hervor, ohne sich doch sogleich zu erklären. Ein Eindruck
im Papiere war's, ein Eindruck oder Abdruck von ungewöhnlicher Form. Als wenn jemand
einen Kreis mit einem ziemlich breitarmigen Kreuze darin auf dem Papier abgedrückt hätte.
Sonderbar! Was konnte dies geheimnisvolle, schattenhafte Zeichen aus dem Papier bedeuten?
Bassow saß und schaute, schüttelte den Kopf und schaute wieder. Um dann plötzlich aufzu-
springen, von einem überraschenden Gedanken emporgejagt. Von einem Gummiabsatz unter
einem Stiefel mußte dieser Abdruck herrühren! Es gab viele Männer, die sich solcher Absätze
bedienten; es fiel Bassow ein, wie häufig er im Winter solche Kreise mit Kreuzen abgepreßt
im Schnee gesehen hatte. Hier aber an diesem Abdruck zeigte sich bei genauer Prüfung noch
ein besonderes Kennzeichen. Eine der Ecken, die durch das Zusammentreffen von zwei Kreu-
zesarmen gebildet wurden, war offenbar im Gummi durch einen scharfen Stein oder ein Eisen
abgestoßen worden und fehlte. Darum auch hier im Abdruck. Das Papier mußte – darüber war
sich Bassow nun ganz klar – zu Boden gefallen sein, der Träger des Absatzes mußte den Fuß,
wahrscheinlich auf einem weichen Untergrunde, darauf gesetzt und so den Abdruck – vermutlich ganz unbewußt – erzeugt haben.

»Mein Gott, mein Gott, wenn sich hier ein Weg auftäte zur Klarheit!« Bassow hatte die Hände
ineinandergekrampft und murmelte die Worte mit bebenden, zuckenden Lippen. Aber nur keine Trugschlüsse, keine Ungenauigkeiten oder Uebereilung! Alles mußte ganz genau, ganz ruhig
durchdacht werden, so ruhig wenigstens, als es möglich war bei diesem wild klopfenden Herzen.
Es war ja Zeit, und hier war Einsamkeit, Stille; die ganze Nacht lag vor ihm für solche Prüfung
der Dinge. Sich zur Ruhe zwingend, begann er durchzudenken, was geschehen war, langsam,
sorgfältig, von Schritt zu Schritt, geduldig fortschreitend. Bassow rief sich genau zurück, was
man ihm gesagt hatte. Die Baronin hatte den Brief empfangen, in dem dieser Plan geschickt
worden war, hatte das an sie gerichtete Schreiben geöffnet und am Abend zusammen mit der
Zeichnung und anderen Papieren persönlich auf den Schreibtisch ihres Mannes gelegt. Auf diesem Tische war es denn auch nach der Ermordung am anderen Morgen gefunden worden, doch
hatten die verschiedenen Blätter ein wenig ungeordnet umhergelegen, und auch das goldene,
später im Toten See gefundene Falzbein, womit nach ihrer eigenen Aussage die Baronin die
Papiere beschwert hatte, war verschwunden gewesen. Die Schriften hatten hinterher aber stets
in dem fest verschlossen gehaltenen Zimmer gelegen, bis Bassow selbst sie von dort entfernte;
außer den Gerichtspersonen hatte sie niemand berühren können.

Das waren die Tatsachen, womit Bassow zu rechnen hatte, doch ging er, bevor er weitere
Schlüsse zog, noch einmal an den Geldschrank und holte Begleitschreiben und Briefumschlag
der Zeichnung hervor. Auf keinem von beiden war eine Spur jenes Hufeisenabdrucks zu sehen.
Er mußte sich also entweder bereits vor Absendung des Planes darauf befunden haben, – und
das war sehr unwahrscheinlich, weil durch die Zusammenpressung der Briefe in einem Post-
pakete der Abdruck auf dem feinen Pauspapier wahrscheinlich sehr an Deutlichkeit verloren
hätte, – oder das verräterische Zeichen war ihm hier in Garchim erst ausgeprägt worden. Auch

die Zeitgrenzen, innerhalb deren dies geschehen sein konnte, ließen sich mit großer Genauigkeit feststellen. Der Brief trug einen Stempel, der besagte, daß er am zweiten Juli in den Morgenstunden zwischen sieben und acht Uhr in Berlin aufgegeben worden war. Er mußte demnach mit der Nachmittagspost desselben Tages, die gegen sechs Uhr nach Garchim kam, eingetroffen sein. Abends hatte die Baronin das Papier in ihres Mannes Zimmer gelegt; es blieben also nur wenige Stunden, in denen das Abzeichen auf den Plan gekommen sein konnte.

Und nun erfolgte in Bassows Geist ein wunderbarer Vorgang. Es war ihm, als wenn er plötzlich in einer Halluzination das vor sich erblickte, was an jenem schwülen Sommerabend im Zimmer seines Vetters geschehen sein konnte. Er selbst befand sich in diesem Zimmer, das zuerst nur unerkennbar wie schwarze Nacht in tiefster Finsternis ihn umgab. In die Finsternis hinein dann ein Ton. Ein langsames, leises, mühsames Tasten und Arbeiten am Schlosse der Glastür nach dem Park hinaus, ein Klang des umgedrehten Schlüssels, ein Sichöffnen der Tür. Zugleich das Eindringen eines ganz matten Lichtes aus dem dunklen Park in das tiefschwarze Zimmer herein. Und in der hohen, länglich viereckigen, von solch mattem Licht erfüllten Oeffnung die finstere Silhouette einer Menschengestalt. Nein, zweier Gestalten. Bassow sah das, weil sich die erste zur Seite wandte. Sie trug die zweite, bewegungslose auf ihrem Rücken, indem sie deren Arme über ihre Schultern gezogen hatte und an den Händen festhielt. Und weil diese zweite, getragene Gestalt viel kleiner war, als die erste, konnten ihre Füße nicht auf den Boden kommen, konnten keine Spur zurücklassen. Jetzt waren beide Gestalten verschwunden, hineingetaucht in die Finsternis des Zimmers. Nur noch ein langsamer, vorsichtig tastender Schritt, ein lautes, aufgeregtes Atmen aus der Dunkelheit hervor. Dann ein plötzlicher, krachender Ton, doppelt laut in der tiefen Stille der Nacht. Ein Stuhl mußte gestürzt sein, der im Wege gestanden hatte. Gräßliches, angstvolles Schweigen folgte, nur auch jetzt unterbrochen von den lauten, raschen Atemzügen des unsichtbaren Mörders. Aber der stürzende Stuhl hatte keinen Menschen herbeigerufen; in den weiten Räumen des großen Gebäudes war der Ton ungehört verhallt und gestorben. Wieder nun der langsame, tastende Schritt, ein Hinstreifen an Möbeln, ein Knistern von Papier, das Rücken von einem Sessel, ein leiser, schwerer, dumpfer Ton, und endlich ein befreites Aufatmen aus tiefer Brust. Und auf einmal die große, schwarze Gestalt abermals vor der blassen Helle der Türöffnung, die nun verschlossen wurde und verschwand. Erneutes Tasten, Schweigen und Schleichen, dann ein plötzliches Aufleuchten der elektrischen Lampe, die auf dem Schreibtische stand, von einem grünen, seidenen Schirm umhüllt, und ihr Licht ergoß über das bleiche Gesicht eines toten Mannes im Sessel davor, über ein paar beim Niederlegen des Körpers herabgestreifte, zu Boden gefallene Papiere, über die große Gestalt eines anderen Mannes, der wieder herangetreten war und sich niederbeugte, um die Papiere vom Boden aufzuheben und auf den Tisch an ihren Platz zu legen. Jetzt fiel das Licht auch auf das Gesicht des zweiten Mannes, – und Bassow kannte das Gesicht!

Rasch, wie vorübergleitende Schatten waren die Bilder gekommen und gegangen. Er strich sich mit der Hand über Stirn und Augen, versuchte zu lachen, und schauderte zugleich zusammen. Ja, so konnte geschehen sein, was jener Abend mit seiner Dunkelheit umhüllt hatte. So konnte der Mörder, den Toten in der Finsternis hereinschleppend in sein eigenes Zimmer, die Papiere vom Schreibtisch herabgestoßen und sie achtlos wieder daraufgelegt haben, ohne zu bedenken, daß er darauftretend mit seinem Fuß eine deutliche Spur daraufgeprägt hatte. Eine Spur, die nur von ihm stammen konnte, die den Herren vom Gericht entgangen war, die aber Bassow im hellen Scheine des elektrischen Lichtes entdeckt hatte und nun in seinen Händen hielt. Wenn seine Schlüsse richtig waren, dann bedeutete diese Spur den Beweis einer abscheulichen Tat, und er war entschlossen, ihr nachzugehen bis ans Ziel, sobald der neue Morgen heraufstieg.

Als aber dieser Morgen mit hellem, nüchternem Lichte wirklich kam, da wurden in der Seele Bassows die nächtlichen Phantasiebilder merkwürdig blaß. Er fragte sich, ob seine Kombinationen standhalten könnten vor der Beleuchtung ruhigen Ueberlegens, ob er sich wirklich auf richtiger Spur befände, ob die neue, gegenwärtig von den berufsmäßigen Vertretern des Rechtes verfolgte Fährte nicht möglicherweise doch eher ans Ziel führen könne als die Versuche des dilettantischen Helfers. Ein plötzlicher Gedanke trieb ihn ans Telephon. Er ließ die Verbindung mit der Gendarmeriestation herstellen und bat um Untersuchung, ob der Verhaftete vielleicht mit Gummiabsätzen beschlagene Stiefel trage. Der Wachtmeister, der ans Telephon gekommen war, hatte zunächst einige Mühe, ihn zu verstehen, zuletzt aber begriff er und versprach sofortige Prüfung.

Bevor sie vollendet war, verging einige Zeit, und sie erschien Bassow noch zehnmal so lang. Endlich aber ertönte die Klingel, er konnte zum Telephon eilen und eine Antwort vernehmen, bei der er bleich vor Ueberraschung zurücktrat: »Ja, der Gefangene trug solche Stiefel!«

Dreizehntes Kapitel

Die Polizei hatte diesmal in der Tat prompt gearbeitet. Am Nachmittag des vorigen Tages hatte sie den Menschen aufgefunden und in Haft genommen, der das Attentat auf den Besitzer von Schloß Lünzin verübt hatte, und den man daneben eines anderen, vollendeten Verbrechens dringend verdächtig hielt. Er hatte nach eigener Aussage das Gebiet von Lünzin in der Zwischenzeit nicht verlassen, sondern sich in Strohdiemen, Heuschuppen und Waldesdickicht verborgen gehalten. Als man ihn dann in einem alten, verlassenen Kalkofen endlich entdeckte, dessen Sohle ein Paar Zentimeter hoch unter Wasser stand, zog man ein verkümmertes, krankes, vor Frost und Fieber zitterndes Geschöpf hervor, das um ein Stück Brot bettelte, seinen Hunger zu stillen. Papiere trug der abgemagerte, heruntergekommene Mensch nicht bei sich; er behauptete, sie befänden sich in einem Koffer, den er in Berlin in der Wohnung eines Verwandten zurückgelassen habe. Nach seinem Namen befragt, gab er an, Xaver Höhenleitner zu heißen und in einer Stadt Niederbayerns geboren worden zu sein. Den Mordversuch gegen Herrn von Breitenbach gestand er ohne weiteres zu, verweigerte jedoch alle sonstigen Mitteilungen über Beweggrund und Zweck seines Verbrechens. Den Mord an Baron Bassow bestritt er mit müder Entschiedenheit.

Vielleicht war er zunächst wirklich zu schwach und erschöpft von Hunger und Krankheit, um zu weiterer Vernehmung fähig zu sein. So brachte man ihn denn für die Nacht in das Dorfgefängnis von Lünzin und erstattete telegraphisch Bericht an die Staatsanwaltschaft. Von ihr erging die Weisung, den Verbrecher am anderen Morgen um halb zehn Uhr nach Schloß Lünzin zu bringen, wohin der Staatsanwalt in Person zur Abhaltung eines Lokaltermins kommen würde. Zur festgesetzten Zeit ging der Transport vor sich. Der Gendarmeriewachtmeister zu Pferde und ein anderer Gendarm zu Fuß – derselbe, der den Verhafteten schon vor mehreren Wochen in der Gegend beobachtet hatte, – bewachten den Verbrecher, der noch ebenso kläglich aussah wie am Tage zuvor und von häufigen Hustenschauern geschüttelt wurde.

Schloß Lünzin war offenbar zu gleicher Zeit und vom gleichen Architekten erbaut worden wie Schloß Garchim. Es wirkte wie eine Wiederholung des dortigen Gebäudes, nur in kleineren Abmessungen. Auch hier sprangen an den Enden des langgestreckten Bauwerks zwei Flügel nach dem Park hin vor, auch hier dehnte sich eine niedrige Terrasse zwischen diesen Flügeln aus, und hier, wie zu Lebzeiten des ermordeten Besitzers von Garchim, lag das Arbeitszimmer des Schloßherrn im Erdgeschoß nach dieser Terrasse hinaus, auf die sich eine Glastür öffnete. Nur der Park war anders als in Garchim. Schon vor längerer Zeit hatte man hier den französischen Charakter der Anlage aufgegeben, und so machte sie nun den Eindruck eines halbverwilderten englischen Gartens.

Wenige Minuten vor halb zehn Uhr traf der Staatsanwalt von Sieglitz in Begleitung seines Protokollführers, des eleganten Referendars Widukind, auf Lünzin ein. Während ihr Wagen in den Hof einfuhr, kam Breitenbach von der anderen Seite zu Pferd im Galopp heran und begrüßte die Gerichtsherren, mit kraftvoller Geschicklichkeit absteigend. Ein Lächeln war auf seinem Gesichte, der Anschein heiterer Frische in seinem Wesen.

»Ich bitte sehr um Entschuldigung, daß ich mich beinahe verspätet habe; gerade im Augenblick haben wir eilige Arbeit, ich mußte gleich nach dem Frühstück zum Vorwerk hinaus.«

»Nun, Sie sind ja pünktlich zur Stelle, Herr von Breitenbach,« sagte der Staatsanwalt, der mit rückwärts gebeugtem Kopfe nach den Tauben zu spähen schien, die aufgescheucht in der Luft umherschossen. »Vor allem gratuliere ich Ihnen, daß der Schurke jetzt in unseren Händen ist, der Ihnen nach dem Leben getrachtet hat.«

Breitenbach lachte. »Ach, meinetwegen hätte der Kerl sich seiner Freiheit noch weiter freuen können. Furcht ist ein Gefühl, das ich nicht kenne.«

Stolz aufgerichtet stand er einen Augenblick da, ein Bild von Kraft und Gesundheit, um dann dem Stallknechte, dem er die Zügel seines Pferdes zugeworfen hatte, zuzurufen: »Der Gaul soll gesattelt bleiben; ich reite vielleicht noch nachher, – vorausgesetzt, daß die Vernehmung nicht zu lange dauert.« Er fügte die letzten Worte mit höflicher Wendung nach dem Staatsanwalt hinzu, der entgegnete: »Ich denke, wir werden kaum lange zu tun haben. Der Kerl ist ja geständig, in bezug auf das gegen Sie verübte Verbrechen wenigstens. Die Hauptsache wird sein, ihm auch die Tat in Garchim nachzuweisen.«

»Hoffentlich glückt es Ihnen,« sagte Breitenbach mit unverändert heiterem Ausdruck im Gesicht und nötigte die Herren zum Eintreten, die sich unter seiner Führung in das nach der Terrasse hinaus liegende Arbeitszimmer begaben. Hier wurden die bereits genau untersuchten Vorgänge bei dem gegen Breitenbach verübten Attentat noch einmal rekapituliert; dann sagte der Staatsanwalt: »Ich werde nun zunächst den Verhafteten vernehmen. Sie halten sich wohl freundlichst zu Hause, daß ich Sie kann rufen lassen, wenn eine Konfrontierung mit Ihnen notwendig ist.«

Stumm und leicht sich verneigend, verließ Breitenbach das Zimmer. Kurz darauf brachten die beiden Gendarmen den Gefangenen herein. Er war wohl kaum dreißig Jahre alt, aber nur noch die traurige Ruine eines Menschen. Sein ehemals bartloses, jetzt unrasiertes Gesicht war von schmutziggrauer Farbe, seine Glieder steckten in einem abgetragenen, an verschiedenen Stellen zerrissenen Anzuge. Weil er taumelte und beinahe zu Boden gestürzt wäre, als die Gendarmen ihn freigaben, gestattete der Staatsanwalt, ihm einen Stuhl zu reichen, auf den er halbohnmächtig, hustend und röchelnd niedersank. Als er zu reden begann, geschah es mit bayerischem Dialekt, der aber – wohl durch langen Aufenthalt unter anders redenden Menschen – schon einigermaßen abgeschliffen war.

»Wenn der Herr Staatsanwalt die Gnade haben möchten, es kurz zu machen. Ich bin halt sehr krank und werd's nicht lange mehr machen. Ich hab's ja auch schon g'stand'n –«

»Es wird von Ihnen abhängen, wie lange die Vernehmung dauert. Wenn Sie keine Schwierigkeiten machen, wird sie rasch erledigt sein. Zunächst also die Personalien. Wie heißen Sie? Wann und wo sind Sie geboren worden?«

»In Passau, im Jahre 1880. Xaver Höhenleitner ist mein Name. Mein Vater war Schreiner, aber die G'schäfte sind halt schlecht 'gangen. Als Kind schon hab ich's Hungern g'lernt.«

»Haben Sie auch den Beruf Ihres Vaters ergriffen?«

»Zuerst freilich. Aber beim Militär, da haben's mich zurechtgestutzt. Ich bin Diener g'worden bei einem der Herren Offizier'. Und hinterher hab' ich dann auch eine Stell' als Diener bekommen.« Er sprach offenbar mit großer Anstrengung und hielt seine linke Hand auf die Brust gepreßt, als wenn er dort Schmerzen hätte.

»Wo waren Sie in Stellung und bei wem?«

Ein grimmiges, grausames Lächeln flog über das graue Gesicht. Der Kopf bewegte sich mit einer deutenden Bewegung. »Bei ihm!«

»Wollen Sie sagen: Bei Herrn von Breitenbach?«

»Ja, bei ihm!«

»Wo war das?«

»Auf seinem Gut bei Augsburg.«

»Waren Sie lange dort?«

»Etwas über ein Jahr.«

»Dann wurden Sie entlassen?«

»Nein, freiwillig bin ich 'gangen.«

»Glaubten Sie Grund zu haben, mit Ihrer Stellung unzufrieden zu sein? Hatten Sie einen Haß auf Herrn von Breitenbach?«

»Damals noch nicht.«

»Was soll das heißen? Sind Sie später noch weiter mit ihm zusammengekommen?«

»Einmal nur, bis zu dem Abend, wo ich hier auf ihn g'schossen hab'.«

»Erzählen Sie mir alles geordnet in Ruhe. Regen Sie sich nicht auf. Sagen Sie mir zunächst, wohin Sie gegangen sind, nachdem Sie die Stellung bei Herrn von Breitenbach verlassen hatten.«

»Damals bin ich nach Amerika 'gangen.«

»So? Hatten Sie einen Anlaß, Deutschland zu verlassen? Hatten Sie sich schon so viel Geld erspart, um die Reise machen zu können?«

»Nein – das nicht. Erspart hab ich mir das Geld dafür nicht g'habt.«

»Woher haben Sie es dann bekommen?«

Der Verhaftete schwieg einen Augenblick und preßte seine Hand noch fester auf die Brust, um dann widerstrebend zu sagen: »Das Geld hat mir halt der Herr von Breitenbach gegeben.«

»Da hätten Sie doch allen Grund, ihm dankbar zu sein.«

Der Kranke bewegte seinen Körper hin und her, wie von heftigen Schmerzen gepeinigt. »Ich tät schön bitten, Herr Staatsanwalt, lassen's die alten G'schichten ruhen. Es ist eine Sach' zwischen mir und dem Herrn von Breitenbach, und 's regt mich halt so furchtbar auf und macht mich noch kränker, als wie ich's ohnedem schon bin, wenn ich das alles hier sagen soll. Ich hab ja doch schon g'stand'n, Herr Staatsanwalt.«

Einen Augenblick überlegte Herr v. Sieglitz, um dann mit herablassender Freundlichkeit zu sagen: »Sie scheinen mir wirklich nicht ganz wohl zu sein, und ich werde veranlassen, daß ein Arzt zu Ihnen kommt. Verzichten kann ich auf die weitere Vernehmung nicht, aber wenn gerade dieser Punkt Sie besonders aufregt, können wir ihn ja jetzt lassen. Ich werde zunächst ein paar andere Fragen an Sie richten. Wo und wann haben Sie den verstorbenen – ermordeten Baron von Bassow kennen gelernt?«

»Gekannt hab ich den Herrn Baron überhaupt eigentlich nicht. Was man so kennen heißt. G'sehn hab ich ihn zweimal in meinem ganzen Leben.«

»Wo war das? Wann und wo sahen Sie ihn das erstemal?«

»Hier in dem Zimmer da, Herr Staatsanwalt.«

Herr von Sieglitz brachte seinen Kopf in eine sehr unbequeme Lage, um den Gefangenen auf etwaige Zeichen der Unzurechnungsfähigkeit hin zu betrachten. Er enthielt sich aber der Kritik über die eben erhaltene, merkwürdig klingende Auskunft und fragte in scheinbar gleichgültigem Tone weiter: »Als Sie den Herrn Baron zum ersten Male sahen – in dem Zimmer hier, war noch sonst jemand zugegen?«

»O ja, der Herr von Breitenbach.«

»So? Und wo haben Sie den Baron von Bassow das zweitemal gesehen?«

»In einem Wirtshaus ist das g'wesen, Herr Staatsanwalt, in einem Dorf, nicht weit von hier entfernt. Aber wie's g'heiß'n hat, kann ich nimmer sagen. Ich bin halt wenig bekannt in der Gegend hier. Aber der Herr Baron hat sich im Wirtsgarten drauß'n mit mir niederg'setzt und hat mir zu essen geben lassen und zu trinken auch.«

»Diese Tatsache ist mir von anderer Seite bestätigt worden. Von dem Wirte des fraglichen Gasthauses. Er hat eine ziemlich genaue Personalbeschreibung von Ihnen gegeben. Und wie kam der Herr Baron dazu, sich dort mit Ihnen zu unterhalten?«

»Er hätt' halt eine Auskunft von mir haben mögen.«

»Eine Auskunft? Und worüber?«

Der Gefangene zögerte einen Augenblick und sagte dann in dem grimmigen, haßerfüllten Tone, den er jedesmal bei der Nennung dieses Namens anschlug: »Ueber den Herrn von Breitenbach.«

Der Staatsanwalt machte mit Schultern und Händen eine Bewegung der Ungeduld. »Breitenbach und immer wieder Breitenbach. Man kann Sie fragen, was man will, Sie antworten jedesmal: ›Herr von Breitenbach.‹ Das macht ja beinahe den Eindruck wie eine fixe Idee. Da wollen wir doch zunächst einmal konstatieren, ob dieser Herr, der eine so große Rolle in Ihren Phantasien spielt, Sie denn in Wirklichkeit überhaupt kennt oder nicht. Gendarm Hoyer, gehen Sie einmal hinüber, und bitten Sie den Herrn von Breitenbach hierher.«

»O nein, Herr Staatsanwalt, ich tät' schön bitten, lass'n 's den Herrn von Breitenbach nicht daherkommen. Den Menschen, wenn ich ihn noch einmal sehen müßt', – o, tun 's mir das nicht an, Herr Staatsanwalt.«

Mühsam hatte sich Höhenleitner von seinem Stuhl erhoben und seine gefalteten Hände bittend ausgestreckt. Keuchend hob und senkte sich seine Brust.

Aber der Staatsanwalt achtete nicht auf sein Bitten. Er sagte, zu dem Gendarm gewendet, der bei den Worten des Gefangenen an der Tür ein wenig gezaudert hatte: »Gehen Sie. Rufen Sie Herrn von Breitenbach. Wir wollen Klarheit in die Sache bringen.«

Die Arme sanken dem Gefangenen hinab, die Hände lösten sich auseinander, aber nur um sich gleich zu Fäusten zu ballen, die krampfhaft bebten und zuckten. So bot er ein erbarmungswürdiges Bild von Schwäche, Wut und Verzweiflung zugleich.

Es dauerte nur kurze Zeit, bis Breitenbach in Begleitung des Gendarmen in der Tür erschien. Auf seinem Gesichte war noch immer das Lächeln, womit er den Staatsanwalt begrüßt hatte, und er fragte mit leichtem Ton: »Worin kann ich Ihnen dienen, Herr von Sieglitz?«

»Ich möchte Sie bitten, sich diesen Menschen hier einmal genau anzusehen. Er gibt an, Xaver Höhenleitner zu heißen und früher bei Ihnen in Diensten gestanden zu haben.«

»Gern.« Breitenbach trat ein wenig näher an den Gefangenen heran, blieb jedoch immer noch einige Schritte von ihm entfernt. Er betrachtete aufmerksam das ihm zugewandte, vom Fenster her hell beleuchtete Gesicht, aus dem die eingefallenen Augen unheimlich hervorleuchteten, schüttelte dann aber den Kopf. »Nein, Herr Staatsanwalt, ich kenne diesen Menschen hier nicht. Ein Diener des Namens, den Sie nannten, hat in der Tat vor Jahren einmal bei mir in Dienst gestanden. Dieser Gefangene hier ist aber nicht mit ihm identisch.«

»Haben Sie ihn genau betrachtet? Er ist krank und heruntergekommen, – er kann sich verändert haben.«

»Ich bin meiner Sache ganz gewiß. Der wirkliche Xaver Höhenleitner, der meines Wissens in Amerika ist, hat eine Narbe über dem rechten Auge, die bei diesem fehlt.«

Ein erstauntes, verzerrtes Lächeln war zuerst über die noch bleicher gewordenen Züge des Gefangenen gegangen bei den Worten Breitenbachs. Jetzt aber nahmen sie den Ausdruck einer fassungslosen Wut an; sein ganzer Körper begann zu beben, und er schrie mit heiserer, entstellter Stimme: »Was, verleugnen will mich der Herr? Da muß ich mich dem Herrn wohl a bisserl ins Gedächtnis zurückrufen. Ich kenn' den Herrn schon, und ich hab' nichts vergessen von dem, was ich g'wußt hab' und weiß. Auch nichts von dem Meineid, den der Herr von Breitenbach g'schworen hat vor Gericht!«

»Was soll das heißen?« Streng, aber zugleich ein wenig betroffen tat Herr von Sieglitz die Frage. Breitenbach schwieg und lächelte noch immer, doch dies Lächeln wurde nach und nach von einer kalten Starrheit, als wenn es festgefroren wäre auf seinem Gesicht.

»Das soll heißen, daß der hochedle Herr von Breitenbach daher g'hört, daher an mei' Seit'n, wo die Angeklagten ihren Platz haben. Daß er schon lang' das ist, wozu er mich erst g'macht hat, ein Lump und ein Verbrecher!«

»Halten Sie es für angebracht, Herr Staatsanwalt, solchen Unsinn, – solchen Wahnsinn länger anzuhören?«

Mit einem heiseren Lachen in der Stimme tat Breitenbach die Frage. Aber war es der sonderbare Ton seiner Worte, war es der Klang der Wahrheit im Wutschrei des Gefangenen, – der Staatsanwalt warf einen Blick erwachenden Mißtrauens auf den lächelnden Frager und entgegnete: »Der Mann mag sagen, was er zu wissen meint. Es wird Ihnen ja voraussichtlich leicht werden, seine Behauptungen zu widerlegen.«

»Ja, Herr Staatsanwalt, das dürfen's mir nicht verbieten, daß ich Ihnen jetzt sagen tu', was ich weiß. Diener bin ich g'wesen bei diesem Herrn, bei diesem selben Herrn von Breitenbach hier, – acht Jahr sind's g'wesen im vergangenen Frühjahr. Er ist mir kein schlechter Herr g'wesen, ich muß es sagen, wie's ist; und ich hab' ihm darum auch nichts Böses gewollt und hab's Maul gehalten, wie die Sach' mir offenbar worden ist. Das ist nämlich so g'wesen: Eines Morgens, wie ich in der Früh den Papierkorb ausg'leert hab' im Arbeitszimmer von dem Herrn von Breitenbach, von diesem Herrn hier, wo da vor mir steht, – da hab' ich in dem Papierkorb einen Brief g'funden. Zerrissen war er schon, aber nur so zwei-, dreimal durchg'riss'n in große Stück', wie's die Herrschaften manchmal tun, weil s' nicht daran denken, daß ein Diener gern etwas wissen möcht' von die Heimlichkeiten von seine Herrschaft. Ich aber, ich hab' noch keinen Diener kennen g'lernt, wo solch einen Brief nicht 'rausklaubt aus dem andern Papier und in seine Tasch'n steckt und sauber wieder z'sammensetzt, wenn er Zeit hat und allein ist. Na, so hab' ich's denn auch g'macht. Und ich hab' den Brief ganz gut wieder z'sammenbracht, daß ich ihn hab' lesen können. Und er ist g'schrieb'n g'wes'n von einem Fräulein Eugenie Neubeck, wo ich ganz gut gekannt hab'. Weil ich öfter hab' zu ihr müss'n und Botschaften hintragen vom Herrn von Breitenbach und Buketter und so dergleichen. In dem Brief im Papierkorb aber hat's g'schrieb'n, wie sie unglücklich wär', und wie der Herr ihr doch versprochen g'habt hätt', daß er sie heiraten tät; und wie er nun sein Wort nicht hielte. Wo die Sach' aber so läg', da wollte sie nun auch die dreißigtausend Mark wieder haben, wo sie dem Herrn von Breitenbach ein halbes Jahr zuvor g'liehen hätt'. Und um dieses Geld, Herr Staatsanwalt, um diese dreißigtausend Mark hat sich's dann gedreht in dem Prozeß, wo das Fräulein gegen den sauberen Herrn hier ange-strengt hat ein paar Wochen danach. Und weil's nichts Schriftliches nicht in Händen g'habt hat, ist's zum Schwur gekommen, und dieser edle Herr von Breitenbach hat einen Meineid geschworen vor Gott und vor'm Gericht.«

Erschöpft hielt er inne und hielt sich taumelnd an der Lehne seines Stuhles. Alle schwie-gen für einen Augenblick, dann fragte der Staatsanwalt: »Was haben Sie auf diese sonderbaren Beschuldigungen zu erwidern, Herr von Breitenbach?«

Das Lächeln auf dem Gesichte des Befragten war noch starrer und krampfhafter geworden, aber Haltung und Stimme blieben ruhig. »Der arme Mensch ist krank, er phantasiert.«

»Du Lump, du Hund, elendiger!« Höhenleitner hatte einen Versuch gemacht, sich auf Brei-tenbach zu stürzen, aber die Gendarmen waren aufgesprungen und hatten ihn gepackt. Rö-chelnd sank er nun auf den Stuhl. Herr von Sieglitz sagte mit erhobener, drohender Stimme: »Wenn Sie sich Ungehörigkeiten erlauben, werde ich sie fesseln und abführen lassen, bis Ihnen Vernunft und Besinnung zurückgekommen sind.«

»'s ist schon vorüber, Herr Staatsanwalt; 's war nur – aber 's ist schon vorüber. Ich will ganz ruhig sein. Und wo's nun einmal so gekommen ist, möcht' ich's halt los werden vom Herzen. Ich weiß ja so nicht, ob ich noch lang' werd' reden können.«

»Glauben Sie noch Tatsächliches und Sachdienliches mitteilen zu können, so sprechen Sie.«

»Aber ein wenig rasch, wenn ich bitten dürfte,« warf Breitenbach in hochmütigem Tone ein. »Ich habe keine Zeit, um noch lange diese tollen Erfindungen eines wahrscheinlich vom Trunk zerrütteten Gehirns anhören zu können.«

Der Staatsanwalt ignorierte den Zwischenruf und forderte nur durch eine Bewegung noch einmal den Gefragten zum Reden auf.

»Also, das ist so g'wesen,« begann Höhenleitner. »Ich war damals noch jung und g'sund und leichtsinnig und hab's Leben nicht schwer g'nommen, nicht für mich und nicht für andere. Und wie der Herr von Breitenbach den Meineid g'schworen hat, da hab' ich mir denkt, das ist ja seine Sach'; das geht mich nichts an. Aber g'sagt hab' ich's ihm doch einmal, was ich weiß, und hab' geglaubt, er schenkt mir vielleicht a bisserl was, damit ichs Maul um so fester halt'n tu! Das hat er denn auch getan, und mehr noch, als ich mir erwartet g'habt hab'. Ein paar Tag' lang hat er's mit sich rumtrag'n, dann hat er mich zu sich ins Zimmer kommen lassen und hat mir g'sagt, er wüßt' ja, daß ich ein Mädel hätt', wo ich gern heiraten möcht' – ich hab' ihm nämlich davon schon erzählt g'habt – und ob ich nicht Lust hätt', nach Amerika zu gehen. Er wollte mir's Geld geben, und ich könnte drüben ein G'schäft anfangen, wo ich doch gelernter Schreiner wär' von Haus aus. Und ich bin sehr froh g'wes'n und hab' ihm sehr gedankt, und hab' mich trauen lassen mit meinem Mädel und bin abgedampft nach Amerika.«

»Das ist ja eine wundervoll romantische Geschichte,« sagte Breitenbach. »Neugierig bin ich, wie sie weiter geht.«

»Das wissen S' bereits ohnedem, Herr von Breitenbach, wie's weiter gegangen ist. Aber heut' soll's auch der Herr Staatsanwalt erfahren. Also: zu Anfang war's lauter Freud' und Seligkeit. Wir sind nach Milwaukee, wo's viele Deutsche gibt, und ich hab' Stellung g'funden in einer großen Möbelfabrik. Geld g'nug hab' ich verdient, so daß wir gut haben leben können, und ich hab' nicht etwa weiter was gefordert von dem großen Herrn hier. Nicht etwa, daß ich ein Erpresser oder dergleichen g'wesen war', Herr Staatsanwalt, das ist nicht an dem. Aber so gut, wie's aufwärts 'gangen ist die ersten Jahr', so rasch ist's abwärts 'gangen hinterher. Die Fabrik, wo ich in Stellung war, hat Konkurs g'macht, und meine Frau ist krank worden und krank geblieben nach einer schweren Geburt, und so haben wir's Elend kennen g'lernt, Herr Staatsanwalt, was man so recht eigentlich 's Elend nennt. Und in der Zeit, so recht mitten aus der Not heraus, da hab' ich denn einmal an den Herrn von Breitenbach g'schrieben und hab' ihn gebeten, ob er mir nicht helfen möcht' um Gottes willen. Ich hab' nicht etwa gedroht oder gepreßt, das hab' ich nicht getan. Gebeten hab' ich nur mit so beweglichen Worten, wie mir 's Elend eingeben tät. Aber geantwortet hat mir der Herr von Breitenbach nicht, wo ich doch g'wußt hab' aus Briefen von Augsburg, daß er noch lebt, und daß er sich hier dies schöne Rittergut gekauft hat. Zweimal, dreimal hab' ich g'schrieben und hab' die Brief' eing'schrieben g'schickt, damit er sie auch ja bekommt, und hab' auf eine Antwort g'wartet wie ein Kind auf'n heiligen Christ, aber kein Wörtl hat er mir g'schrieb'n, der große Herr. Gedacht wird er sich haben: ›Der ist gut aufg'hoben in Amerika, der kommt nimmer.‹ In Hunger und Kummer ist mir die Frau g'storben und mein einziges Kind, meine kleine Kreszenz, hinterdrein, und wie ich nun so ganz allein wieder dag'standen bin, da hab' ich zu mir g'sagt: ›Jetzt schaugst, daß du wieder 'nüberkommst aus eigener Kraft und red'st einmal ein Wörtl persönlich mit dem Herrn von Breitenbach.‹ Und ich hab' g'sucht und gebettelt, bis ich eine Stell' g'funden hab' auf 'nein Schiff als Kohlenzieher, und so bin ich denn glücklich bis nach Hamburg gekommen.«

Ein furchtbarer Hustenanfall unterbrach ihn für ein paar Minuten. Er zog ein schmutziges Taschentuch hervor, das er auf den Mund preßte, und als er es wieder fortnahm, war es rot von Blut. Er nickte vor sich hin und sagte leise: »Da haben wir's wieder, 's Blut. Ich kenn's jetzt bereits, – mit mir geht's bald dahin. Aber ein anderer soll mit mir kommen, dieser da! Herr Staatsanwalt, so also ist's g'wesen: Mit dem letzten Geld, wo ich g'habt hab', bin ich daherg'fahren und hab' mich durch'n Park hereing'schlichen, weil ich mir g'sagt hab', so, wie ich ausschau, lassen die Diener mich doch nicht 'nein zum gnädigen Herrn. Und ich hab' vom Park aus g'sehn, wie der Herr von Breitenbach allein hier im Zimmer am Schreibtisch g'sessen ist, und die Glastür da ist offeng'standen. Da bin ich 'nein zu ihm und hab' mich zu erkennen gegeben, und hab' noch einmal gebeten, daß er mir helfen soll. Er hat mir's abgeschlagen, rund und hart, und da ist mir die Wut gekommen, und ich hab' ihm g'sagt, was ich von ihm weiß und von ihm denk', und daß er sich hüten soll vor mir. Und ich bin heftig g'worden und hab's laut herausg'schrien, und auf einmal ist noch ein zweiter Herr im Zimmer g'standen, wo auch vom Park hereingekommen ist, und hat g'fragt, was es gibt und wer ich bin. Da hat den Herrn von Breitenbach eine ganz rasende Wut gepackt, und er hat die Hundspeitsche vom Nagel g'rissen, wo da hängt, und hat g'schrien: ›Ein Bettler ist's, ein Unverschämter! 'naus aus meinem Hause, 'naus aus meinem Zimmer!‹ Ich aber hab' ihm noch zugerufen: ›Besser ein Bettler als wie ein Meineidiger‹ – und bin fort in den Park 'naus.«

»Und wer soll der Herr gewesen sein, den Sie hier gesehen haben wollen?«

»Das ist der Herr Baron von Bassow g'wesen, wie ich aber hintennach erst erfahren hab'. Einen Tag lang hab' ich mich noch hier in der Gegend aufgehalten, und am anderen Morgen hat mich der Herr Baron ganz zufällig angetroffen und hat mich eing'laden auf ein Glas Bier im nächsten Wirtshaus und hat mir auch was zu essen geben lassen, weil er wohl g'sehen hat, wie ausgehungert ich bin. Und er hat mich ausg'fragt nach dem Herrn von Breitenbach, und ich hab' ihm g'sagt, was ich weiß. Und auch den Namen vom Fräulein Eugenie Neubeck hab' ich ihm sagen müssen, und wo s' g'wohnt hat in Augsburg. Und er hat Erbarmen mit mir g'habt und hat mir Geld g'schenkt, daß ich nach Berlin fahren kann und mich umtun um eine Stell', und hat g'sagt, ich soll ihm schreiben, wenn's mir wieder schlecht gehen sollt. Und ich hätt' in Berlin auch wirklich eine Stell' haben können als Hausmeister, nur daß man ein Zeugnis von mir hat haben wollen aus einem früheren Dienst. Und weil ich mir all die langen Jahr' das Zeugnis nicht aufbewahrt g'habt hab', wo ich früher bekommen hab' von Herrn von Breitenbach, da hab' ich noch einmal an ihn g'schrieben und ihn gebeten, er soll mir doch wenigstens das Zeugnis noch einmal ausstellen. Aber wer wieder nicht geantwortet hat, das ist der Herr von Breitenbach g'wesen. Und vor lauter Wut und Aufregung bin ich krank worden, und sie haben mich ins Krankenhaus bringen müssen, und da bin ich drin gelegen ein paar Wochen lang. Aber mein Haß und mein Zorn auf den Herrn von Breitenbach, die sind immer nur noch größer worden bei dem stillen Daliegen, und sobald ich wieder entlassen worden bin und meine Kraft' ein bisserl wieder beieinand' g'habt hab', da hab' ich den Revolver g'nommen, wo jetzt auf dem Tisch da liegt, und wo ich mir noch aufbewahrt g'habt hab' von Amerika her, wenn 's mit mir einmal zum Letzten kam, und bin zu Fuß gegangen von Berlin bis hierher – zum Fahren hat 's nimmer g'langt – und hab' mich wieder in den Park 'neing'schlichen, und hab' am Abend zu der Tür da 'neing'schossen auf den Herrn von Breitenbach. Aber die Hand hat mir gezittert vor Aufregung und vor Schwäche von der Krankheit her, und ich hab' ihn verfehlt, Gott sei's geklagt! Aber das kann ich sagen und beschwören, Herr Staatsanwalt, er ist ein herzloser und meineidiger Schurke und –«

»Jetzt ist's aber genug! Herr Staatsanwalt, ich bitte und ersuche Sie, mich vor diesen Beschuldigungen eines Wahnsinnigen zu schützen in meinem eigenen Hause!«

»Den Eindruck eines Wahnsinnigen macht mir der Mann hier nicht,« entgegnete Herr von Sieglitz auf Breitenbachs Ausruf mit merklich abgekühltem Ton. »Aber ich denke –«

Der Staatsanwalt kam nicht weiter; denn in diesem Augenblick ertönte an der Tür vom Korridor her ein kurzes, lautes Klopfen wie ein einzelner fester Schlag, und gleichzeitig öffnete sich auch schon die Tür. Baron Bassow trat ein. Er hielt in der einen Hand ein zusammengefaltetes Papier, in der anderen einen eingewickelten, unerkennbaren Gegenstand. Schon in der Tür begann er hastig und stoßweise zu sprechen. »Verzeihen Sie, Herr Staatsanwalt, – ich störe Sie, – ich dringe hier ungerufen ein, – aber es ist eine Sache von Wichtigkeit, – von höchster Wichtigkeit, – ich weiß jetzt, wer meinen Vetter ermordet hat.«

»Sie wissen das?« fragte der Staatsanwalt und unterstrich das Wörtchen »Sie« durch einen ungläubigen, erstaunten Ton.

»Ja, ich weiß es. Haben Sie die Güte, dieses Papier hier anzusehen.«

Er hatte den Plan für den zu erbauenden Pavillon ausgebreitet und legte das Blatt vor Herrn von Sieglitz auf den Tisch.

»Sie zeigen mir da nichts Neues. Ich habe dies Papier bereits mehr als einmal gesehen.«

»Aber Sie haben doch etwas nicht gesehen.« Bassow legte den Zeigefinger auf eine Stelle des Blattes, der Staatsanwalt schaute ein wenig widerwillig dorthin.

»Ich finde hier nichts Besonderes.«

»Warten Sie, – das Papier muß anders zum Lichte liegen, wenn man es sehen soll. Darum hat es auch niemand früher bemerkt. So, – jetzt werden Sie es auch erkennen können.«

Er hatte das Blatt mehr nach der Seite geschoben, wo das Licht vom Fenster her schräger darauf niederfiel. Der Staatsanwalt blickte mit Aufmerksamkeit hin, schüttelte den Kopf, schaute noch einmal und sagte: »Wirklich, – in dieser Lage sieht man hier auf dem Papier einen merkwürdigen Eindruck. Das Ding hat eine Form, – eine Gestalt wie –«

»Wie was, Herr Staatsanwalt? Ich möchte das gern aus Ihrem Munde hören.«

»Es sieht aus wie ein Kreis mit einem Kreuze darin.«

»Ganz recht. Manche Herren tragen so geformte Gummiabsätze unter den Hacken ihrer Stiefel, und hier ist auch der Stiefel, von dem dieser Eindruck stammt. Sie sehen, an dem Kreuze fehlt eine Ecke, und auf dem Abdruck fehlt sie auch an der gleichen Stelle. Dies Papier aber ist in Begleitung eines Briefes – dieses Briefes hier – erst am Nachmittage des zweiten Juli, an dessen Abend mein Vetter ermordet wurde, nach Garchim gekommen, das Papier hat auf dem Schreibtisch des Ermordeten gelegen, es ist vom folgenden Morgen an beständig unter Verschluß gewesen, – dieser Abdruck muß also erst an jenem Abend auf das Papier gelangt sein. Ich vermute, das Blatt ist vom Tisch herabgestreift worden, der Fuß, der damals diesen Stiefel trug, hat unachtsam darauf getreten, und es ist hinterher wieder auf den Tisch gelegt worden. Und so behaupte ich, Herr Staatsanwalt, wir haben in diesem Abdruck die einzige bestimmte Spur des Mörders in Händen.«

»Warten Sie einmal, – Sie folgern zu schnell. Die Spur könnte auch vor Absendung des Planes durch den Fuß des Architekten selbst darauf gekommen sein, oder auch durch den Ermordeten, sofern er solche Stiefel getragen hat.«

»Beides habe ich bedacht, Herr Staatsanwalt, und habe sofort Erkundigungen eingezogen. Der Architekt so gut wie mein Vetter haben solch einen Stiefel niemals getragen.«

»Wirklich? Dadurch gewinnt allerdings die Sache ein anderes Gesicht. Vielleicht ist sie tatsächlich von der Bedeutung, die Sie, Herr Baron, ihr beilegen!«

»Eins muß ich noch bemerken. Ich habe heute früh an die Gendarmeriestation telephoniert und angefragt, ob etwa der Verhaftete hier solche Absätze unter seinen Stiefeln trüge. Die Antwort lautete bejahend.«

»Nun also!«

»Auch ich glaubte schon, der Schuldige wäre damit endlich aufgefunden. Aber ich wollte Gewißheit und bin daher sofort hinübergeritten, habe verglichen und gefunden: die Spur stimmte nicht.«

»Nein?«

»Nein, – – womit freilich nicht ausgeschlossen war, daß der Gefangene zur Zeit, als das Verbrechen in Garchim verübt wurde, andere Stiefel getragen hatte, von denen der Abdruck stammen konnte. Aber weil ich noch einen anderen Verdacht hegte, habe ich den Herrn Wachtmeister gebeten« – der Bezeichnete machte eine zustimmende Bewegung –, »ein paar Stunden lang von meiner Entdeckung zu niemandem zu sprechen.«

»Das hätte nicht geschehen dürfen.«

»Ich weiß. Aber ich hatte fest versprochen, rechtzeitig hierherzukommen, und Sie sehen, ich bin hier, um Ihnen zu sagen, was ich weiß.«

»Darf ich auch diesen wunderbaren Abdruck einmal sehen?« Es war Breitenbach, der die Frage tat. Er hatte bisher mit seinem immer gleichen, erstarrten Lächeln zugehört. Jetzt war er langsam an den Tisch herangetreten. Der Staatsanwalt reichte ihm den Plan.

»Hier ist es, hier unten rechts. Nein, so können Sie es nicht erkennen, Sie müssen es mehr schräg zum Lichte halten.«

Breitenbach hatte das Papier ergriffen, gab aber durch Kopfschütteln zu erkennen, daß er nichts darauf entdecken könne. Scheinbar im Bemühen, besseres Licht zu bekommen, trat er dann ein paar Schritte weiter an die Glastür heran, die nach dem Park hinausführte. Sobald er ihr aber mit ruhigen, scheinbar gleichgültigen Bewegungen ganz nahe gekommen war, verwandelte sich plötzlich sein Wesen. Er schleuderte das Papier mit jäher Gewalt beiseite, riß die Tür auf und stürzte hinaus.

Eine Sekunde lang waren alle vor Ueberraschung gelähmt. Bassow gewann aber gleich die Geistesgegenwart wieder und rief: »Ihm nach, ihm nach! Er ist der Mörder!«

Jetzt kam rasches Leben auch in die übrigen. Während der eine Gendarm den Gefangenen, der hysterisch zugleich lachte und weinte, beim Arm packte, daß er nicht auch zu fliehen versuchte, rannte der Wachtmeister in den Park hinaus, während Bassow hinter ihm her schrie: »Sein Pferd stand gesattelt auf dem Hofe, als ich kam; auf ihm wird er fliehen wollen.«

Hinauseilend sah er, daß der Wachtmeister seiner Weisung folgte und sich nach links in das Haus wandte, um über den Flur auf den Hof zu gelangen. Laufend nahm Bassow denselben Weg; ein wenig langsamer, doch gleichfalls ungewohnt beweglich folgte der Staatsanwalt ihm nach.

In die Tür vom Schlosse zum Hof hinaustretend, sahen sie noch eben, wie der Gendarmeriewachtmeister, dessen Pferd gleichfalls gesattelt geblieben war, zum gegenüberliegenden Hoftor hinaussprengte. Ein paar Sekunden lang hörten sie noch den eiligen Hufschlag auf der Landstraße, dann kam eine plötzliche Stille, in die nur die Schläge der Dreschmaschine gleichmäßig und friedlich hineintönten.

Sie standen, schwiegen und horchten. Und nun kam durch die ruhige Luft ein Ton, der sie zusammenfahren ließ, – der Klang von zwei rasch aufeinander folgenden Schüssen. Dann war es wieder still, bis der Laut eiliger Hufe neu erwachte, näher kam und sich verstärkte ...Und jetzt erschien auch die Gestalt des Gendarmen wieder im Hoftor, der auf sie zugaloppierte, und dem sie nun entgegeneilten.

»Was hat es gegeben? Was ist passiert?«

»Ich habe ihn vom Gaul heruntergeschossen, – es war Notwehr, Herr Staatsanwalt. Wie er bemerkt hat, daß ich mit meinem guten Pferd ihm nähergekommen bin, da hat er sich umgewandt und hat auf mich geschossen. Die Kugel ist ganz nahe an meinem Kopfe vorübergeflogen. Aber da habe ich auch meinen Revolver herausgerissen und habe ihn mir heruntergeholt.«

»Und jetzt, – wo ist er?«

»Auf der Landstraße liegt er in seinem Blute. Wir müssen eine Bahre haben, um ihn hereinzubringen.«

»Ist er tot?«

»Nein, – aber –«

»Aber was?«

»Ich glaube, er hat genug.«

Einen Augenblick schwiegen alle. Dann sagte Bassow sehr ernst: »Wir wollen es ihm wünschen. Dieser Tod wäre besser als ein anderer.«

Vierzehntes Kapitel

Man hatte den Verwundeten, Bewußtlosen auf einer Bahre in sein Schlafzimmer getragen, an dessen Tür der eine der Gendarmen Wache hielt, obwohl jede Möglichkeit einer Flucht ausgeschlossen erschien. Der Kammerdiener Breitenbachs und eine auf Lünzin alt gewordene Beschließerin waren um ihn bemüht, nachdem der Staatsanwalt und Bassow die nächsten Maßregeln Persönlich angeordnet hatten. Jetzt saßen sie einander gegenüber in dem Zimmer, wo vor kurzem das dann so plötzlich unterbrochene Verhör stattgefunden hatte, und warteten auf das Erscheinen des Kreisphysikus, an den sogleich telephoniert worden war.

Bassow berichtete ausführlich über das Erwachen seines ersten Verdachtes gegen Breitenbach, über den geheimnisvollen Ton, der bei dem Unfall des Knaben von der Mordstelle am toten See nach Garchim hinübergedrungen war und so den Weg zur Ermittelung der Wahrheit gewiesen hatte, über die spätere Nachforschung in Berlin und Rostock. Der Staatsanwalt hörte aufmerksam, aber ein wenig ärgerlich zu, weil die Ueberführung des Verbrechers ihm selbst nicht gelungen war, und sagte schließlich: »Einen Vorwurf kann ich Ihnen doch nicht ersparen, Herr Baron; Sie hätten dem Gerichte schon weit eher von Ihren Wahrnehmungen Mitteilung machen müssen.«

»Mag sein, Herr Staatsanwalt. Aber es gab da besondere Umstände, über die ich mich nicht näher äußern möchte, die mir's erwünscht machten, persönlich den Verbrecher zu ermitteln.«

»Ja, dieser Breitenbach! Ich muß Ihnen sagen, imponieren tut er mir nachträglich doch in gewisser Weise. Wenn ich bedenke, mit welcher lächelnden Ruhe dieser Mann hier die Aufschlüsse über seine Vergangenheit anhörte, die ja nun auch wohl sicher als richtig angesehen werden müssen, wie er es mit anschaute, daß die Schlinge um ihn fester und fester angezogen wurde, da muß ich doch sagen: alle Achtung!«

»Soweit man Achtung haben kann vor solch modernem Herrn und Uebermenschen, der beiseitestößt und niederschlägt, was ihm in den Weg tritt, – gewiß.«

Eine Weile schwiegen sie, dann erläuterte der Staatsanwalt noch, wie der merkwürdige Zufall sich erkläre, daß der Verhaftete ähnliche Absätze unter seinen Stiefeln getragen habe wie Breitenbach. Er habe seinem Herrn das bereits in der Zeit abgesehen und nachgeahmt, als er noch Diener bei ihm gewesen sei, und habe auch später in Amerika beibehalten, was er einmal als praktisch erkannt hatte. Nachdem alles dies erörtert worden war, begannen die Herren von anderen, gleichgültigen Dingen zu sprechen. Langsam rannen ihnen die Minuten hin, bis ein Diener endlich das Kommen des Kreisphysikus meldete. Die Herren würde er nachher begrüßen, er sei gleich zu dem Verwundeten gegangen.

Das Warten fing jetzt von neuem an, wieder verging eine halbe Stunde; dann öffnete sich die Tür, und der Kreisphysikus mit seinem freundlichen, weißhaarigen Kopf erschien.

»Wie steht's?« fragten die beiden Wartenden zugleich.

»Schlecht, wenn er augenblicklich auch wieder bei Besinnung ist. Er wird sterben. Die Kugel hat ihm die Lunge durchbohrt. Was hier geschehen ist, müssen Sie mir später sagen, vorläufig muß ich den Herren zwei Bitten des Verwundeten übermitteln.«

»Was wünscht er?« fragte der Staatsanwalt.

»Er hat mich ersucht, sofort seiner Braut Nachricht zu geben, damit sie zu ihm kommt. Hier scheint ein weicher Punkt in der harten Seele, die sich mir eben enthüllt hat. Ich habe das telegraphisch gleich besorgt. An die Herren aber läßt er die Bitte richten, daß der auch mir noch nicht bekannte Vorgang seiner Verwundung seiner Braut als Unfall dargestellt wird.«

Einen Augenblick überlegte der Staatsanwalt, um dann zu sagen: »Ich denke, daß ich das verantworten kann.«

»Ich bin unbedingt einverstanden,« erklärte Bassow mit herzlicher Lebhaftigkeit.

»Es wird gut sein, ihm zu willfahren, auch in Ihrem eigenen Interesse. An die Erfüllung dieser ersten Bitte knüpft er nämlich eine zweite. Wenn seiner Braut die wahren Vorfälle verschwiegen werden, – aber nur unter dieser Bedingung – bittet er die Herren, zu ihm zu kommen. Er will Ihnen dann die volle Wahrheit sagen.

»Die Wahrheit, – uns? Das wundert mich.«

»Es ist nicht so wunderbar, Herr Staatsanwalt. Er weiß, daß er sterben muß.«

»Er weiß es?«

»Ja, – ich habe es ihm gesagt.«

»Ah!«

»Auf seinen eigenen, bestimmten Wunsch natürlich nur. Er hat mir das Ehrenwort abgenommen, daß ich ihm volle Klarheit über seinen Zustand geben sollte, und so habe ich ihm sagen müssen, daß er höchstens noch ein paar Stunden zu leben hat.«

»Wie hat er es aufgenommen?«

»Bewundernswert ruhig. Erst hat er geschwiegen, dann leise vor sich hingesagt: ›Also verspielt.‹ Und eine Weile darauf: ›Nun können sie's wissen.‹ Zuletzt hat er mir den Auftrag gegeben, den ich den Herren bereits übermittelt habe.«

»Wir wollen keine Zeit verlieren,« sagte der Staatsanwalt. »Lassen Sie uns zu ihm gehen.«

Der Kreisphysikus machte eine zustimmende Bewegung und schritt voran. Das Krankenzimmer, vor dessen Tür der wachehaltende Gendarm stand, lag am selben Korridor nach dem Gutshofe hinaus. Der Arzt betrat als Erster das Gemach, die beiden anderen folgten. Die alte Beschließerin, die am Bette des Verwundeten gesessen hatte, ging auf einen Wink des Kreisphysikus hinaus; nun waren sie allein mit dem Sterbenden.

Jetzt endlich war von seinem Gesichte das maskenhaft starre Lächeln gewichen, matt waren die Züge zusammengefallen. Er hatte die Augen geschlossen gehabt, öffnete sie aber jetzt; sie waren halb schon erloschen und blickten wie durch einen Schleier. Mit leiser Stimme begann er mühsam zu sprechen.

»Ganz nahe kommen, – können sonst nichts verstehen. Muß es kurz machen, – habe nicht Zeit. Aber sollen wissen, wer und was dieser Breitenbach war. Kein schwarzer Verbrecher, – für den Pitaval nicht zu gebrauchen, Herr Staatsanwalt. Hinauf habe ich gewollt auf die Höhe, – das war's.«

Langsam, in Absätzen kamen die Worte hervor. Als er jetzt infolge der Anstrengung für einen Moment ganz verstummte, schob ihm der Arzt ein Stückchen Eis in den Mund. Nach einer Weile begann er dann von neuem.

»Gut war heruntergewirtschaftet, – zu Hause Misere kennen gelernt – wollte aus ihr heraus – hab's fertig gebracht!«

Ein kurzes Lächeln der Zufriedenheit umzuckte seinen Mund und ließ einen leisen, stolzen Glanz auf dem grünlich bleichen Gesicht zurück.

»Nicht nur genossen, – auch gearbeitet – wie ein Pferd. Gut kam in die Höhe – war auf dem besten Wege. Da kam Hagelschlag – Mißernte, – brauchte Geld, – eine große Summe. Damals die Geschichte passiert – mit dem alten Fräulein. Lieh mir das Geld von ihr, – war in mich verliebt, – auch was vorgeschwindelt von Heiraten, – nie daran gedacht. – Hat mir das Geld aufgedrängt ohne Schuldschein, – hab's ihr später wiedergeben wollen, – hätte bewußten Brief sonst wohl besser vernichtet. – Aber zweite Mißernte, – ärger als die vorige. – Weib verklagte mich, – hab' den Eid geschworen, daß ich ihr nichts schuldete.«

»Schonen Sie sich, ruhen Sie einen Augenblick,« mahnte der Arzt, und röchelnde Laute aus der verwundeten Brust unterstützten seine Mahnung. Aber Breitenbach bewegte abwehrend, ungeduldig die Hand und fuhr nach ganz kurzer Unterbrechung fort:

»Keine Zeit mehr, Doktor – ich fühl's. Bin fortgegangen von dort – Lünzin gekauft. – Ist mir gut gegangen – auf dem Wege zur Höhe. Wollte auch gut machen – soweit ich konnte. – Bei ihr unmöglich – aber Testament gemacht – in meinem Schreibtisch – dreimal die Summe von damals – für milde Stiftung. – Fand auch das Mädchen, das ich liebte – wäre Bekrönung meines Lebens gewesen. – Ist anders gekommen – Bassow hat sich auch in sie verliebt. Wollte seine Frau verlassen – sie heiraten. – Gerade damals der Höhenleitner zurückgekommen – in Szene, die der Kerl mir machte, auch noch der Bassow hereingeplatzt – alles gehört – auch vom Meineid. Hat ihn gefreut – hat ihn gefreut! Meinte Mittel zu haben – daß ich zurücktreten müßte – von Werbung zurücktreten. Zuerst still gewesen, ganz still. Aber im Geheimen gehorcht – spioniert –

weiß es von ihm selbst – wollte Beweismaterial – mich unmöglich zu machen! Ich – Doktor geben Sie mir noch ein Stückchen Eis – die Zunge wird mir so trocken.«

Der Arzt willfahrte ihm, und nach einer Pause vermochte Breitenbach weiter zu sprechen. Aber seine Stimme war noch hohler und schwächer geworden.

»In einer Gesellschaft war's – nach Tisch – er hatte getrunken. Da zuerst herausgekommen mit seinen Gedanken – lächelnd, scheinbar im Scherz. War eine Drohung – hab's gefühlt. Hat mir keine Ruhe gelassen – wollte wissen, was er vorhatte. War damals nach Rostock gefahren – wußte, daß er in Berlin war. Habe ihm telephoniert – unter einem Vorwand – sollte mich treffen auf der Heimfahrt. Ist auch gekommen. Coupé noch andere Leute – konnten nicht reden. Erst auf dem Wege nachher – hab' ich ihn ausgehorcht. War wie ich – wenn ein Weib in Frage stand. Sah, daß er keine Rücksicht üben würde – mich ins Zuchthaus bringen. Haben geredet, gestritten – immer mehr in Wut. Er drohte mir – drohte mit offenem Wort – da hat mich's gepackt – habe mich auf ihn gestürzt – habe ihn erwürgt mit diesen Händen.«

Zuckend bewegten sich seine Finger, ein ferner Abglanz wilder Wut kam noch einmal in seine brechenden Augen.

»Ein Mensch war uns begegnet – ist hinterher verhaftet worden. Schien mir besser, wenn Leiche nicht auf meinem Grund und Boden. Habe ihn auf den Rücken genommen – in sein Zimmer geschleppt. Wußte, der Park war verschlossen und leer – um diese Zeit. Schlüssel zur Tür steckte in seiner Tasche – nahm ihn heraus, öffnete. Ließ die Tür angelehnt – brauchte hinterher nur zuzuziehen. Niemand hat mich gesehen. Aber zuerst im Dunkeln ins Zimmer – Papiere vom Schreibtisch herunter – hat mich verraten. Licht gemacht – Sachen weggenommen – Raubmord. Mit Tischdecke Teppich abgewischt – keine Fußspuren – Sachen hineingewickelt – in toten See. So ist's gewesen – ich kann nicht mehr.«

Er schwieg und schloß die Augen. Mehr und mehr zeigten sich die Boten des nahenden Todes auf seinem Gesicht. Eine tiefe, lastende Stille trat ein, in der man die aufgeregten Atemzüge der drei Männer und Breitenbachs Röcheln doppelt laut vernahm. Der Arzt beugte sich nieder und versuchte, dem Verwundeten eine bessere Lage zu geben. Sonst rührte sich keiner. Sie standen und warteten auf den Tod.

* * *

In der noch sonnevergoldeten Dämmerung desselben Tages wandelte Bassow im Park von Garchim neben der Baronin langsam auf und ab. Sie hatten lange und lebhaft gesprochen; Bassow hatte ausführlich berichtet, was er in den letzten Tagen und Stunden versucht und erlebt hatte. Jetzt waren die beiden verstummt und gingen eine Weile still nebeneinander hin. Endlich sagte die Baronin: »So ist nun dies Dunkle fort aus meinem Leben. Und Ihnen habe ich dafür zu danken. Ich habe ja selbst auch versucht, etwas zu erreichen, und wenn ich hierblieb, wenn ich Breitenbachs Nähe suchte und immer wieder mit ihm sprach, ihn ausforschte, so geschah es ja nur, weil ich hoffte, daß er sich doch schließlich einmal durch ein unbedachtes Wort verraten und mir einen Beweis in die Hände geben sollte. Diese Hoffnung hat mich damals auch so verwandelt, so heiter und froh gemacht. Erreicht habe ich selbst mein Ziel ja freilich nicht. Ihrer Umsicht, Ihrem Eifer, Ihrer unermüdlichen Tätigkeit –«

Er lehnte den Dank mit einer leichten Handbewegung ab und entgegnete lächelnd: »Ach nein, Baronin, das alles hat mir nicht geholfen. Was mich endlich zum Ziel geführt hat, war etwas anderes. Man kann es einen glücklichen Zufall nennen, für mich selbst aber heißt es anders.«

»Und wie nennen Sie's?«

»Mein Gefühl für Sie!«

Er wartete einen Augenblick auf eine Antwort von ihr, doch da die Baronin ihren Kopf nur tief herabsenkte und still zu Boden blickte, begann er von neuem: »Ohne dies Gefühl, das mich trieb, wäre ich wohl nie darauf gekommen, die Zeichnung wieder hervorzuholen, die des Rätsels Lösung barg. Aber ich war so voll von Reue und von dem Wunsche, wieder gut zu machen, Ihnen eine Freude zu bereiten, – und wenn ich daran dachte, den zerstörten Pavillon wieder aufzubauen, so war es mir eigentlich nur ein Symbol für Ihr ganzes Leben, das ich wieder aufzubauen und glücklich und froh zu machen wünschte.«

Sie sah nicht auf ihn, sondern immer noch auf den Erdboden zu ihren Füßen, wo einzelne gelbe Lindenblätter den kommenden Herbst ankündigten, und sagte mit unsicherer Stimme: »Sprechen Sie nicht mehr davon. Sie haben es zehnmal wieder gut gemacht, wenn Sie mir unrecht getan haben.«

»O nein! Sie wissen ja gar nicht, wie voll ich war von Zorn und Mißtrauen gegen Sie. Wie ich am Abend nach der Beisetzung meines Vetters hier im Park umhergelaufen bin und gegen Sie die Fäuste geballt und gerufen habe: ›Hüte dich vor mir!‹ – Ach« – er schüttelte mit einem besonderen Lächeln den Kopf – »ich erschien mir sehr tugendhaft und groß in meinem Rächeramt. Und ich hätte mir selber doch nur immer wieder sagen sollen: Hüte dich vor ihr!«

Sie antwortete auch jetzt nicht gleich. Es war für einen Augenblick so still, daß man das leise Knistern der abgefallenen Blätter auf dem Boden vernahm, wenn ihr Kleid sie streifte. Dann aber senkte sie den Kopf noch ein wenig tiefer und sagte ganz leise: »Vielleicht haben Sie doch recht gehabt.«

»Recht – worin?«

»Daß ich mich vor Ihnen hüten sollte.«

»Baronin, wie darf ich das verstehen?«

»Ach, fragen Sie mich nicht weiter. Ich habe schon zu viel gesagt. Ich weiß ja selbst nicht, wie es gekommen ist –«

»Was denn? Was denn? Darf ich es glauben, hoffen, daß ich etwas bedeute für Sie, für Ihr Leben?«

Nun blieb sie plötzlich stehen und hob den Kopf mit einer stolzen Bewegung. »Ich habe Sie kennen gelernt, Sie sind ein Mann, der die Wahrheit liebt. Auch ich habe das Bedürfnis, wahr zu sein. Mögen Sie es denn wissen: ja, ich habe Sie liebgewonnen in diesen schweren Wochen. Vielleicht war es mit, – ich habe häufig darüber nachgedacht, – weil Sie sich so fern von mir hielten. Weil wir unter einem Dache wohnten und doch Fremde und Feinde schienen. Meine Gedanken suchten Sie, weil ich Sie nicht sah. Wir Frauen sind ja darin schwach: es lockt uns, wer uns zu verschmähen scheint. Vielleicht – ach, es ist eigentlich töricht, ein Gefühl zergliedern zu wollen, das über uns kommt wie ein Schicksal!«

Nun war auch er verstummt; eine gewaltige Bewegung erstickte ihm die Worte. Dann trat er nahe zu ihr heran, legte die Hände sanft auf ihre Schultern und küßte sie mit ehrfurchtsvoller Bewegung auf die Stirn.

»Daß dies Schicksal zum Glück für dich wird – dafür laß mich sorgen. Zum Glück für dich und für mich.«